Andrea Steinert

Haut, so weiß wie Schnee

Andrea Steinert

Haut, so weiß wie Schnee

Baumhaus

Dieser Titel ist auch als E-Book erschienen.

Für Wolfgang und Heide

Baumhaus Verlag in der Bastei Lübbe GmbH & Co. KG

Originalausgabe

Lektorat: Barbara Rumold/Anna Matschke
Umschlaggestaltung: Manuela Städele
Einband-/Umschlagmotiv: © shutterstock/sjgh; shutterstock/
Ivan Mladenov; shutterstock/Korol-Zakrevskaya; shutterstock/
Katerina Havelkova; shutterstock/Irmak Akcadogan; shutterstock/Gl0ck
Satz: Helmut Schaffer, Hofheim
Gesetzt aus der Centennial
Druck und Einband: GGP Media GmbH, Pößneck

Printed in Germany
ISBN 978-3-8339-0042-6

5 4 3 2 1

Sie finden uns im Internet unter www.baumhaus-verlag.de
Bitte beachten Sie auch www.luebbe.de

Inhalt

Erster Teil

Der Biss der Fledermaus

Wim Tanner wartete. Es waren jetzt nur noch die Geräusche der Nacht zu hören. In der Ferne schlug ein Hund an. Direkt neben ihm raschelte etwas im Gebüsch. Dann war es einen Augenblick still. Er blickte sich um. Selbst hier im Wald konnte man noch einigermaßen gut sehen. Gestern war Vollmond gewesen. Wie günstig. Wim Tanner schaute auf seine Armbanduhr. Die Anzeige sprang auf 23.50 Uhr. Ob es klappen würde?

Er nahm das Nachtsichtgerät zur Hand und bog ein paar Zweige zur Seite. Die Mädchen lagen immer noch vor ihrem Zelt, und ihr Lagerfeuer brannte. Er konnte sie gut erkennen. Sein Versteck war gerade einmal hundert Meter von ihnen entfernt. »Meine Hübsche ...«, flüsterte Wim Tanner und sah zu einem Käfig hinüber, den er an einen Ast gehängt hatte. »Ich geh noch mal zu den Mädchen. Vielleicht kriege ich ja raus, ob sie wieder draußen schlafen.« Die Vampirfledermaus, die in dem Käfig kopfüber an einem Stab baumelte, flatterte wie zur Antwort mit den Flügeln.

Wim Tanners Blick fiel auf eine Zecke unter dem Flügelansatz des Tieres. Er grinste. Eine Zecke, die sich von einem Vampir ernährte. Das hatte was. Er öffnete den Käfig, griff sich die Fledermaus, zog ihr die Zecke aus der Haut und setzte das Tier zurück an seinen Platz. Die prall gefüllte Zecke schimmerte rotbraun in seiner Hand. Wim Tanner zerdrückte sie zwischen den Fingern. Jetzt aber los. Er versteckte den Käfig zusammen mit seinem Rucksack unter ein paar Zweigen. »Bin gleich wieder da«, raunte er der Fledermaus zu.

Die Mädchen hatten ihr Lager direkt am Seeufer unter einer großen Trauerweide aufgeschlagen. Wim Tanner schlich bis auf wenige Meter an ihr Zelt heran. Hinter einem dichten Busch kauerte er sich nieder. Er hatte sich den Platz der Mädchen bereits mehrmals angeschaut. Beim letzten Mal waren sie weit draußen im See schwimmen gewesen. Wahrscheinlich hatten sie ihn überhaupt nicht bemerkt. Falls doch, konnten sie nichts weiter als die Silhouette eines großen dunklen Mannes gesehen haben.

Jetzt stand eines der Mädchen auf und kramte in den Vorräten. »Was wollt ihr trinken? Cola, Fanta, O-Saft? Oder Rotwein?«

Es war Jette Lindner. Wegen ihr war er hier. Auftrag von Kai Saalfeld. Er sollte so viel wie möglich über sie herausfinden. Wie ihr Tagesablauf war, welche Freunde sie hatte, Vorlieben und so weiter.

Sie hatten lange gebraucht, um das Mädchen überhaupt ausfindig zu machen. Sie war unter dem Namen Lina Sandwey geboren und später adoptiert worden. Anfangs hatten sie nur ihren Geburtsnamen gekannt, unter dem sie aber gar nicht mehr lebte. Er hatte sie schon einmal gesehen, als Baby. Aber das spielte jetzt keine Rolle.

Jette Lindner hob den Kopf, und Mondlicht fiel auf ihr Gesicht. Sie hatte dunkle gewellte Haare, fast schwarze Augen und volle rote Lippen. Dazu eine sehr helle Haut. Neben ihrem rechten Ohr war auf der Wange deutlich ein Muttermal zu sehen. Ein hübsches Mädchen. Zumindest nach den Maßstäben, die die Leute gemeinhin anlegten.

Was für ein blöder Abend, dachte Jette. Seit Stunden schon war mit ihren Freundinnen nichts anzufangen. Charlie starrte die ganze Zeit schweigend ins Feuer, und Klara las.

Jette sah auf die Uhr. Es war Viertel nach zwölf. Viel zu früh, um schlafen zu gehen.

»Was wollt ihr denn jetzt trinken?«, wiederholte sie ihre Frage. Aber Charlie und Klara blickten immer noch nicht auf. Jette seufzte, ging zu Charlie und beugte sich zu ihr hinunter. »Wenn du jetzt nicht sagst, was du trinken willst, renne ich schreiend in den Wald, und dann könnt ihr ja gucken, was aus dem Abend noch wird.«

Jetzt hob Charlie tatsächlich den Kopf. Neugierig blickte sie ihre Freundin an.

»Rotwein, O-Saft, Cola?« Jette streckte ihr die Flaschen entgegen.

»Das würdest du wirklich tun?«, fragte Charlie.

»Was?«

»In den Wald laufen. Schreiend.«

»Immer noch besser, als sich hier zu langweilen.«

Charlie richtete sich auf. »Klara! Es gibt Programm.«

Das durfte ja wohl nicht wahr sein, dachte Jette. Da bot man Charlie freundlich etwas zu trinken an, und sie nutzte die Gelegenheit, um einem eine Mutprobe aufzuzwingen. Was war nur mit ihr los? Das war sonst gar nicht ihre Art.

»Und?« Charlie ließ nicht locker. »Was ist jetzt?«

»In den Wald? Wozu das denn?«, fragte Klara, die ihr Buch zur Seite gelegt hatte.

»Traust du dich?«, fragte Charlie.

Jette lauschte. Es war sehr still. Die Blätter in den Baumkronen rauschten nicht mehr. Der Wind hatte sich gelegt. Nur das Feuer knisterte leise. Kein Vogel schrie. Kein Hund bellte. Kein Ast knackte. Der Wald schien zu warten. Fast schien es, als hätten die Tiere für einen Moment ihre nächtliche Jagd unterbrochen.

»Tja, war wohl nichts«, sagte Charlie und wandte sich wieder ab.

Jette stellte vorsichtig die Flaschen auf den Boden. Dann machte sie einen Schritt in Richtung des Waldes. Und noch einen. Es waren andere Schritte als am Tag. Sie führten ins Unbekannte. Die Mädchen hinter ihr schwiegen. Da vorn begannen die Bäume. Ein kleiner Weg führte in den Wald hinein. Jette trat unter das Blätterdach. Schlagartig wurde es stockdunkel. An Rennen war nicht zu denken. Behutsam setzte sie einen Schritt vor den anderen. Die Dunkelheit umschloss sie. Rings um sie herum hingen Äste, sodass sie schützend die Arme vors Gesicht hielt. Ihr Fuß stieß an eine Wurzel, und sie wäre beinah gestolpert. Wieder schlug ihr ein Zweig ins Gesicht. Neben dem Weg raschelte es. Die Dunkelheit schien zu lauern.

Jette blieb stehen. Die Stille des Waldes war jetzt gewaltig. Wer die nächtliche Ruhe störte, wurde sofort bestraft. So etwas ließ der Wald nicht zu. Kurz zögerte sie, doch dann gab sie sich einen Ruck, öffnete den Mund und schrie. Brüllte. Ihre Stimme explodierte, schien überall zu sein: In der Luft, auf den Blättern, den Stämmen, dem Boden. Mehr, immer mehr. Bloß nicht aufhören. Und irgendwann doch. Und dann natürlich die Stille nach der verbotenen Tat. Jette kauerte sich auf den Boden und legte ihre Arme schützend um ihren Kopf. Ob der Wald zurückschlagen würde?

»Jette!« Das war Charlie. Sie hatte sich neben sie gekniet. »Es tut mir leid«, sagte Charlie.

Jette blickte auf. Durch eine kleine Lücke im Blätterdach fiel Mondlicht auf den Boden. Charlies blonde Haare glänzten in dem schwachen Schein. Ihr Gesicht war bleich, die feinen Züge gut zu erkennen. Klara stand ein Stück hinter Charlie und sah erschrocken aus.

»Es tut mir leid«, wiederholte Charlie.

»Muss es nicht«, sagte Jette leise.

»Du bist ja nicht schuld«, murmelte Charlie.

Im ersten Augenblick wusste Jette nicht, was Charlie meinte. Aber dann wurde es ihr schnell klar: die Zwangsräumung. Charlies Wohnung, in der sie mit ihrer Mutter und ihrer kleinen Schwester wohnte, sollte in ein paar Tagen geräumt werden. Charlies Mutter hatte seit Monaten die Miete nicht bezahlt, und der Vermieter wollte nicht länger warten.

»Du schaffst das schon«, sagte Jette müde.

»Kommt«, sagte Klara, »gehen wir zurück zum Zelt.«

Jette Lindner war direkt an ihm vorbeigelaufen. So nah, dass er sie hätte berühren können. Er hatte sich gerade noch hinter einem Baum verstecken können. Dann hatte sie plötzlich geschrien. Einfach so, ohne Vorankündigung. Was für eine Schnapsidee! Mitten in der Nacht im Wald. Wahrscheinlich war schon irgendein besorgter Camper unterwegs, um nach dem Rechten zu sehen. Vielleicht hatte auch jemand die Polizei benachrichtigt. Besser, er zog sich zurück. Als die beiden anderen Mädchen auch noch in den Wald gekommen waren, hatte er sich zum Zelt geschlichen und einen Schnitt in die Zeltplane gemacht. Ein Eingang für die Fledermaus, falls die Mädchen im Zelt schlafen würden.

Zurück im Lager begrüßte ihn die Fledermaus mit einem Überschlag an ihrem Stab. Wie immer sauste sie dabei auf den Boden. Sie rappelte sich benommen auf. »Lass gut sein«, sagte Wim Tanner. Es war eine Geste der Unterwerfung, die die Fledermaus eines Tages eingeführt hatte. Seit über einem Jahr trainierte Wim Tanner sie. Jeden Tag. Es war ein hartes Stück Arbeit, aber es lohnte sich. Wim Tanner war mit dem Ergebnis sehr zufrieden. Die Fledermaus führte anstandslos seine Befehle aus. Sie flog, wohin er wollte, biss die von ihm ausgewählten Opfer und lieferte ihm ihre

Blutmahlzeit sogar ab. Sie spie das Blut an der Stelle aus, wo er es haben wollte. Sie war intelligent und fügsam. Kein Vergleich zu den dusseligen Brieftauben, die er früher gezüchtet hatte.

Er hatte die Vampirfledermäuse im Internet gekauft. Es war eine ganze Kolonie gewesen. Sie gehörten zur Gattung *Desmodus rotundus*. »Sein Mädchen«, wie er die Fledermaus in dem Käfig nannte, war von Anfang an sein Liebling gewesen. Sie konnte pfeilschnell jede Art von Wänden hochkraxeln, auf dem Boden hüpfen und war von stattlicher Figur. Sie hatte einen besonders hellen Bauch, kräftige Füße und war knapp zehn Zentimeter groß. Wenn sie ihre Flügel ausstreckte, kam sie auf eine Spannweite von vierzig Zentimetern. Er fand sie schön. Stundenlang hatte er ihr zugeschaut und ihre Gewohnheiten und ihren Charakter studiert. Heute Nacht würde sich zeigen, ob die Fledermaus ausgelernt hatte. Endlich. Die Nacht war perfekt dafür. Kai Saalfeld hatte er nichts davon gesagt. Das hier war seine Privatsache.

»Ich weiß«, flüsterte Wim Tanner dem Tier zu, »es dauert ewig.« Am besten, er stellte den MP3-Player noch mal an. Er kramte das Gerät aus dem Rucksack und drückte auf Play. Das Band spielte die regelmäßigen Atemzüge der schlafenden Jette Lindner ab. Wim Tanner hatte die Geräusche in der vergangenen Nacht aufgenommen. Er hatte sich lautlos zu den schlafenden Mädchen geschlichen, das Aufnahmegerät neben Jette Lindner gestellt und auf Record gedrückt. Dann hatte er der Fledermaus die Atemzüge den ganzen Tag lang vorgespielt. Wenn alles klappte, würde die Fledermaus ihr Opfer an der Atemfrequenz erkennen. Mit einem Kalb hatte es bereits funktioniert. Die Fledermaus war dafür einen halben Kilometer weit zu einem Bauernhof geflogen und hatte das richtige Kalb ausgewählt. Ob sie heute Abend auch so zuverlässig war? Das hier war ihre Meisterprüfung.

Die Zeit dehnte sich. Endlich, um drei Uhr, war das Feuer im Lager der Mädchen erloschen, und es war nichts mehr zu hören. Mit routiniertem Griff rückte Wim Tanner seine Pistole zurecht, die er an einem Gurt unter dem T-Shirt trug. Dann nahm er sein Nachtsichtgerät und den Käfig mit der Fledermaus. Leise schlich er zum Lager der Mädchen. Sie waren mit ihren Isomatten draußen geblieben und schliefen. Gut so. Wim Tanner öffnete den Käfig. Seine Finger bekamen das kleine Schloss kaum auf. Er zitterte vor Aufregung. Dann war es so weit. Das Tier schlüpfte aus dem Käfig und breitete die Flügel aus.

Die Fledermaus flog direkt zu den Mädchen. Wim Tanner griff nach dem Nachtsichtgerät. Das Tier kreiste zweimal über der Lagerstätte, dann landete es neben Jette Lindner. Es hatte sein Ziel erkannt. Das Mädchen lag auf der Seite. Es hatte den Schlafsack weit hochgezogen, aber ein Arm ragte heraus. Die Fledermaus ließ sich neben dem nackten Arm nieder. Dann begann sie, die Armbeuge abzulecken. In ihrem Speichel war ein natürliches Betäubungsmittel. Das Mädchen würde den Biss nicht spüren.

Wim Tanner zoomte mit seinem Nachtsichtgerät näher heran und sah, wie das Tier eine kleine Falte in der Armbeuge zwischen die Schneidezähne nahm und ein Stück Haut herausbiss. Aus der Wunde floss ein kleines Rinnsal Blut. Die Fledermaus leckte es auf. Sie hatte begonnen zu trinken. Alles lief nach Plan. Wim Tanner atmete tief durch. Seine Geduld, seine Mühe und seine Fähigkeiten wurden belohnt. Wahrscheinlich war er der Einzige auf der Welt, der Fledermäuse besaß, die auf Kommando Blut abzapfen konnten. Das war endlich einmal was. »Mach das, was du am besten kannst«, hieß es ja immer.

Lange hatte er nicht gewusst, was er am besten konnte. Im Gärtnern war er gut. Okay. Aber das war nicht unbedingt was Besonderes. Ansonsten: Er hatte nicht studiert. Kein Abitur. Nicht einmal einen Realschulabschluss. Nur mit Tieren, also gewissen Tieren, konnte er schon immer gut umgehen. Und jetzt, endlich, würde er diese besondere Begabung zu Geld machen. Und zwar zu viel Geld, so viel war sicher. Bisher hatte er allerdings nur Ideen gehabt, die krimineller Art waren. Man konnte zum Beispiel eine Fledermaus mit Tollwut infizieren und so den perfekten Mord begehen. Oder einen ganzen Schwarm Vampirfledermäuse auf einen Schlafenden ansetzen. Mit dem gleichen Ergebnis. Er hatte allerdings noch nie einen Menschen umgebracht, und er war auch nicht scharf darauf. Solche Dinge bargen Risiken. Damit kannte er sich aus. Denn schließlich war er derjenige, der die nicht ganz sauberen Angelegenheiten für Kai Saalfeld erledigte. Vielleicht würden ihm ja noch ein paar legale, ebenfalls lukrative Verwendungen für seine Vampirfledermäuse einfallen. Eines jedoch war klar: Er würde nicht auf Dauer den Lakai für Kai Saalfeld machen.

Wim Tanner schaute auf die Uhr. Die Fledermaus trank bereits seit zwanzig Minuten. Das war normal, sie brauchte so lange. Jette Lindner merkte immer noch nichts. Ein Eichhörnchen näherte sich dem Lager und beobachtete die Fledermaus. Endlich spreizte das Tier seine Flügel und erhob sich in den Nachthimmel. Das Eichhörnchen sprang erschrocken zurück. »Perfekt«, flüsterte Wim Tanner. Die Fledermaus gewann an Höhe und setzte zu einem Gleitflug über den See an. Er ließ sie gewähren. Immer wieder glitt sie über die dunkle Wasserfläche, erhob sich und flatterte weiter. Irgendwann schnalzte er leise mit der Zunge, und das Tier kam zurück.

Die Fledermaus wollte sich gerade an den Finger ihres Herrn hängen, als Wim Tanner von oben einen Luftstoß spürte. Noch während er den Kopf hob, peitschte ein Flügelschlag sein Gesicht, und direkt vor ihm tauchte ein kräftiger Greifvogel auf. Das Tier fuhr seine Krallen aus, ergriff die Fledermaus, biss ihr in den Nacken und erhob sich mit seiner Beute in die Luft. Für den Bruchteil einer Sekunde blickte Wim Tanner in die weit aufgerissenen Augen der Fledermaus.

Sie waren seltsam leer.

Sein Mädchen war tot.

Ein Falke. Das war ein Falke gewesen. Seit wann gab es hier Falken? Im ersten Moment war Wim Tanner wie erstarrt. Er fühlte einen beinahe körperlichen Schmerz. Doch dann griff er nach seiner Pistole, setzte den Schalldämpfer auf, zielte und schoss. Er war ein guter Schütze. Und die Nacht war hell. Er sah kurz zu den Mädchen hinüber. Jette Lindner bewegte sich im Schlaf. Der Falke knickte im Flug leicht ab, torkelte durch die Luft und fiel dann immer schneller in die Tiefe. Mit einem leisen Platsch schlug er auf der Oberfläche des Sees auf und ging sofort unter.

»Charlie, Klara! Seid ihr wach?« Jette richtete sich auf. Irgendetwas hatte sie geweckt. Sie blickte sich um. Das Feuer war aus. In eines der leeren Weingläser war eine Schnecke gekrochen. Der Wald um sie herum war dunkel, aber der See schimmerte hell im Mondlicht. Seine Oberfläche war glatt. Nur von einem Punkt aus setzten sich kleine konzentrische Kreise fort.

»Charlie, Klara!?«

»Was ist denn?« Charlies Stimme war rau vom Schlaf.

»Mir ist so komisch.«

Charlie setzte sich auf und rieb sich die Augen. »Was hast du gesagt?«

»Ich fühl mich irgendwie seltsam.«

»Du blutest ja!« Charlie zeigte erschrocken auf Jettes Arm.

»Woher hast du das denn?« Auch Klara war plötzlich hellwach.

»Weiß nicht.«

»Tut es weh?«, fragte Klara besorgt.

Jette schüttelte den Kopf. Eine kleine Wunde in der Armbeuge, aus der Blut tropfte. Es sah aus wie ein Biss. Jette drückte die Haut an der Stelle zusammen. Dann bemerkte sie Charlies schockiertes Gesicht.

»Hier gibt es doch keine *Ratten*!?«, presste Charlie hervor.

»Kommt«, sagte Klara, »wir gehen besser ins Zelt.«

Jette legte sich drinnen zwischen ihre Freundinnen. Bald war Klaras gleichmäßiger Atem zu hören, doch Charlie schien noch wach zu sein. Jettes Wunde hörte nicht auf zu bluten. Von Zeit zu Zeit presste sie ihre Lippen auf die Haut und saugte daran. Irgendwann fiel auch sie in einen unruhigen Schlaf. Seltsame Bilder zogen an ihr vorbei. Blut, das aus ihrem Arm tropfte, auf dem Waldboden zu einer Lache wurde, schließlich in den See floss und dort das Wasser rot färbte.

Wim Tanner wartete, bis sich bei den Mädchen nichts mehr rührte und sie die Taschenlampen ausgemacht hatten. Er fühlte sich wie betäubt. Mit schweren Schritten marschierte er zu seinem Lagerplatz zurück, in der Hand den leeren Käfig. Er zögerte einen Moment, dann rief er Kai Saalfeld an.

Lauschangriff

Jonah lag im Dachgeschoss der saalfeldschen Villa auf dem Bett. Sein Kumpel, der Sohn des Hausherrn, hockte neben ihm auf der Bettkante und tippte ungeduldig auf einem kleinen Funkempfänger herum. Dukie, wie alle ihn nannten, war völlig in seine Arbeit vertieft. Hin und wieder hörte Jonah ein »Scheiße« oder ein »Das gibt's doch nicht«. Er machte sich nicht die Mühe zu antworten. Mit der Technik von Dukie klappte es nie auf Anhieb. Aber wenn er genug geflucht, gedreht und getippt hatte, konnten sie schließlich doch alle Gespräche, die in der Villa geführt wurden, mithören. Und zwar wirklich alle.

»Ich musste heute Morgen alle Wanzen aus dem Speisesaal rausholen«, sagte Dukie nach einer Weile. »War ziemlich knapp. Mein Vater hat das Zimmer persönlich gefilzt. Hatte ich irgendwie im Gefühl, dass er das tun würde. Das macht er manchmal, wenn er mit Wim heikle Sachen besprechen will. Die beiden essen da unten jetzt zu Abend. Als er mit dem Durchsuchen fertig war, bin ich aber rein und hab mein Handy hinter ein paar Bücher gelegt und die Abhörfunktion aktiviert. War absolut simpel. Die hatten den Raum nicht mal abgeschlossen. Jetzt muss ich das nur noch zum Laufen bringen, und zwar schnell.« Dann verfiel er wieder in Schweigen.

Seit einem halben Jahr hörte Dukie die Villa ab. Nach und nach hatte er alle Räume mit Wanzen, Parabolmikrofonen oder ferngesteuerten Handys versehen. Nichts, was die Bewohner und deren Gäste sagten, entging ihm.

Erstens war Dukie ein Technikfreak, und zweitens war das Verhältnis zwischen ihm und seinem Vater Kai Saalfeld, dem Vorstandsvorsitzenden des Pharma- und Kosmetikkonzerns Stayermed, völlig zerrüttet.

Solange Jonah denken konnte, hatten Dukie und sein Vater sich bekämpft. Die beiden Jungen waren praktisch zusammen aufgewachsen, denn Jonahs Eltern gehörten zum Personal: Sein Vater kochte für die Saalfelds, und seine Mutter organisierte den Haushalt. Je älter Dukie wurde, desto schärfer wurden die Auseinandersetzungen mit seinem Vater. Als Kindergartenkind hatte er über Monate hinweg immer wieder Klebstoff auf dem Parkett der Villa verteilt. Am Tag seiner Einschulung hatte er die teuren Koi-Karpfen aus dem Gartenteich geangelt. Später hatte er bei Geschäftsessen in der Villa den Strom abgestellt. Jetzt waren sie beide sechzehn Jahre alt und beim Abhören angelangt. Was wohl danach kommen würde? Jonah hatte Dukies Aktionen manchmal etwas übertrieben gefunden. Aber Dr. Saalfeld war ja auch nicht *sein* Vater. Vielleicht musste man so reagieren, wenn einen der eigene Vater konsequent mit Nichtbeachtung strafte. Jonah konnte sich nicht daran erinnern, dass Dr. Saalfeld sich je mit ihnen beschäftigt hätte, als sie klein gewesen waren. Sein eigener Vater hingegen hatte mit ihnen Fußball gespielt, Baumhäuser gebaut und natürlich gekocht.

»Es klappt!« Dukie klopfte triumphierend auf die Anlage.

»Du hattest einen klaren Auftrag«, war die wütende Stimme Dr. Saalfelds zu hören.

»Ja, stimmt.« Ein kleinlauter, missmutiger Wim Tanner.

»Du solltest nur herausfinden, was das Mädchen macht, wie sein normaler Tagesablauf ist. Es gab keinen Grund, dass du deine Fledermaus auf sie loslässt.«

»Ja.«

»Und wenn das Mädchen dich gesehen hat?«

»Hat sie nicht.«

»Ich will keine Alleingänge mehr! Hast du mich verstanden?!«

»Ja.«

»Warte mal, ich krieg den Empfang bestimmt noch besser hin«, sagte Dukie.

»Ist doch völlig in Ordnung …«

»Das ist ja eine ganz schöne Abreibung.« Dukie lachte zufrieden, während er auf seinen Armaturen herumtippte. Weder Jonah noch Dukie mochten Wim Tanner besonders. Der Mann war Chefgärtner bei der Familie Saalfeld wie auch beim Konzern. Außerdem war er der persönliche Assistent von Dr. Saalfeld. Seit Jonah denken konnte, ging Wim Tanner im Haus ein und aus. Dabei benahm er sich, als gehörte die Villa ihm. Und wenn man ihm über den Weg lief, konnte man froh sein, wenn er einen nicht mit einem fiesen Tier ärgerte. Irgendeins trug er immer mit sich herum: Schlangen, Echsen, Insekten, Würmer und was man sich sonst noch alles nicht wünschte.

»... und dann dieser Falke!«, blaffte Dr. Saalfeld. Er hatte sich in Rage geredet. *»Was sollte diese Nummer mit dem Falken?«*

»Ich verstehe das auch nicht.«

»Falken jagen nachts nicht!«

»Dieser schon.«

»Eben.«

»Wie ›eben‹?«

»Vielleicht hat er jemandem gehört. Vielleicht ist er für so etwas trainiert worden«, überlegte Dr. Saalfeld gereizt.

»Kann sein.«

»Vielleicht hat jemand den Falken extra auf die Fledermaus angesetzt.«

»Kann sein.«

»›Kann sein, kann sein‹«, äffte Dr. Saalfeld ihn nach. *»Ich hoffe nur ...«* Er verstummte abrupt.

Das Scheppern von Geschirr war zu hören. »Carmen ist mit dem Essen reingekommen«, flüsterte Dukie. Dann erklang die Stimme der Hausangestellten: »Als Vorspeise serviere ich Wolfsbarsch mit Garnele in Vanilleduft. Ich wünsche guten Appetit!« Eine Tür klappte. Carmen war wieder draußen.

»Worum geht's denn da?«, fragte Jonah.

»Keine Ahnung. Wäre besser gewesen, mein Vater hätte Wim Tanner als Zoodirektor eingestellt«, lästerte Dukie. »Jetzt macht er also auch noch in Falken. Seine Fledermäuse vermehren sich wie die Karnickel, dann die Babypuffotter für meinen Vater, und gestern kam eine Lieferung tropischer Ameisen an. Na super. Aber wenigstens funktioniert das hier.« Dukie klopfte auf einen seiner Apparate. »Nicht schlecht, was?«

»Was?«

»Wie ich das verwanzt habe!«

»Wir haben nicht mal gehört, wie Carmen reingekommen ist.« Jonah wusste, wie er Dukie ärgern konnte.

»Sehr witzig.« Eine Weile sagte Dukie nichts. Aber dann fragte er versöhnlich: »Hast du Hunger?«

Jonah nickte.

Dukie stand auf, drückte am Telefon eine Taste und bat Carmen, ihnen das Abendessen hochzubringen. Jonah setzte sich langsam in Bewegung. Er rutschte zur Bettkante, erhob sich und ging vorsichtig zu dem kleinen Esstisch am Fenster. Dort setzte er sich hin und wartete.

Jonah war blind. Seit etwas über einem Jahr. Es war ein Unfall gewesen. Ein vorbeifahrender Laster hatte Jonah auf seinem Fahrrad gestreift. Er war mit voller Wucht durch die Luft geflogen und hatte sich schwer verletzt. Die Ärzte hatten ihn nach allen Regeln der Kunst wieder zusammengeflickt, nur die Augen hatten sie nicht mehr hinbekommen. Jetzt trug er eine Sonnenbrille. Er hatte auch Narben im Gesicht. Auf jeder Seite eine. Sie waren lang und schmal und führten von den Schläfen gerade nach unten. Dukie hatte ihm gesagt, sie sähen aus, als rahmten sie sein Gesicht mit den blonden Haaren ein. Sie seien okay, er sei nicht entstellt. Auf Dukie war in dieser Hinsicht Verlass. Seine Eltern hatte er lieber nicht gefragt. Seit dem Unfall verbrachte er so viel Zeit wie möglich bei Dukie im Dachgeschoss. Mit seinem alten Kumpel war es einigermaßen entspannt. Er nervte ihn nicht damit, dass er die Brailleschrift oder andere Sachen dieser Art lernen sollte. Wie seine Eltern es taten oder, genauer gesagt, seine Mutter.

Es klopfte. Dukie schaltete den Empfänger aus und rief: »Herein!« Es war Carmen mit dem Essen. »Dein Vater hat klasse Garnelen bekommen«, sagte sie zu Jonah. Sie trug ihm auf und erklärte, wie sie es für ihn als Blinden gelernt hatte, wo was lag: »Die Garnele ist gepult und liegt auf zwölf Uhr. Der Barsch ist auf drei, die Soße auf sechs und der Vanilleduft ...« – Jonah hörte, wie sie schnupperte – »... liegt in der Luft.« Sie lachte. »Guten Appetit!« Und weg war sie.

Jonah tastete mit der Gabel nach der Garnele. Als er sie gefunden hatte, spießte er sie auf und schob sie in den Mund. Sie war fest und saftig und schmeckte nach Meer. Jonah ließ seine Gabel über den Teller gleiten und hoffte, etwas Vanillesoße zu ergattern. Keine Frage, sein Vater konnte kochen. Er nahm noch einen Bissen und schloss die Augen, um sich ganz auf den Geschmack zu konzentrieren. Komische Angewohnheit, die Augen zu schließen, dachte er; wo er doch schon blind war.

»Es geht weiter«, sagte Dukie mit vollem Mund. »Ich stell laut.«

»Was soll ich als Nächstes machen?« Die niedergeschlagene Stimme Wim Tanners war wieder zu hören.

»Was du schon die ganze Zeit machen solltest«, herrschte Dr. Saalfeld ihn an. *»Herausfinden, wie wir am besten an eine saubere Genprobe von ihr kommen. Haare, Haut, was auch immer. Aber bitte ihre Haare, ihre Haut. Also hundertprozentige Sicherheit. Keine Haare von irgendeiner Bürste, sondern direkt von ihr. Such nach einer günstigen Gelegenheit. Möchte mal wissen, warum du nicht gleich am See ein paar Haare von ihr mitgebracht hast.«*

»Ging nicht.«

»Du warst doch ganz nah an ihr dran, als sie schlief. Du hast ja sogar das Aufnahmegerät vor sie gestellt, hast du gesagt.«

»Ich hatte Angst, dass sie wach wird, wenn ich an ihren Haaren rummache.«

»Wahrscheinlich waren dir die Fledermäuse wichtiger«, sagte Dr. Saalfeld. *»Außerdem brauche ich eine Blutprobe von ihr. Für einige Untersuchungen ist Blut besser. Mach mir einen Vorschlag, wie wir das hinkriegen. Aber eine saubere Probe. Nichts mit bluttrinkenden Fledermäusen und so. Ist das klar? Das ist kein sauberes Material. Keine Pannen mehr mit Schneewittchen.«*

»Ich unterbreche nur ungern Ihre Märchenstunde ...« Carmens amüsierte Stimme.

»Die hat den letzten Satz mitgekriegt«, raunte Dukie.

»Freuen Sie sich jetzt auf Entenbrust mit Apfel-Trauben-Kraut und Röstkartoffeln.«

Eine Weile war aus dem Speisesaal nur noch das leise Geklapper von Besteck zu hören.

»Weißt du, warum dein Vater eine Genprobe von dem Mädchen will?«, fragte Jonah.

»Nein«, antwortete Dukie knapp.

An der Tür klopfte es. Carmen kam herein, und Jonah hörte es kurz darauf knirschen. Er musste grinsen. Carmen war wieder einmal auf eines der Muschelfelder getreten, die Dukie in seinem Zimmer ausgelegt hatte.

»'tschuldigung«, murmelte Carmen. Sie konnte sich einfach nicht daran gewöhnen, dass der Boden nicht nur zum Laufen da war.

Seitdem Dukie vor drei Jahren ins Dachgeschoss gezogen war, hatte er es nach und nach in eine »Seen- und Ozeanlandschaft« verwandelt, wie er es nannte. An der Decke hingen Fischernetze, von denen unförmig ausgestopfte Tintenfische herunterbaumelten. Harpunen und Fischmesser schmückten die Wände. In einer Ecke stand eine Babybadewanne, in der sich lebende Krebse im Schlick suhlten. Dukie hatte den Schlamm eigenhändig aus einem Urlaub mitgebracht, was insofern beachtlich war, als er es hasste, sich die Hände schmutzig zu machen. Nicht einmal als Kind hatte er im Sand gespielt. Dies brachte ihm auch den Spitznamen Duke ein, zu Deutsch Herzog, den ein englischsprachiges Kind eines Tages auf dem Spielplatz eingeführt hatte. Nach kurzer Zeit war daraus Dukie geworden, und sein richtiger Name, Alexander, fiel seither kaum noch.

Dukies Vater haderte mit der Einrichtung des Dachgeschosses dermaßen, dass er es seit mindestens einem Jahr nicht mehr betreten hatte. Die übrigen Etagen der Villa waren vollkommen anders eingerichtet. Hier erinnerte alles eher an ein französisches Schlösschen als an Seen und Ozeane, denn Frau Dr. Saalfeld liebte echte und unechte Louis-quinze-Möbel.

Auch von außen war die Villa ein Prachtbau. Sie hatte einen weißen Anstrich, hohe Fenster und viel buntes Mosaik an der Fassade. Es gab Balkone und Erker, von denen die meisten mit schmiedeeisernen Gittern in Form von Schmetterlingsflügeln geschmückt waren. Die Attraktion im Innern war eine sechseckige, holzvertäfelte Eingangshalle, die sich über alle Etagen in die Höhe zog und oben von einem großen, bunt verglasten Dachfenster begrenzt wurde. Das Fenster zeigte eine prachtvolle Blumenlandschaft mit ineinander verschlungenen Pflanzen. Eine breite Wendeltreppe verband die Etagen des Hauses miteinander. Das Pflanzenmotiv tauchte auch an anderen Stellen im Haus auf: auf dem Bodenmosaik in der Eingangshalle, am Treppengeländer und an den Wänden.

An der Westseite der Villa schloss sich über einen kleinen Flur ein separater Trakt an, der das persönliche Refugium des Hausherrn war. Er bestand aus einem Arbeitszimmer mit Zugang zu einer Veranda, einem Bad und einem Schlafzimmer. Direkt an das Haus angrenzend hatte Dr. Saalfeld eine kleine Tiefgarage bauen lassen, sodass keine parkenden Autos den Blick auf den Garten störten.

Es klopfte, und im selben Moment ging die Tür auf.

»Jonah, ich geh in die Stadtbibliothek. Möchtest du mit?« Es war seine Mutter. Mindestens einmal am Tag kam sie ins Dachgeschoss, um ihn zu irgendeiner Aktivität zu überreden. Meistens zog sie unverrichteter Dinge wieder ab.

»Nein, danke«, sagte Jonah auch jetzt.

»Aber du kannst doch nicht den ganzen Tag hier herumsitzen!«

Doch, das kann ich sehr gut, dachte Jonah, aber er sprach es nicht laut aus.

»Du leihst dir ein paar Hörbücher aus, und danach gehen wir Eis essen!« Ihre Stimme hatte jetzt einen drängenden Ton angenommen. Jonah hörte die bekannten Nuancen heraus: Unsicherheit, Verzweiflung, ihren Wunsch, alles richtig zu machen.

»Lass mich in Ruhe«, knurrte er.

Sie blieb noch eine Weile im Zimmer stehen; dann ging sie. Dukie, wie immer bei solchen Szenen, sagte nichts.

Die Entenbrust war inzwischen kalt geworden. Jonah probierte trotzdem ein Stück. Die Haut war knusprig und mit Honig bestrichen. »Da sind sie!«, rief Dukie auf einmal aufgeregt. »Mitten im Gespräch.«

»Ich habe noch eine Idee.« Dr. Saalfelds Stimme. *»Aber das braucht ein bisschen Vorlauf. Und vielleicht klappt es auch nicht. Aber wir werden es als Plan B in petto haben. Ich lasse einen Schönheitswettbewerb ausschreiben. Direkt auf sie zugeschnitten: ›Großer Kosmetikkonzern sucht neues Gesicht: dunkle Haare, helle Haut, gerne mit charakteristischem Muttermal …‹ Vielleicht springt sie drauf an. Wir lassen sie dann gewinnen. Wenn wir bis dahin noch keine zuverlässige Genprobe haben, kriegen wir sie bei der Preisverleihung. Du kannst ihr dann ja die Haare frisieren.«* Kai Saalfeld lachte über seinen eigenen Witz. *»Und Blut abnehmen können wir ihr dann auch. Wir machen einfach einen Allergietest, ob sie die Kosmetika verträgt … Und eins noch: Ich will, dass du das Mädchen ab sofort rund um die Uhr überwachen lässt.«*

»Warum?«

»Diese Geschichte mit dem Falken stört mich. Kann sein, dass noch jemand Drittes die Finger im Spiel hat. Ich will

genau wissen, mit wem das Mädchen Kontakt hat. Wir legen jetzt mal einen Gang zu.«

»Sie gehen raus!« Dukie war entsetzt. »Verdammt! ... Jetzt sind sie an der Garderobe ... Die gehen in den Garten. Ich komme einfach nicht dazu, den Garten zu verwanzen.«

»Reg dich nicht auf«, sagte Jonah. »Die sind gleich wieder da.«

»... und haben dann alles Wichtige draußen besprochen. Morgen kümmere ich mich direkt um den Garten.« Dukie tippte verzweifelt auf seinen Armaturen herum.

Es klopfte schon wieder. Carmen brachte den Nachtisch. Orangenblütensorbet. Jonah ließ seine Hände über das kalte Glas gleiten, griff nach dem Löffel und kostete. Das Eis schmeckte nach Strand, Licht und Farben. Er musste an seine Mobilitätstrainerin denken, die ihm in der Zeit nach dem Unfall beibringen sollte, wie er als Blinder allein zurechtkam. Er hatte sich nicht sehr für ihre Tipps interessiert und war immer froh gewesen, wenn sie wieder ging. Eines Tages hatte sie ihn gefragt, was er denn am liebsten mache. Und er hatte »Nachtisch essen« gesagt und es auch so gemeint. Den Desserts seines Vaters gelang es immer irgendwie, ihn etwas mit der Welt auszusöhnen. Auch jetzt wich seine Anspannung. Er verputzte alles bis auf die Orangenschale und lehnte sich zufrieden zurück. »Was machst du jetzt?«, fragte er seinen Freund.

»Wie meinst du das?« Dukie klang gelangweilt.

»Vielleicht solltest du das Mädchen warnen«, sagte Jonah.

»Wieso?«

»Würdest du wollen, dass jemand heimlich eine Genprobe von dir nimmt?«

»Was soll's? Außerdem wissen wir ja nicht einmal, wer sie ist. Wie willst du sie da also warnen?«

»Vielleicht kann man ja ihren Namen herausfinden«, überlegte Jonah.

»Kann man. Muss man aber nicht.« Dukie klang genervt. »Wenn ich mich um alles kümmern würde, was mein Alter so anrichtet, käme ich zu nichts mehr. Er macht sein Ding und ich meins. So ist das.«

»Dukie …«

»Ich hab wirklich keine Zeit. Nächste Woche soll die Titanenwurz blühen, und dann gibt mein Vater wieder ein Fest. Wäre toll, wenn der Garten dann fertig ist.«

»Vielleicht ist sie in Gefahr.«

»Rette du sie doch.«

»Ich bin blind.«

»Auch ein blindes Huhn …«

Jonah lehnte sich etwas nach rechts, spürte Dukie neben sich und rammte ihm den Ellbogen in die Seite. Dukie schnappte nach Luft.

»Idiot!«, keuchte er.

»War nicht persönlich gemeint.«

»Jonah, komm, entspann dich. Setz dich aufs Bett und sperr einfach die Ohren auf. Das Leben ist hier!« Dukie tippte auf seine Apparate. »Ich bring es zu dir. Du brauchst nicht einmal vor die Tür zu gehen. Und alles in erstklassiger Qualität!« Dukies Stimme klang fast zärtlich, als er über seine technische Ausstattung sprach. »Sag mir, gibt es *einen* Satz, den du nicht verstanden hast? Hat das Mikrofon auch nur *einmal* geknistert?«

»Nun ja. Der Garten ist natürlich ein Totalausfall.« Jonah grinste.

»Jetzt mal im Ernst«, sagte Dukie. »Bei mir sitzt du in der ersten Reihe. Ich zähl auf dich.«

Jonah machte es sich wieder auf dem Bett bequem. Er spürte dem Orangengeschmack im Mund nach und merkte, dass die Sache ihm letztlich egal war. Dukie hatte eben nichts als seine Technik und die Fehde mit seinem Alten im Kopf. Sollte er tun, was er nicht lassen konnte. Und mit ihm selbst hatte es das Schicksal ja schließlich auch nicht gerade gut gemeint.

»*Vision Face* sucht ...«

Jette biss in ihren Apfel und kaute bedächtig. Bloß keine übertriebenen Aktivitäten, dachte sie. Der Apfel schmeckte süß. Sie leckte sich die Lippen ab und biss gleich noch einmal hinein. Neben sich hörte sie Klara und Charlie in ihren Zeitschriften blättern. Die drei Freundinnen hatten sich direkt nach der Schule bei Charlie auf den Balkon gelegt, sonnten sich dort in den Liegestühlen – und warteten.

Heute sollte die Wohnung geräumt werden. Charlie war wild entschlossen, ihre eigenen vier Wände keinen Moment zu früh zu verlassen, und Jette und Klara hatten es ihr nicht ausreden können. Charlies Mutter und ihre kleine Schwester waren bereits ausgezogen. Sie lebten jetzt bei der Großmutter. Ab heute Abend war das auch Charlies neues Heim.

»Um den Balkon ist es wirklich schade«, sagte Jette in die Stille hinein.

»Um das Blümchenklo auch«, bemerkte Klara. »Blümchen in der Kloschüssel! Das gibt's sonst nirgends. Können die das Klo nicht ausbauen und mitnehmen, und ihr kauft es später zurück?«

»Du redest ja wie meine Mutter«, sagte Charlie genervt. »Hat sie auch schon gesagt. Aber wie soll das gehen? Eine Kloschüssel ausbauen! Außerdem müssen wir die Räumung selbst bezahlen. Jedes Stück, das die aus der Wohnung tragen, erhöht die Rechnung. Würde mich nicht wundern, wenn auch die Lagerung kostet.«

»Wieso hat deine Mutter den Auszug denn nicht selbst organisiert?«, fragte Jette.

»Was weiß ich. Meine Schwester war krank. Und dann war der Räumungstermin auf einmal da. Sobald meine Mutter wieder Geld hat, will sie die Möbel zurückkaufen.«

»Hört ihr das auch?«, fragte Klara plötzlich unsicher. Jette und Charlie lauschten. Ein schweres Auto näherte sich dem Haus. Jette sprang auf und schaute zur Straße hinunter. »Nur ein Laster«, sagte sie. Charlie lächelte schwach.

»Noch jemand einen Apfel?«, fragte Jette. »Meine Mutter hat mir eine ganze Tüte eingepackt.«

Charlie und Klara nickten. Jette kramte die Äpfel hervor, dann schloss sie die Augen und drehte sich zur Sonne. Sie sah den hellen Gasball vor ihren geschlossenen Lidern tanzen, kniff die Augen noch stärker zu und ließ ihre Gedanken schweifen.

»Jette!!! Jetzt hör doch mal!«, rief Klara. Ihre Stimme schien von weit her zu kommen.

»Was denn?«, murmelte Jette schläfrig.

»Die Anzeige hier steht überall!«, sagte Klara. »Hör zu: ›Nutze die Chance deines Lebens! *Vision Face* sucht für einen großen Kunden aus der Kosmetikbranche *das* neue Gesicht. Du kannst es sein! Die weltbesten Fotografen und Stylisten warten auf die Gewinnerin des großen *Vision Face*-Wettbewerbs. Unser neues Gesicht hat eine perfekte, helle Haut, gerne mit charakteristischem Muttermal, und dunkle Haare. Bewirb dich jetzt!‹ Jette, mach das!«

Charlie hatte sich aufgesetzt. »Jette, schick ein Foto hin!«

»Was seid ihr denn für Freundinnen?«, sagte Jette und schnitt eine Grimasse. »Immer wieder kommt ihr mit so Zeugs. Ich hab darauf keinen Bock. Wahrscheinlich muss man dann zu Heidi Klum zum Adventssingen und für Paris Hilton den Chihuahua ausführen. Lasst mich mit so was in Ruhe!« Jette drehte ihren Freundinnen den Rücken zu.

»Aber Jette, Heidi wird dich nur einmal zum Singen einladen ...«, zog Klara sie auf und spielte damit darauf an, dass Jette zwar Klavier spielen konnte, aber noch nie im Leben eine Melodie gehalten hatte.

»Das ist wie für dich ausgeschrieben!«, versuchte Charlie es noch einmal.

»Mir egal«, raunzte Jette.

Charlie drehte sich zu Klara und zuckte mit den Schultern. War eigentlich klar gewesen. Charlie kannte ihre Freundin. Jette hatte noch nie bei einem dieser Castings mitgemacht. Und dabei war sie verdammt hübsch. Aber sie schien sich nichts daraus zu machen. Liebesbriefe, die sie erhielt und bei denen ihr Name nicht ausdrücklich draufstand, steckte sie anderen Mädchen in die Tasche und hatte so schon mehrmals Leute miteinander verkuppelt. Sie trug einfach *irgendwelche* Klamotten, oft sogar Sachen, die Charlie nicht mehr haben wollte. Sie würde eh nicht gern einkaufen gehen, sagte Jette immer. Und Charlie war bereit zu schwören, dass sie Jette noch nie länger als eine halbe Minute vor dem Spiegel gesehen hatte. Jette schien sich für ihr Aussehen überhaupt nicht zu interessieren.

Es klingelte. Die Freundinnen fuhren senkrecht in die Höhe und schauten sich an. Charlie räusperte sich und sagte betont gelassen: »Ich gehe dann mal.«

Jette sprang auf. »Nein, ich mach das schon.« Sie zog sich schnell ihre Jeans und ein Sweatshirt über den Bikini und lief zur Tür. Durch den Spion war niemand zu sehen. Sie drückte auf den Türöffner und hörte, wie unten im Hausflur die Tür ging. »Post!«, rief jemand. »Puuh!«, machte Jette erleichtert und merkte, dass sie vor Aufregung die Luft angehalten hatte. Sie ging langsam zurück auf den Balkon. »Nur die Post«, sagte sie und stellte sich ans Geländer. Sie ließ ihren Blick über die Straße schweifen. Von einem Umzugswagen war nichts zu sehen. Vielleicht kommen sie ja gar nicht, dachte sie. Gegenüber auf der Straßenseite wusch ein blonder Mann sein Auto. Jette schaute genauer hin. Den Mann hatte sie doch schon einmal gesehen. Gestern Nachmittag im Schwimmbad. Er hatte sich die ganze Zeit in ihrer Nähe aufgehalten. In der Straßenkleidung sah er etwas anders aus, aber sie erkannte ihn trotzdem wieder. Der Mann guckte kurz zu ihr hoch, widmete sich aber dann wieder seinem Auto. Jette wunderte sich. Normalerweise versuchten die Leute, mit ihr Kontakt aufzunehmen. Manche wurden auch rot und wandten sich tonlos ab. Dieser aber wirkte völlig desinteressiert.

Jette drehte sich wieder zu ihren Freundinnen um. »Charlie, sollen wir das nicht endlich sein lassen? Wir könnten in die Stadt gehen, ein Eis essen, und heute Abend sehen wir dann nach, ob sie da waren.«

»Ihr könnt ja gehen, wenn ihr wollt«, sagte Charlie kurz angebunden.

»Aber findest du es nicht komisch, hier so zu warten?«, wandte Jette ein. »Erinnert mich irgendwie an das Orchester auf der Titanic. Die haben auch bis zum bitteren Ende gespielt.«

»Aber auf der Titanic sah es etwas anders aus als hier«, sagte Charlie bitter und machte eine Handbewegung in Richtung der Zimmer. Alles, was irgendwie wertvoll war, hatte der Gerichtsvollzieher bereits vor Wochen mitgenommen. Auch Sachen von Charlie. »Wir bleiben. Bis die Titanic untergeht, okay?«, sagte Charlie.

Jette nickte und ließ sich wieder in ihren Liegestuhl fallen. Wenn Charlie sich etwas in den Kopf gesetzt hatte, war sie nur schwer davon abzubringen.

Sie erinnerte sich noch gut daran, wie Charlie ihr das erste Mal aufgefallen war. Sie waren damals in der fünften

Klasse gewesen und hatten in der ersten Stunde eine Biologiearbeit geschrieben. Jette gab als Erste ab und ging aus dem Klassenzimmer. Draußen vor der Tür stand ein schmales Mädchen mit glatten blonden Haaren und einem fein geschnittenen Gesicht. Charlie, ihre Klassenkameradin. Sie hatte verschlafen und war gerade erst gekommen. Für die Klassenarbeit war es natürlich viel zu spät, und Charlie weinte. Jette hatte sie gefragt, ob ihre Mutter sie denn nicht geweckt habe. Charlie hatte den Kopf geschüttelt und fand die Frage offensichtlich ziemlich blöd. Aber dann hatte Jette ihr breit und ausführlich erzählt, wie unglaublich missraten der Regenwurm aussah, dessen Körperteile sie in der Arbeit beschriften sollten und den der Lehrer eigenhändig gemalt hatte. Sie hatte immer noch einen draufgesetzt, bis Charlie schließlich lachen musste. Und seit diesem Tag waren sie Freundinnen.

»Hört ihr das?«, fragte Klara auf einmal.

Jette fuhr erschrocken hoch. Der Lärm kam von der Straße. Sie sprang auf und blickte über das Geländer. Unten vor der Wohnung parkte ein Umzugswagen. Charlie saß wie versteinert in ihrem Liegestuhl.

»Sie kommen«, sagte Jette. Aus dem Wagen stiegen drei Männer. »Da sind noch mehr Leute in einem anderen Auto.«

»Vielleicht der Gerichtsvollzieher?«, sagte Klara.

Jette zuckte mit den Schultern. Charlie sagte immer noch nichts.

»Charlie, zieh dir was an. Die klingeln gleich«, sagte Jette. Charlie streifte sich mechanisch T-Shirt und Rock über.

»Wie auf der Titanic!«, sagte Jette und hakte sich bei ihr ein.

»Okay.« Charlie lächelte schwach.

Die drei Mädchen gingen in den Flur und lauschten. Nichts. Dann klingelte es. Das schrille Geräusch kam den Mädchen lauter vor als sonst. »Ich mach schon«, sagte Jette.

Charlie sah ihre Freundin dankbar an. Jette nahm die Dinge in die Hand. Sie hatte etwas Furchtloses an sich. Wie in der Nacht am See, als sie allein in den dunklen Wald gegangen war. Sie stand an der Tür, sehr aufrecht, eine Augenbraue spöttisch in die Höhe gezogen. Sie würde die Tür öffnen und stolz und schön im Eingang stehen. Wer auch immer auf der anderen Seite Einlass begehrte, würde sich als Bittsteller fühlen und sich erst einmal gründlich verhaspeln. Jette war ihr ein Rätsel. Woher nahm sie dieses Selbstvertrauen? Immerhin war sie, wenn man so wollte, ein Findelkind. Ihre Mutter hatte sie ein paar Tage nach der Entbindung in der Klinik zurückgelassen. Im Alter von wenigen Wochen war Jette dann zu neuen Eltern gekommen.

»Du siehst aus wie eine Königin«, war es Charlie einmal rausgerutscht. Jette hatte gelacht und gesagt: »Nein, wie eine Prinzessin. Wie die Tochter einer Königin!« Und sie hatte den Kopf noch etwas höher getragen, obwohl das kaum noch möglich war. Ihre leibliche Mutter war eine drogenabhängige Frau, von der niemand wusste, wo sie war und ob sie überhaupt noch lebte. Und Jette bezeichnete sie glatt als »Königin«.

Es klingelte wieder. Doch irgendetwas stimmte nicht.

»Halt!«, rief Charlie. »Das war nicht bei uns! Die klingeln nicht bei uns.«

»Wie, nicht bei uns?«, fragten Jette und Klara fast gleichzeitig.

»Das ist die Klingel vom Nachbarn«, sagte Charlie und zuckte die Achseln.

Dann war es still.

»Der ist nicht da«, sagte Charlie.

Nach einer Weile hörten die Mädchen, wie es überall im Haus klingelte, auch bei ihnen. Irgendjemand drückte den Türöffner. Mehrere Leute kamen die Treppe hoch und blieben auf Charlies Etage stehen.

Jette spähte durch den Spion. Ein Mann klingelte an der Tür nebenan. Keine Reaktion. »Öffnen Sie bitte!«, sagte der Mann nach einer Weile zu einem seiner Begleiter.

»Die bauen das Schloss aus«, flüsterte Jette, ohne die Augen vom Spion zu lassen. Jetzt hörten die Mädchen ein Klopfen. Dann etwas, das wie ein Schlag gegen Holz klang. Danach war alles still.

»Die Tür ist offen. Sie gehen rein«, fragte Jette leise.

Die drei Freundinnen schauten sich verdutzt an.

»Versteht ihr das?«, flüsterte Jette.

»Da wohnt ein Musiklehrer«, sagte Charlie. »Der ist ganz neu hier eingezogen.«

Nach ein paar Minuten hörten die Mädchen schwere Schritte im Hausflur und ächzende Männerstimmen.

»Die tragen ein Sofa runter«, sagte Jette am Spion.

»Wisst ihr, was ich glaube?«, sagte Charlie langsam. »Die räumen die falsche Wohnung aus. Der Nachbar heißt auch Schmidt. Aber mit ›dt‹, nicht mit ›tt‹ wie wir.«

»So blöd kann man doch nicht sein«, sagte Klara.

»Meine Mutter hat unser Namensschild schon abmontiert. Wahrscheinlich haben die an der Tür nebenan nur ›Schmidt‹ gelesen und sind rein.«

»Ist denn da keiner von der Wohnungsgesellschaft dabei?«, fragte Jette.

»Keine Ahnung«, antwortete Charlie. »Die wissen vielleicht auch nur, dass die Wohnung irgendwo im zweiten Stock ist.«

Charlie grinste, und Klara musste so sehr lachen, dass sie sich verschluckte.

»Mädels, ich schlage vor, wir legen uns wieder auf den Balkon«, sagte Jette. Sie stolzierte nach draußen, streifte sich die Kleidung ab, schaute ihre Freundinnen triumphierend an und fragte: »Wie war der neue Nachbar denn so?«

Jette und Charlie legten sich wieder auf die Liegestühle. Klara stellte sich ans Geländer und verfolgte das Treiben unten auf der Straße. Hin und wieder brach eine der drei Freundinnen in Gelächter aus.

»Jetzt bringen sie das Klavier«, sagte Klara.

Jette sprang auf. Tatsächlich. Auf dem Bürgersteig stand ein hellbraunes Klavier. »Bin gleich wieder da«, sagte sie ohne weitere Erklärung und lief die Treppe hinunter.

Nach dem schweren Klavier hatten die Möbelpacker eine Pause eingelegt und sich auf ein paar herumstehende Stühle gesetzt. Die drei Männer waren kräftig, aber auf ihren Stirnen glänzte der Schweiß.

»Ein schönes Stück«, sagte Jette und ließ ihre Hände über das edle Klavier gleiten.

»Räumungsklage«, sagte einer der Männer. »Wir schaffen alles raus. Schon komisch. Die Leute haben ein teures Klavier, können aber die Miete nicht zahlen. Kommt öfter vor, als man denkt.«

Jette drückte vorsichtig eine Taste. Ein klarer Ton erklang, der sich auf der anderen Straßenseite verlor. Ein Vogel antwortete.

»Haben Sie vielleicht einen Stuhl?«, fragte sie.

»Natürlich«, sagte der Mann und rückte ihr einen Stuhl zurecht.

Jette setzte sich, ließ die Finger sacht über die Tasten gleiten und sagte mit lauter Stimme: »Für Charlie!« Dann schlug sie die ersten Akkorde aus »The Sinking« an, der Musik, die das Orchester im Titanic-Film beim Untergang des Schiffes gespielt hatte. Gleich zu Beginn kamen die hämmernden, bedrohlichen Töne, dann die dramatische Melodie des letzten Aufbäumens, schließlich die schrägen Klänge, als das Schiff barst. Jette hatte die Klavierversion vor längerer Zeit einmal gelernt und fast nichts vergessen. Nicht dass sie eine besonders gute Klavierspielerin war. Aber ihre Mutter war Opernsängerin und spielte leidenschaftlich gern, und so hatte Jette zwangsläufig ein bisschen spielen gelernt. Nachdem der letzte Ton verklungen war, stand sie auf, deutete eine Verbeugung an und ging zurück ins Haus.

Charlie und Klara waren nicht mehr auf dem Balkon. Jette fand sie im Wohnzimmer auf dem Sofa. Charlie hatte ihr Gesicht in ein Kissen vergraben und weinte.

»Was ist denn los?«, fragte Jette bestürzt.

»Das war zu viel«, flüsterte Klara, und ihre Stimme klang vorwurfsvoll.

»Oh nein, das wollte ich nicht.« Jette kniete sich erschrocken vor ihrer Freundin auf den Boden. »Ich dachte, das freut dich.« Charlie schluchzte noch etwas lauter. Jette streichelte ihr vorsichtig über den Kopf. »Na komm.« Doch Charlie weinte nur noch mehr. »Du hättest die Männer unten sehen sollen«, versuchte Jette es weiter. »Sahen selbst aus wie drei kleine Schränke …« Charlie musste ein bisschen lachen. »Und bald müssen sie den ganzen Kram wieder hochtragen«, fügte Jette grinsend hinzu. Charlie weinte und lachte jetzt gleichzeitig.

»Soll ich Eis für uns kaufen gehen?«, fragte Jette.

»Ja, gute Idee«, sagte Klara.

Eine Viertelstunde später saßen die drei Mädchen erneut in den Liegestühlen, jede mit einem Schokoladeneis in der Hand. Der Umzugswagen war wieder weggefahren.

»Charlie will in der Wohnung bleiben«, sagte Klara. »Ich übernachte heute bei ihr.«

»Die kommen doch sicher wieder«, gab Jette zu bedenken.

»Ja, aber nicht heute«, sagte Charlie. »Wahrscheinlich brauchen die erst einmal ein paar Wochen, um einen neuen Termin festzulegen. So sind Behörden.« Charlie grinste.

Ein Sonnenbad später verabschiedete Jette sich. Sie hatte noch etwas Dringendes zu erledigen.

Als sie zu Hause ankam, lag ihre Mutter in der Badewanne und las. Um sie herum wogten Berge von Schaum. »Bleib ruhig liegen, Mama«, sagte Jette. Ihre Mutter hatte die nervige Angewohnheit, sich ständig in Jettes Leben einzumischen. Jette wusste, dass das nicht böse gemeint war, aber bei dem, was sie jetzt vorhatte, war sie nicht scharf auf neugierige Nachfragen.

»Wie fändest du es«, fragte ihre Mutter, »wenn Papa und ich ein Wochenende nach Venedig fahren? Du kannst auch mitfahren, wenn du willst.« Sie hielt einen Venedig-Reiseführer in der Hand.

»Nein, fahrt nur allein«, sagte Jette und setzte ihrer Mutter eine Schaumkrone auf den Kopf.

»Aber du schläfst dann bei Klara, okay? Oder sie bei dir? Oder Charlie.«

Jette machte ein unbestimmtes Gesicht.

Ihre Mutter tauchte unter, und Jette nutzte die Gelegenheit, um aus dem Bad zu flüchten.

Aus dem geschlossenen Arbeitszimmer drang laute Musik. Jette öffnete die Tür. Ihr Vater saß bei weit geöffnetem Fenster mit einer Zigarette in der Hand am Schreibtisch und arbeitete. Er hatte ihr den Rücken zugewandt. Jette trat auf ihn zu und klopfte ihm auf die Schulter. Er drehte sich erschrocken um, doch als er sah, dass es seine Tochter war, lächelte er. »Mach bitte die Tür zu«, sagte er, wie immer, wenn Jette reinkam, während er rauchte. Eine Opernsängerin und ein rauchender Lehrer: In regelmäßigen Abständen krachte es in Jettes Elternhaus. Dann meinte ihre Mutter, sich den Rauch nun wirklich nicht mehr zumuten zu können. Und Jettes Vater versprach, mit dem Laster aufzuhören, wozu es allerdings nie kam. »Hast du Hunger?«, fragte er jetzt.

Jette schüttelte den Kopf. »Arbeite ruhig weiter«, sagte sie und ging wieder aus dem Zimmer. »Die Tür!«, rief er ihr nach.

Im Wohnzimmer lagen mehrere Tageszeitungen. Gut, dass ihre Eltern beschäftigt waren. Jette schaute sie durch und fand auf Anhieb die Anzeige, die Klara ihnen vorgelesen hatte. »*Vision Face* sucht ...« Die Anzeige stand wirklich überall. Jette schrieb eine Bewerbung, legte ein aktuelles Foto bei und ging direkt zum Briefkasten. Vielleicht hatte sie ja tatsächlich gute Chancen zu gewinnen, würde damit etwas Geld verdienen und konnte Charlie dann die Miete für die Wohnung bezahlen.

Die Blüte der Titanenwurz

»Was sagst du dazu?« Dukie verschluckte sich fast vor Eifer. »Ich hab im Gewächshaus über der Titanenwurz ein Mikro montiert. In der Lampe. Und das Beste: Es hat einen Parabolspiegel! Der leitet dir die Töne alle ins Mikro, egal woher sie kommen. Der Spiegel reflektiert die da rein. Die Leute können stehen, wo sie wollen, wir kriegen alles mit. Wie findest du das?«

Jonah verzog gelangweilt sein Gesicht. Seit zwei Stunden erzählte Dukie ihm, welchen Sender er wo im Garten versteckt hatte und wie das Zeug funktionierte. Nicht dass sie in der Zeit irgendein Gespräch mitgehört hätten. Dukie war ganz mit dem Optimieren seiner Technik beschäftigt. Wenigstens begann jetzt langsam die Feier. Der Geräuschpegel auf der Familienveranda war bereits angeschwollen, und das Orchester spielte sich ein. Durch das geöffnete Fenster bekamen sie alles mit.

Dr. Saalfeld und seine Frau erwarteten hundertfünfzig ausgewählte Gäste. Wie immer wenn die Titanenwurz blühte, richteten sie kurzfristig ein Fest aus. Die Titanenwurz besaß die größte Blüte der gesamten Pflanzenwelt, und Dr. Saalfeld hatte sie vor einigen Jahren aus Sumatra mitgebracht. Wim Tanner schaffte es regelmäßig, sie zum Blühen zu bringen, was in der Fachwelt als ziemlich schwierig galt. Glücklicherweise stand die Titanenwurz in einem Gewächshaus im hinteren Teil des Gartens. Denn wenn sie blühte, stank sie mörderisch. Sie roch nach verwesendem Tierkadaver.

Pflichtschuldig warfen die meisten Gäste einen Blick auf die stinkende Pracht. Tatsächlich aber kamen sie wegen des gesellschaftlichen Ereignisses und des unglaublich schönen und großen Gartens des Gastgebers. Seit seiner Kindheit war Dr. Saalfeld ein Pflanzennarr gewesen und hatte dieses Hobby inzwischen perfektioniert. Von der etwas höher gelegenen Terrasse, auf der das Orchester spielte, führten kleine Kieswege vorbei an kunstvoll geschnittenen Buchsbäumen und Rosenbeeten zu einer Wasserlandschaft. Mehrere alte Linden spendeten den Gästen Schatten. Unzählige kleine Hecken, verwitterte Mäuerchen, Steinfiguren, Pavillons und Springbrunnen schienen den Garten in einen verwunschenen Ort zu verwandeln. Nach Osten hin begrenzte ein Bauerngarten das Anwesen, nach Westen eine Margeritenwiese mit Weiden. Zur Straße hin lag das Gewächshaus, das von einem kleinen Wald aus alten Ahornbäumen und Eichen umgeben war.

»Stell doch das Mikro mit dem Parabolspiegel endlich mal an«, sagte Jonah. Ihm war zum Erbrechen langweilig.

»Gleich«, sagte Dukie. Dann feixte er. »Übrigens hab ich ein neues Computerprogramm, das die Gerüche gleich mittransportiert.«

»Du meinst, ich würde mir bald wünschen, dass bei dem Unfall auch meine Nase draufgegangen wäre?«, sagte Jonah aggressiv. Dukie antwortete nicht und schaltete stattdessen das Mikro ein.

»Liebe Freunde«, begann Herr Saalfeld gerade seine Rede. *»Sie haben ganz recht: Diese braun-purpurne Blüte ist wirklich beeindruckend – und stinkt unglaublich!«*

Im Hintergrund waren vereinzelt Stimmen zu hören.

»Barbarisch!«, sagte eine Frau und würgte laut.

»Raus hier!«, flüsterte ein Mädchen.

»Wie Leichengeruch«, fügte ein Mann hinzu.

»Wim, erzähl uns ein paar Einzelheiten«, bat Dr. Saalfeld.

»Meine Herrschaften ...« Wim Tanner war direkt zur Stelle. *»... was dem einen Ekel bereitet, ist dem anderen Genuss ...«* Einige der Anwesenden lachten. *»Diese kleinen Käferchen hier, von denen Sie im Moment nur wenige sehen, die nachts aber in ganzen Scharen aktiv sind, fühlen sich durch den Geruch dieser Pflanze magisch angezogen ...«*

Jonah schaltete innerlich ab. Auf die biologischen Ergüsse Wim Tanners konnte er gut verzichten. Außerdem hatte der Mann einen unangenehm pfeifenden Atem, den das Mikrofon schonungslos übertrug. Wahrscheinlich Polypen, dachte Jonah.

»Hast du nichts Besseres?«, fragte er Dukie.

»Wieso, ist doch interessant.«

Jonah drängte nicht weiter. Das Orchester spielte *Pretty Woman.* Ob jemand tanzte? Seine alte Klasse hatte im vergangenen Jahr einen Tanzkurs gemacht. Sie hatten ihn gefragt, ob er mitgehen wolle, doch er hatte abgelehnt und seither von niemandem mehr etwas gehört. Jetzt ging er auf eine Sehbehindertenschule. Seine Eltern fuhren ihn morgens hin und holten ihn mittags wieder ab. Die ganze Veranstaltung nervte unendlich. Warum mit sechzehn Jahren noch mal lesen lernen?, hatte er sich mehr als einmal gefragt. Mit Punkten, die man unter den Händen kaum spürte? Und die ganzen Computerprogramme mit ihren Sprachausgaben ließen sich auch nicht gerade einfach bedienen. Er saß dort nur seine Zeit ab. Hin und wieder versuchte seine Mutter, ihm ins Gewissen zu reden. Er müsse sich kleine Ziele setzen, zum Beispiel sich wieder Notizen machen zu können. Mit ein paar Brailleschrift-Kenntnissen ließen sich die entsprechenden Schreibmaschinen ohne viel Aufwand benutzen. Doch Jonah ging nie auf diese Vorschläge ein und war froh, dass wenigstens sein Vater ihn in Ruhe ließ, der erst mal abzuwarten schien. Worauf, war Jonah allerdings nicht ganz klar. In der Zwischenzeit machte er ihm jedenfalls köstliche Nachtische.

Im Gewächshaus schwoll der Geräuschpegel plötzlich stark an. Dann verebbte er. Die Leute gingen hinaus. Dukie wollte den Sender gerade ausstellen, als die Stimme seines Vaters erklang.

»Wim, gute Nachrichten.«

»Was denn?«, fragte Wim Tanner.

»Das Mädchen hat angebissen«, sagte Dr. Saalfeld. *»Sie hat sich beworben. Als eine der Ersten. Diese Gören sind alle gleich. Träumen von einer Karriere als Model ... Wir warten noch ein paar Tage, damit der Wettbewerb glaubhaft ist. Dann laden wir sie zur Siegerehrung ein.«*

»Läuft ja bestens.«

»Du besorgst trotzdem wie besprochen die Blutprobe. Das geht schneller. Ich will endlich anfangen.«

Es war wieder still.

Sie hat sich also beworben, dachte Jonah. Und ahnt wahrscheinlich nichts. Wie sie wohl hieß? Und wo sie wohnte? Jonah wollte Dukie gerade fragen, ob er in den vergangenen Tagen noch etwas über das Mädchen erfahren hatte, als dieser zu einem seiner Technikmonologe ansetzte. Er wollte von dem Thema ablenken, das war Jonah völlig klar. Seit dem Tag, als sie das Abendessen von Dr. Saalfeld und Wim Tanner belauscht hatten, waren sie nicht mehr auf das Mädchen zu sprechen gekommen.

»Soll ich die Mikros am Büfett laut schalten?«, fragte Dukie schließlich.

Jonah seufzte und nickte. Aber er war abgelenkt. Das Mädchen geisterte in seinem Kopf herum. Auf der Terrasse spielte das Orchester weiter irgendwelchen Quatsch. Jonah schnupperte und konnte einen vagen Duft nach Mandel und Vanille ausmachen. Sein Vater buk Amarettosoufflés. Hier im Dachgeschoss vermischte sich der süße Duft des Desserts mit dem Geruch der ausgestopften Fische, die von der Decke baumelten. In Jonah weckte das die Erinnerung an einen Nordseeurlaub, wo er vor vielen Jahren einmal auf einem Kutter Butterkuchen gegessen hatte. Sein Vater würde ihnen sicherlich gleich ein paar Soufflés hochbringen lassen. Das vergaß er nie. Auch nicht im größten Stress.

Direkt vor der Villa fuhr ein Auto vor. Das musste irgendein Super-VIP sein. Die zehn Stellplätze der Tiefgarage blieben bei festlichen Anlässen nur den wichtigsten Gästen vorbehalten. Vielleicht die Familie Hagenau, der ein beachtlicher Teil der Stayermed-Aktien gehörte. Oder Dr. Berger, der Aufsichtsratsvorsitzende, der so fett war, dass er kaum noch laufen konnte. Vielleicht auch der Oberbürgermeister.

Eine Autotür wurde geöffnet. Ein paar Gäste stiegen aus. Leises Gemurmel. Die Stimmen waren nicht zu erkennen. Dann Benno Krawtschiks tiefes Organ. Er bat um den Autoschlüssel, um den Wagen parken zu können.

Benno Krawtschik half bei Festen im Haus oft aus. Eigentlich war er Aufzugführer bei Stayermed, wo er den Vorstandsaufzug bediente. Wie er Jonah einmal anvertraut hatte, hätte er es nicht besser treffen können. Denn Benno Krawtschik war leidenschaftlicher Krimileser, und während die Herren in ihren Büros ihrem täglichen Kampf nachgingen, las er jeden Tag ein ganzes Buch.

»Hör dir das an!«, sagte Dukie plötzlich aufgeregt und rüttelte Jonah unsanft an der Schulter. »Das ist echt der Hammer!«

»Was denn?«

»Diese Blagen! Die Kinder vom Oberbürgermeister sind im Arbeitszimmer von meinem Vater. Keine Ahnung, wie die da reingekommen sind. Eigentlich schließt mein Vater immer ab. Die machen am Terrarium rum.«

»Wo die Puffotter drin ist?«

»Genau.«

»Niedliches Tier«, klang eine Knabenstimme aus dem Äther.

»Weiß nicht, vielleicht ist die giftig«, sagte ein zweiter Junge.

»Soll ich sie mal streicheln?«

»Bist du verrückt!«

»Puff …«

»Hast du das gehört?« Dukie flüsterte. »Das war die Schlange. Die hat *puff* gemacht.«

Natürlich hatte Jonah das gehört. War ja nicht zu überhören gewesen. Er grinste – Biologieunterricht am lebenden Objekt. Puffottern machten also *puff*, wie Klapperschlangen eben klapperten. War irgendwie logisch. »Die Schlange *pufft* wahrscheinlich, wenn sie sich bedroht fühlt«, sagte Jonah.

»Ja«, flüsterte Dukie. »Und ich sag dir was. Die haben den Deckel abgenommen.«

»Komm, wir machen den Kasten wieder zu«, sagte einer der Jungen.

»Uuh, scheißschwer … Hilf doch mal … Autsch!« Es folgte ein lautes Krachen, dann war es kurz still.

»Los, wir hauen ab.«

»Das war's«, sagte Dukie. »Die haben ganz schön die Hosen voll.«

»Was ist denn passiert?«, fragte Jonah.

»Was weiß ich«, sagte Dukie. »Der Deckel ist runtergefallen. Vielleicht ist er kaputtgegangen. Ich hab auch nicht mehr gehört als du.«

»Und jetzt?«

»Jetzt hören wir mal woanders rein.«

Dukie war wirklich gnadenlos. Jonah überlegte, ob er auch dann noch an seinem Schaltpult sitzen bliebe, wenn das Haus in Flammen stünde. Wahrscheinlich schon.

»Was willst du hören?«, fragte Dukie.

»Sag mir Bescheid, wenn du deinen Alten und Wim Tanner findest und sie über das Mädchen sprechen«, sagte Jonah.

»Wieso denn immer das?«, beschwerte sich Dukie. »Wie wäre es mit dem Oberbürgermeister? Oder dem Mädchen am Eisstand?«

»Moderatoren besorgen das, was die Leute hören wollen, kapiert? Und du bist der Moderator.«

»Schon gut.«

Es klopfte. Eine junge Angestellte brachte ein paar Soufflés. Sie war neu und hieß Marie. In null Komma nichts roch der ganze Raum nach Mandeln, Vanille und Amaretto. Marie wurde in letzter Zeit häufiger damit betraut, das Essen ins Dachgeschoss zu bringen. Weil sie ziemlich schüchtern war, vermied Jonah es, sie anzusprechen. Er wollte sie nicht in Verlegenheit bringen. Aber sie hatte eine nette Stimme, und Jonah freute sich, wenn sie kam.

Er aß das Soufflé im Bett und konnte alle Zutaten einzeln herausschmecken. Jonah schloss die Augen und sah ein helles, orange glänzendes Soufflé mit einer leicht verwehten Schicht Puderzucker vor sich. Es schmeckte warm und süß und nach Sehnsucht. Er nahm sich noch ein zweites und biss genüsslich hinein.

»Ich hab meinen Vater zusammen mit Wim Tanner!«, sagte Dukie mit vollem Mund. »Ich glaube, sie sprechen über das Mädchen«, fügte er in triumphierendem Tonfall hinzu. »Die haben gerade was über eine Genprobe gesagt.«

»Wo sind sie denn?«

»Unter unserem Baumhaus. Die sitzen bestimmt auf der Bank am Teich. Hab da natürlich auch ein Mikro versteckt.«

»Zieh hoch, Dukie«, sagte Jonah, bevor sein Kumpel weiterreden konnte.

»Das stimmt doch gar nicht«, sagte Wim Tanner in dem Augenblick. *»Ihr wart alle verrückt nach dem Baby. Nicht nur Norbert Königssohn. Du auch. Lina Sandwey hier, Lina Sandwey da, Lina Sandwey dort. Ist zwar fünfzehn Jahre her, aber ich erinnere mich trotzdem noch verdammt gut. Sie war das hübscheste Baby auf der Station: weiße Haut, dunkler Flaum auf dem Kopf, rote Lippen, ein Muttermal auf der Wange. Ihre Mutter war genauso hübsch, nur leider drogenabhängig. Ich weiß noch, dass du dem Baby viermal am Tag die Flasche gegeben hast – als Arzt! Womit du recht hast: Norbert war überhaupt nicht mehr ansprechbar. Er arbeitete damals rund um die Uhr. Seine gesamten Forschungen drehten sich nur noch um sie. Wenn du mich fragst, er war besessen von ihr. Ich erinnere mich auch noch an den Tag, als sie von ihren Adoptiveltern in der Klinik abgeholt wurde ...«*

»Und wann kriege ich jetzt endlich diese Genprobe?«, unterbrach Dr. Saalfeld den Redestrom.

»Morgen.«

»Wirklich?«

»Ja, ich besorge dir das Blut.«

»Das ist gut.«

»Brauchst du dann auch noch Haare, wenn ich Blut habe?«

»Nein, Blut reicht.«

»Guten Tag, Herr Dr. Saalfeld ...«

»Verdammt!«, schimpfte Dukie. »Die sind unterbrochen worden.«

»Hast du das Gespräch aufgenommen?«, fragte Jonah.

»Klar«, sagte Dukie. »Mach ich immer.«

»Kannst du es speichern? Ich mein, für länger?«

»Nee, geht nicht. Das überspielt sich nach ’ner Zeit von selbst.«

»Speichre es doch bitte.«

»Nee, geht nicht.«

Dann eben nicht, dachte Jonah genervt. Er würde sich eben das Wichtigste merken. Das Mädchen hieß Lina Sandwey. Und dann gab es noch einen Norbert Königssohn. Und jetzt?

»Dukie, du solltest das Mädchen warnen«, sagte Jonah.

»Lass mich in Ruhe«, antwortete Dukie.

Jonah reichte es. Er rutschte zur Bettkante, stand auf, ging vorsichtig an den Muschelfeldern vorbei zur Tür und verließ den Raum. Weil er keine bessere Idee hatte, schlug er den Weg zum Klo ein. Nach sechs Schritten geradeaus stand er auf der Galerie im Treppenhaus. Er ging bis zum Geländer, machte dort kurz Halt und lauschte den Stimmen aus den unteren Stockwerken. Die Party war in vollem Gang. Gedämpftes Gemurmel drang zu ihm herauf. Jonah hörte die Garderobiere mit den Kleiderbügeln klappern. Dann vernahm er die Stimme von Frau Menzel, Dr. Saalfelds Chefsekretärin, die ihren Mantel verlangte. Frau Menzel galt bei den Herren im Konzern als überaus attraktiv, fähig und bestens informiert. Jetzt hörte Jonah auch Dr. Saalfelds Schritte. Sie näherten sich der Garderobe. »Sie verlassen uns bereits?« Er hatte einen charmanten Ton angeschlagen. »Nehmen Sie bitte noch ein Canapé. Die sind wirklich sehr gut. Mein Koch ...« Dann klirrte Glas, und Marie rief erschrocken: »Oje!« Kurz darauf Frau Saalfelds dunkle warme Stimme: »Hol den Handfeger. Ich pass auf, dass keiner reintritt.« Frau Saalfeld rutschte immer wieder das *Du* heraus, wenn sie mit ihren Angestellten sprach. Meistens verbesserte sie sich dann schnell. Jonah hörte das Klirren der Scherben, als Marie sie zusammenkehrte. »Ist nicht so schlimm«, hörte er Frau Saalfeld noch sagen. Der Rest ging im Schlagen der großen Standuhr im Erdgeschoss unter. Es war fünf Uhr. Jonah drehte sich um. Er würde jetzt erst einmal aufs Klo gehen.

Plötzlich hörte er ein Zischen. *Puff, puff, puff.* Er blieb abrupt stehen, die linke Hand noch an der Brüstung, das rechte Bein bereits in der Luft. Stille. Dann wieder *puff, puff.* Jonah rührte sich nicht und horchte angestrengt in die Richtung, aus der das Geräusch kam. Er wartete. Und dann spürte er auf einmal die Schlange. Sie kroch direkt an seinem Fuß vorbei. Zunächst stieß ihr Kopf sacht gegen seinen Knöchel, dann folgte ihr schlängelnder Rumpf und ihre kitzelnde Schwanzspitze. Im nächsten Moment war sie weg. Sie ist wirklich nicht lang, dachte Jonah, eben eine Babyschlange.

Er traute sich nicht weiterzugehen. Wenn die Schlange noch in der Nähe war, würde sie ihn vielleicht doch beißen. Sollte er um Hilfe rufen? Und wenn er die Schlange damit erschreckte? Er wartete noch eine Weile, dann wagte er es. »Dukie!«, rief Jonah mit gedämpfter Stimme. Die Antwort war ein *Puff, Puff, Puff, Puff.* Scheiße, dachte er. Und plötzlich spürte er Angst in sich hochsteigen, eine dunkle mächtige

Angst. Da kam die Schlange zurück. Ihre trockene, kühle Haut streifte erneut seinen Knöchel. Aber diesmal kroch sie nicht vorbei. Sie rollte sich an seinem Fuß zusammen und blieb dort liegen.

Jonah stand da wie erstarrt. Sein ganzer Körper war in Aufruhr, ihm wurde abwechselnd heiß und kalt. Er stand immer noch mit der einen Hand an der Brüstung und dem rechten Bein in der Luft. Wie lange würde er in dieser Haltung ausharren können? Alle seine Sinne waren geschärft, er hatte sich noch nie so wach gefühlt. Er erinnerte sich plötzlich an ein abgehörtes Gespräch, bei dem Wim Tanner geprahlt hatte, dass Babypuffottern giftiger als ihre Mütter seien. »Sie machen ihre geringe Größe durch ein besonders starkes Gift wett«, hatte er gesagt.

Das Bein, auf dem Jonah stand, begann zu schmerzen. Er wartete. Doch dann geschah etwas Merkwürdiges. Er merkte, wie die Angst ihn verließ. Er fühlte sich mit einem Mal frei. Jetzt, in diesem Augenblick, konnte er zwischen Leben und Tod wählen. Jonah wurde übermutig. Soll ich mich ein bisschen bewegen?, überlegte er. Die Schlange würde wahrscheinlich nicht lange zögern und ihre Giftzähne in sein Bein bohren. »Ein tragischer Unfall«, würden die Leute sagen. Nicht unbedingt eine schlechte Idee. Schließlich konnte er nicht sein ganzes Leben im Dachgeschoss der Villa verbringen. Dukie würde spätestens nach dem Abitur ausziehen. Und dann musste auch er wieder zu den Menschen da unten hinabsteigen. Zu den Sehenden. Ohne lange nachdenken zu müssen, wusste er, dass er darauf keine Lust hatte. Das Leben hatte es mit ihm nicht gut gemeint. Warum sollte er sich jetzt besonders ins Zeug legen? Warum überhaupt in einer Welt leben, die nicht mehr die seine war? Warum in einen Wettbewerb treten, den man nur verlieren konnte? Er würde sich sowieso entscheiden müssen, wie es weiterging. Warum die Entscheidung nicht jetzt treffen? Hier zu seinen Füßen lag eine elegante Lösung.

Jonah bewegte das Bein in der Luft ein wenig, wie um die Bewegung, die ihn töten könnte, anzutesten. Die Schlange wurde sofort unruhig. Sie stieß mit ihrem Kopf an seinen Knöchel, richtete sich auf und züngelte seine Wade entlang. Es kitzelte. Aber wenn die Schlange mich beißt, wird niemand das Mädchen warnen, dachte Jonah plötzlich. Und er kannte jetzt immerhin ihren Geburtsnamen. Es gab nur einen Grund, sich nicht von der Schlange umbringen zu lassen, und der war, dass er das Mädchen warnen musste. Wollte er das wirklich? Was ging sie ihn überhaupt an? Aber wenn er ehrlich war, interessierte er sich schon für sie. Er hatte immer genau hingehört, wenn Dr. Saalfeld und Wim Tanner über sie gesprochen hatten. Er hatte Dukie gedrängt, ihr zu helfen. Warum? Irgendwie fühlte er sich moralisch dazu verpflichtet. Und er hatte das Gefühl, dass es vielleicht der erste Schritt zurück ins Leben sein könnte. Er wollte zurück. Und dass er das wollte, war das Ätzende. Er wollte nicht wollen. Am schwersten war zu ertragen, dass einen das Leben mit Füßen trat und man dennoch an ihm hing. Warum drehte man sich nicht einfach um und verließ die Bühne?

Und dann war die Angst wieder da. Wie ein schweres Tier legte sie sich erst in seinen Bauch und kroch dann weiter in seine Beine, Arme, den Kopf und in die Haarspitzen. Ja, auch in die Haare. Es hätte ihn nicht gewundert, wenn sie wie elektrisch geladen von seinem Kopf abgestanden hätten. Die Uhr im Erdgeschoss schlug Viertel nach fünf. Bissen Schlangen eigentlich auch zu, wenn man sich nicht bewegte? Konnte ja sein. Er war jetzt nass geschwitzt – und wartete weiter. Wenn die Schlange mich nicht beißt, warne ich das Mädchen, sagte er sich. Es war ein Schwur.

Er war so darauf konzentriert, sich nicht zu bewegen, dass er Carmen nicht kommen hörte. Sie musste die Schlange sofort gesehen haben, denn noch auf der Treppe machte sie wieder kehrt. Erst da nahm Jonah ihre klappernden, sich schnell entfernenden Schritte wahr. Ein paar Minuten später kam Wim Tanner die Stufen hoch. Er hatte einen Behälter mit verängstigt piepsenden Küken dabei, den er vorsichtig auf den Boden stellte. Kurz darauf richtete sich die Schlange an Jonahs Knöchel auf und kroch davon. Nach einer Weile, die ihm wie eine Ewigkeit vorkam, sagte Wim Tanner: »Ich hab sie. Hattet ihr Spaß miteinander?«

Nach der Party

Kai Saalfeld stand auf der Veranda vor seinem Arbeitszimmer. Die Gäste waren inzwischen gegangen. Der Trubel hatte sich im vorderen Teil des Gartens und auf der Familienveranda abgespielt. Ihm war es recht. Hier, an seinem persönlichen Rückzugsort, konnte er keine Barbaren gebrauchen. Die Leute pusteten den Rosen ungeniert ihren Zigarettenqualm entgegen. Sie überschritten die sorgfältig gezogenen Wege und traten auf junge Keimlinge. Sie lachten wiehernd, sodass die kleinen Enzianpflanzen ihre Kelche schlossen. Aber nun war es erst einmal vorbei.

Gesellschaftliche Verpflichtungen wie diese ließen sich leider nicht vermeiden. Erst recht nicht im Moment. Das erste Mal in all den Jahren, seitdem er Chef des Stayermed-Konzerns war, hatte er ernsthafte finanzielle Probleme. Der Kurs der Aktie fiel. Und das bereits seit Monaten. Am Anfang waren die Verluste noch gering gewesen, aber inzwischen gab es richtige Kursstürze. Es hatte damit begonnen, dass ihnen ein Mitbewerber ein wichtiges Patent vor der Nase weggeschnappt hatte. Seither hatte er das Ruder nicht wieder herumreißen können. Genau das war aber seine Aufgabe. Er musste die Talfahrt aufhalten. Sonst würde ihn der Aufsichtsrat an die Luft setzen, die fackelten nicht lange.

Dr. Saalfeld war während des Festes unkonzentriert gewesen. Fast hätte er es sogar versäumt, den Oberbürgermeister zu begrüßen. Zudem hatte er vergessen, sein Arbeitszimmer abzuschließen. Er war mit seinen Gedanken die ganze Zeit woanders gewesen. Der Falke, der nachts am See aufgetaucht war, ging ihm einfach nicht aus dem Kopf. Kein wilder Falke jagte in der Dunkelheit. Da hatte er sich noch einmal informiert. Und der Falke gehörte wohl auch kaum einem arabischen Beduinen, die ja für ihre Vernarrtheit in Greifvögel bekannt waren. Das Wahrscheinlichste war, dass Norbert Königssohn seine Finger im Spiel hatte. Der Mann, der damals Lina Sandweys Blut genetisch untersucht hatte. Er kam nämlich aus einem Haushalt, in dem es Falken gegeben hatte. Sein Vater war Förster gewesen. Er hatte sich sofort daran erinnert, als Wim ihm die Geschichte von der Fledermaus am See erzählt hatte. Doch natürlich hatte er den Gedanken für sich behalten und Wim Tanner nichts gesagt – schließlich mussten auch die engsten Mitarbeiter nicht alles wissen.

Einen Trumpf, einen echten Joker, das war es, was er jetzt brauchte. Damit würde er es allen zeigen können. Ob er einen solchen Trumpf in seiner Hosentasche hatte? Kai Saalfeld öffnete hinten an seiner Hose einen kleinen Reißverschluss und zog ein Papier hervor. Es war ein angegilbtes Blatt in DIN-A4-Größe. Er faltete es auf und studierte es, wie er es bereits so oft getan hatte. Das Schreiben war mit einem etwa fünfzehn Jahre alten Datum versehen. Oben rechts stand der Name von Norbert Königssohn, und auf dem Blatt standen nur wenige Worte: »Ich habe heute auf dem NF1-Gen des neugeborenen Kindes Lina Sandwey eine genetische Mutation entdeckt, die ihr eine perfekte Haut beschert. Konkret ist …« An dieser Stelle brach der Satz ab. Was hielt er hier in der Hand? Eine Lizenz zum Gelddrucken? Oder wertlosen Quatsch?

Vor fünfzehn Jahren hatten sie alle zusammen auf derselben Station im Krankenhaus gearbeitet. Er selbst als Assistenzarzt, Wim als junger Hilfskrankenpfleger, Norbert als Doktorand für Humangenetik. Norbert Königssohn, der brillante Wissenschaftler. Bereits als Student hatte er bei der Entschlüsselung des NF1-Gens mitgearbeitet, einem Gen, das Vorgänge der Haut und des Nervensystems regelte. Niemand im Krankenhaus hatte das Gen damals so gut gekannt wie Norbert Königssohn.

Als diese Lina Sandwey geboren wurde, hatte Norbert von heute auf morgen seine laufenden Forschungen eingestellt und sich nur noch um das Baby gekümmert. Er hatte gehofft, eine genetische Erklärung für ihre perfekte Haut zu finden. Jeden Tag hatte es auf der Station neue Babys gegeben. Aber keines hatte auch nur annähernd eine so makellose Haut gehabt wie diese Lina Sandwey. Und dann war etwas Komisches passiert. Noch während das Baby auf der Station lag, war Norbert verschwunden. Von einem Tag auf den anderen. Der vielversprechende, ehrgeizige, mit den besten Verbindungen ausgestattete junge Mann war auf einmal weg gewesen – ohne irgendeinen Hinweis auf seinen neuen Aufenthaltsort zu hinterlassen. Norbert Königssohn war nie wieder aufgetaucht, und die Polizei ging schließlich von einem Verbrechen aus. Irgendwann musste sie die Akten geschlossen haben.

Vor zwei Wochen hatte Oberschwester Barbara einen alten Schrank ausgemistet und einen Stapel Papiere gefunden. Weil die Notizen aus der Zeit stammten, als Kai Saalfeld auf der Station arbeitete, hatte sie ihm die Sachen kurzerhand zu einer Sitzung des Fördervereins der Klinik mitgebracht. Er hatte zunächst kaum einen Blick darauf verwandt. Aber als die Sitzung ihren üblichen langweiligen Verlauf nahm, hatte er sich in die Aufzeichnungen vertieft. Und von der letzten Seite, die er jetzt in der Hand hielt, war er wie elektrisiert gewesen.

Ob es stimmte, was dort stand? Norbert war nie ein Angeber gewesen. Das hatte er nicht nötig gehabt. Doch an der entscheidenden Stelle auf dem Blatt hatte Norbert aufgehört zu schreiben. Warum? Wo genau auf dem Gen lag diese Mutation, wenn es sie denn wirklich gab? In den vergangenen Jahren hatte die Wissenschaft große Fortschritte erzielt. Wenn die Mutation existierte, würde er sie finden können. Das Wichtige war, dass Norbert das Gen genannt hatte. Man musste eigentlich nur das Blut des Mädchens mit einer normalen Variante des NF1-Gens vergleichen. Die Computer, die es heutzutage gab, konnten so etwas. Er würde die Arbeiten notfalls sogar selbst durchführen. Bereits als Student hatte er mit den »Sequenziermaschinen« gearbeitet, die dafür nötig waren. Heute gab es natürlich viel schnellere. Auch Stayermed besaß welche.

Mit dem Wissen um die Mutation würde er die Konkurrenz abhängen können. Er würde analoge Pflegeprodukte auf den Markt bringen, die ähnlich wie das Gen des Babys wirkten. Er konnte sich schon jetzt vorstellen, in welche Aufregung das den Pharma- und Kosmetikmarkt versetzen würde. Und wenn er die Mutation tatsächlich fand, würde die Stayermed-Aktie wie ein Pfeil in die Höhe schießen. Es war auf jeden Fall die richtige Entscheidung gewesen, das Mädchen gar nicht erst zu fragen, ob sie in die Untersuchungen einwilligte, dachte Dr. Saalfeld. Womöglich hätte sie sich geweigert oder alles ausgeplaudert. Und dann hätte bald jeder versucht, sich eine Genprobe von ihr zu sichern.

Doch es gab noch ein weiteres Geheimnis rund um dieses Gen. Norberts Notiz trug das Datum vom 21. Mai 1991. Da Kai Saalfeld sich nicht mehr genau an den Tag seines Verschwindens erinnerte, hatte er alte Zeitungen gesichtet, und den Berichten der Journalisten zufolge war Norbert an genau diesem Tag das letzte Mal in der Öffentlichkeit gesehen worden. Was hatte das zu bedeuten? Hatte Norbert ihr Leben all die Jahre aus der Ferne womöglich mitverfolgt?

Hatte er etwas mit dem Falken zu tun? Oder lebte er wirklich nicht mehr?

Dr. Saalfeld hatte es bisher nie bereut, seine Stelle im Krankenhaus aufgegeben zu haben, denn bei Stayermed verdiente er ein Vielfaches dessen, was er jemals als Arzt hätte erzielen können. Und er bedauerte auch nicht, dass er Wim damals aus dem Krankenhaus mit zu Stayermed genommen hatte, da der ehemalige Krankenpfleger immer gut gearbeitet hatte. Die Sache am See war der erste große Patzer gewesen. Doch schließlich hatte Wim all die Jahre viele Dinge für ihn erledigt, die er selbst wegen seines guten Rufes nicht hatte übernehmen können. Außerdem war er der beste Gärtner, den er je gehabt hatte – die Blüte der Titanenwurz war ihm zu verdanken. Und der Garten war eigentlich das Wichtigste in Kai Saalfelds Leben, auch wenn er das niemals laut sagen würde. Aber ihm war aufgefallen, dass Wim Tanner in letzter Zeit etwas unzufrieden wirkte – das musste man im Blick behalten.

Nachdenklich zog sich Kai Saalfeld in sein Arbeitszimmer zurück.

Die Blutprobe

Wim Tanner griff missmutig nach dem Autoschlüssel. Es war jetzt eine Woche her, dass er *sein Mädchen*, die Fledermaus, am See verloren hatte, und er hatte sich von dem Schlag noch nicht erholt. Es würde Monate, vielleicht sogar Jahre dauern, bis er eine andere Fledermaus ebenso weit haben würde wie sein Mädchen. Und wer wusste schon, ob es überhaupt gelang? Vielleicht hatte sie ja eine besondere Begabung gehabt. Wim Tanner warf einen kurzen Blick in den Spiegel: Bundfaltenhose, Schlips, Halbschuhe. Ein ungewohntes Äußeres, aber so sah er wohl seriös aus. Er steckte sich noch eine Krawattennadel mit dem Emblem des Roten Kreuzes an und langte nach seinem Sakko. Auf zu Jette Lindner!

Er parkte das Auto ein paar Meter vom Hauseingang der Lindners entfernt. Auf der anderen Straßenseite bemerkte er einen seiner Partner, der in dieser Schicht die Beschattung übernommen hatte. Der Mann hatte sich als Eisverkäufer getarnt. Ist ja gar nicht auffällig, dachte Wim Tanner ungehalten. Ein Eiswagen mitten in einem Wohngebiet! Einfach so, ohne Grund. Am Abend würde er um eine bessere Tarnung bitten. Wim Tanner trat an die Haustür und klingelte. Die Eltern des Mädchens waren nicht da. Das hatte er vorher natürlich überprüft. Es wurde sofort aufgedrückt. Mit ruhigen Schritten ging er die Treppe hoch. Oben stand die Tür offen. Niemand war zu sehen. Er wartete einen Augenblick und rief dann fragend: »Hallo?«

Jette Lindner kam aus einem der Zimmer in den Flur und guckte überrascht. »Guten Tag?«, sagte sie. Sie hatte offensichtlich jemand anders erwartet. Wim Tanner erkannte unter ihrem weißen T-Shirt das Bikini-Oberteil vom See und war einen Moment irritiert. Doch dann lächelte er freundlich, schaute dem Mädchen in die Augen und räusperte sich. Jette Lindner erwiderte den Blick neugierig, und Wim Tanner war sofort klar, dass sie ihn nicht aus Verlegenheit abwenden würde, dafür war sie zu selbstbewusst. Er zog einen gefälschten Mitarbeiterausweis und ein kleines Faltblatt aus der Jackeninnentasche.

»Manfred Weiland. Deutsches Rotes Kreuz«, sagte er und hielt dabei seinen Ausweis hoch. »Sie haben vielleicht im Fernsehen oder durch unsere Aushänge mitbekommen, dass wir dringend eine junge Knochenmarkspenderin suchen. Darf ich Ihnen ein Informationsblatt geben?«

Das Faltblatt zeigte ein fröhlich lachendes Mädchen. Daneben stand in großen Buchstaben: »Sissi Rüter sucht einen Knochenmarkspender!« Und weiter: »Die achtjährige Sissi hat myeloische Leukämie. Das ist eine bei Kindern seltene Blutkrebsart. Sissi braucht sofort eine Knochenmarkspende. Bitte lassen auch Sie Ihr Blut untersuchen, damit wir klären können, ob Sie als Spender in Frage kommen. Die kleine Blutentnahme tut nicht weh und kann vielleicht Sissis Leben retten.«

»Ja, ich habe die Anschläge gesehen«, sagte Jette Lindner. »Sie hängen hier an fast jedem Baum. Wie geht es dem Kind denn?«

»Es hat hohes Fieber«, sagte Wim Tanner. »Die Zeit läuft uns davon. Wir finden einfach keinen passenden Knochenmarkspender. Aber die Eltern geben nicht auf.«

»Und jetzt möchten Sie, dass ich eine Blutprobe abgebe?«

»Wenn es Ihnen nicht zu viel Umstände bereitet.«

Eigentlich hatte Jette mit Klara gerechnet. Sie hätte schon längst da sein sollen. Es war Samstag, Jettes Eltern waren gestern Abend nach Venedig geflogen, und Klara würde Jette Gesellschaft leisten, solange sie allein war.

Der Mann vom Roten Kreuz wirkte irgendwie seltsam. Aber wahrscheinlich machte es nicht gerade Spaß, Leute an der Haustür um eine Blutspende zu bitten. »Es dauert nicht lange, vielleicht fünf Minuten«, sagte der Mann in einem bittenden Tonfall.

Was sollte sie tun?

Sie ließ sich den Ausweis reichen und bat den Mann, vor der Tür zu warten. Dann ging sie ins Wohnzimmer, suchte im Telefonbuch nach der Nummer des Roten Kreuzes und rief dort an. Ein Mitarbeiter am anderen Ende der Leitung bestätigte ihr die Angaben von Herrn Weiland: Ja, der Herr sei ehrenamtlicher Mitarbeiter. Jette ging zurück in den Flur. Auf halbem Weg hörte sie den Besucher ungeduldig mit den Fingern schnippen. Als er sie bemerkte, hörte er damit auf.

»Kommen Sie herein«, sagte Jette. Sie führte den Mann ins Wohnzimmer und bat ihn, auf der Couch Platz zu nehmen. »Möchten Sie etwas trinken?«

»Ein Wasser, gern.«

Sie brachte ihm ein Glas, setzte sich auf den Sessel ihm gegenüber und fragte: »Wie möchten Sie das Blut abnehmen?«

»Bleiben Sie ruhig dort sitzen. Das geht gut«, sagte er. Der Mann öffnete eine Arzttasche und nahm eine Spritze, eine Kanüle und einen Schlauch heraus. »Darf ich?«, fragte er und stand auf.

Jette nickte.

Er nahm ihren Arm, an dem sie schon ein Pflaster hatte. »Was ist denn da passiert?«, fragte der Mann freundlich.

»Ein Biss. Oder vielleicht auch was anderes. Nehmen Sie besser den anderen Arm.«

»Okay.«

»Wo haben Sie eigentlich gelernt, Blut abzunehmen?«, fragte Jette.

»Ich war früher Krankenpfleger«, sagte der Mann.

»Und heute?«

»Gärtner.«

Jette schaute zu, wie er mit dem Daumen nach einer geeigneten Vene tastete. Es war ein sehr sauberer Daumen mit einem sorgfältig geschnittenen Nagel. Ohne Dreckrand. Und das als Gärtner, dachte Jette.

»Ein schöner Beruf«, sagte Jette laut. »Setzlinge ziehen, Blüten abstützen, Erdbeeren ernten. Aber wahrscheinlich gibt es auch schwere Arbeiten, Beete ausheben, Erde aufschütten und so weiter?«

»So ist es«, antwortete der Mann.

»Für jemanden, der sich die Hände nicht schmutzig machen möchte, ist das sicher nichts.«

»Das stimmt ...«, sagte der Mann. Er hielt inne und sagte dann: »Ich habe zum Glück viele Mitarbeiter.«

»Wie schön für Sie«, sagte Jette.

»Ich lege jetzt den Schlauch an.« Er beugte sich über sie. Sein Jackett streifte ihr Gesicht. Jette roch Seife und frischen Schweiß. Sie blickte von unten in sein angespanntes Gesicht. »Wenn Sie jetzt bitte einen Augenblick warten«, sagte er und trat wieder zurück.

»Was muss man denn mitbringen, wenn man Gärtner werden will?«, fragte Jette.

Der Mann wirkte etwas irritiert angesichts ihres anhaltenden Interesses an seinem Beruf. »Liebe zu Pflanzen, Geduld, Fleiß, Geschick«, erklärte er.

»Wahrscheinlich darf man auch nicht zimperlich sein?«

»Da haben Sie recht«, sagte er. »Holz hacken, Teiche ausheben, Kies aufschütten, gehört alles dazu.«

»Und Sie müssen alles aus dem Weg räumen, was stört.«

»Steine, Wurzeln, Gestrüpp, natürlich.«

»Auch Lebendiges?« Wieso fragte sie das? Irgendwie fühlte sie sich von dem Mann provoziert.

Er antwortete nicht. Seine Augen blickten kalt.

»Zum Beispiel Schnecken?«, fuhr Jette plaudernd fort. »Wie machen Sie es? Schnipp, schnapp?« Sie machte mit den Fingern ihrer freien Hand eine Schnittbewegung.

»Wir streuen biologische Schneckenmittel aus«, sagte er ruhig.

Wim Tanner desinfizierte die Einstichstelle und setzte die Spritze an. Als er zustach, zuckte das Mädchen kurz zusammen. Sie saß kerzengerade in ihrem Sessel und blickte in sein Gesicht. Was sollten die ganzen Fragen? Ob sie etwas ahnte? Auf jeden Fall beobachtete sie ihn. Aber die Umleitung des Telefons hatte perfekt geklappt.

Aus Jettes Vene tropfte dunkles Blut und füllte die Spritze. Als der Blutfluss etwas abebbte, lockerte Wim Tanner den Schlauch. Sofort schwoll der Strom wieder an. Das Mädchen war ihm ausgeliefert, dachte er. Wie sie so dasaß und an seiner Nadel hing. Wenn sie sich jetzt bewegte, täte es ihr weh. Die Vorstellung gefiel ihm. Er schaute sie an, um seine Überlegenheit auszukosten, schrak aber sofort zurück. In ihrem Gesicht spiegelte sich glühender Stolz. Diese Jette Lindner saß in ihrem Sessel, als wäre sie die Königin von Saba und er allenfalls ein Liebesdiener. Und dabei könnte er sie, hier und jetzt, einfach aussaugen. Anderthalb Liter würde sie entbehren können. Mehr nicht. Danach hätte ihr Körper nicht mehr genug Blut, um alle Zellen mit Sauerstoff zu versorgen. In diesem Augenblick hob sie ihren Kopf noch etwas weiter in die Höhe, was eigentlich kaum noch möglich war, und sah ihm in die Augen. Wim Tanner wurde langsam wütend, aber er war Profi. Gefühle hatten bei der Arbeit nichts zu suchen. Er konzentrierte sich wieder auf das Blutabnehmen.

»Drücken Sie noch eine Weile auf das Pflaster«, sagte der Mann vom Roten Kreuz, »dann gibt es keinen Bluterguss.«

»Okay«, sagte Jette.

Der Mann beschriftete die Blutprobe und packte dann seine Sachen.

»Vielen Dank«, sagte er.

»Keine Ursache. Wenn es hilft …«, antwortete Jette. »Wie geht es denn jetzt weiter?«

»Wir melden uns, falls Sie als Spenderin infrage kommen.«

Jette begleitete den Mann zur Tür und öffnete sie. Fast gleichzeitig klingelte es. Klara schien endlich zu kommen. »Auf Wiedersehen«, sagte Jette. Der Mann nickte ihr zu und ging schnell die Treppe hinunter. Als Klara an ihm vorbeikam, blickte er nicht auf.

Klaras Blick fiel als Erstes auf das Faltblatt mit dem lachenden Mädchen, das auf der Konsole im Flur lag.

»Das ist nicht echt«, sagte Klara.

Jette zog fragend ihre Augenbrauen hoch.

»Meine Schwester wollte ihr Blut untersuchen lassen und hat beim Roten Kreuz angerufen. Die wussten nichts davon. Die haben damit nichts zu tun. Das müssen Betrüger sein.«

»Komisch«, sagte Jette, »ich habe mir gerade von dem Mann Blut abnehmen lassen.« Sie machte eine Handbewegung in Richtung Treppenhaus.

»Bist du verrückt?«, fragte Klara entgeistert. Dann befahl sie: »Los, hinterher! Hol deinen Schlüssel! Mach schon!«

Unten auf dem Bürgersteig fragte sie: »Ist er das?« Ein paar Meter weiter stieg ein Mann gerade in ein parkendes Auto. »Ja«, sagte Jette und die beiden rannten los. Doch bevor sie ihn erreichten, fuhr der Mann weg. »Verdammt, zu spät«, sagte Klara. »Der hatte einen Mietwagen.«

»Wir passen ihn vorne ab«, sagte Jette. »Wo man auf die Hauptstraße kommt.« Klara verstand. Aus Jettes Wohnviertel führte nur ein einziger Weg zur Hauptstraße, und dieser auch nicht direkt, sondern wegen verschiedener Einbahnstraßen über einen Umweg. Man brauchte eine Weile, bis man mit dem Auto draußen war.

»Kannst du mir mal sagen«, fragte Klara im Laufen, »warum du dir von wildfremden Leuten Blut abnehmen lässt?«

»Er hatte einen Ausweis«, rechtfertigte sich Jette. »Außerdem hab ich beim Roten Kreuz angerufen, und die sagten, dass er ehrenamtlich für sie arbeite.«

»Versteh ich nicht«, sagte Klara.

»Ich fand den Typ auch komisch.«

»Und wieso hast du ihn dann überhaupt reingelassen?«

»Hm«, machte Jette und schnappte nach Luft. »Es war ja nur so ein Gefühl von mir. Ich meine, wenn die wirklich einen Knochenmarkspender suchen, muss man doch helfen.«

»Du solltest vorsichtiger sein.«

»Als der bei uns im Wohnzimmer stand, hab ich …« Jette zögerte. »… so eine Grausamkeit an ihm gespürt. Ich hab ihn gefragt, ob er auch Lebendiges aus dem Weg räumt.«

»Du hast was?« Klara wirkte nun wirklich beunruhigt.

»Na ja, also nicht direkt, nur so durch die Blume. Er ist Gärtner.«

»Pass bitte besser auf dich auf.«

»Du redest ja wie meine Mutter«, sagte Jette japsend.

»Und wenn schon.«

»Du weißt doch: Ich hab in Drachenblut gebadet.«

»Bleib doch mal ernst, Jette.«

»Da ist er«, keuchte Jette auf einmal und zeigte auf einen Mietwagen, der sich langsam näherte. Sie waren keine Sekunde zu früh. »Und jetzt?«

»Du holst dir dein Blut zurück«, sagte Klara.

»Und wie bitte?«, fragte Jette.

Der Wagen war nur noch ein paar Meter entfernt. Jette und Klara duckten sich hinter einem parkenden Auto. Eine Mutter mit einem Kinderwagen drängte sich an ihnen vorbei. Die Frau hatte das weinende Baby auf dem Arm und schob mit der freien Hand den Wagen. Plötzlich stand Klara auf, sagte: »Darf ich mal?«, und schubste den Kinderwagen direkt vor den heranrollenden Mietwagen. Der Fahrer bremste scharf, hatte aber keine Chance. Das Auto erfasste den Kinderwagen und schleuderte ihn zur Seite. Dort blieb er verbogen liegen. Der Fahrer stürzte aus dem Auto und eilte zu dem kaputten Kinderwagen. »Ich lenk ihn ab«, flüsterte Klara. »Hol du das Blut.«

Jette kroch hinter den parkenden Autos den Bürgersteig entlang, bis sie sich auf der Rückseite des Mietwagens befand. Sie hörte Klara den Mann anbrüllen, er solle doch besser aufpassen. Jette ging von hinten auf das Auto zu, sah die Arzttasche auf dem Rücksitz liegen, öffnete leise die Tür, griff die Tasche und schlenderte davon. Sie hörte den Mann noch zu Klara sagen: »Dich hab ich doch eben schon mal gesehen …«, dann war sie um die Ecke verschwunden.

Jette rannte los. Hin und wieder schaute sie sich um, aber niemand folgte ihr. Völlig außer Atem bog sie in eine Hauseinfahrt ein. Wo sollte sie überhaupt hinlaufen? Nach Hause? Und wenn der Mann zurückkam? Zur Polizei? Die einzige Dienststelle, die sie kannte, lag genau in der Richtung, aus der sie gerade kam. Womöglich lief sie dem Betrüger so direkt in die Arme. Jette entschied sich, zu Klara zu gehen. Das war die Richtung, in die sie gerade lief, und Klara würde sicher auch gleich dort vorbeikommen. Bevor Jette weiterging, öffnete sie die Arzttasche und schaute nach, ob die Blutprobe auch da war. Ja, dort lag eine mit ihrem Namen beschriftete Probe. Sie nahm sie heraus und hielt sie unschlüssig in der Hand. Dann stopfte sie sie in ihren rechten Strumpf und zog ihn bis zum Knie hoch. Das Gummiband saß fest und schnitt unter ihrer Kniekehle in die Haut ein. Wie gut, dass sie am Morgen nur Kniestrümpfe gefunden hatte.

Sie ging zur Straße zurück und spähte vorsichtig um die Hausecke. Verdammt, der Mann stand etwa hundert Meter entfernt auf dem Bürgersteig und suchte mit den Augen die Straße ab. Jette war sich nicht sicher, ob er sie gesehen hatte. Wenn ja, saß sie hier in der Einfahrt in der Falle. Sie griff nach der Tasche und trat die Flucht nach vorn an – sie rannte los. Einen Augenblick später hörte sie die Schritte ihres Verfolgers hinter sich.

Der Mann holte schnell auf. Fliegen wäre jetzt gut, dachte Jette. Sie lief an einem Mädchen vorbei, das auf dem Bürgersteig einen Motorroller startete. Es trug Zöpfe und keinen Helm. Es sah nett aus. Jette stoppte scharf. »Kannst du mich mitnehmen?«, keuchte sie. »Der verfolgt mich.« Sie machte eine Armbewegung hin zu dem Mann, der sie fast erreicht hatte. Das Mädchen nickte und fuhr fast in derselben Sekunde an. Jette schwang sich auf den fahrenden Roller. Mit der einen Hand hielt sie sich an dem Mädchen fest, mit der anderen umklammerte sie die Tasche.

»Was wollte der denn?«, fragte das Mädchen, das mit hoher Geschwindigkeit durch die Seitenstraße sauste.

»Mein Blut«, sagte Jette matt.

Das Mädchen kicherte. »Ein Vampir?«

»Vielleicht«, sagte Jette. »Wo fährst du hin?«

»Ins Stadion. Bin viel zu spät. Wenn ich Glück hab, komm ich noch zur Halbzeit. Ich hab Dienst, bin Sani.«

»Sani ... was?«, fragte Jette.

»Sanitäter.«

Ein Taxi drängelte sich neben sie auf die Spur.

»Idiot!«, schimpfte das Mädchen. »Kann der nicht hinter uns bleiben?!«

Hinter den Autoscheiben erkannte Jette das kantige Gesicht ihres Verfolgers.

»Welchen Weg nimmst du?«, fragte sie das Mädchen.

»Über die Wiese. Das ist am schnellsten.«

»Dürfen da Autos fahren?«

»Nein.«

»Gut«, sagte Jette erleichtert. So würde sie den Mann abhängen können.

Als sie die Wiese erreicht hatten, hielt das Taxi an. Jette sah, wie der Mann ihnen zu Fuß hinterherlief. Doch der Abstand zwischen ihnen wurde schnell größer. Der Mann hatte keine Chance.

»Komm doch mit mir rein«, sagte das Mädchen, während sie den Roller abschloss. »Ist kein Problem. Wir nehmen den Angestellteneingang. Und wenn das Spiel vorbei ist, gehst du mit dem ganzen Pulk raus. Da findet dich garantiert niemand.«

»Danke«, sagte Jette.

Als sie drinnen waren, hob das Mädchen den Mittelfinger ihrer geschlossenen Hand in die Höhe. »Zeig's ihm!«, sagte sie grinsend.

Jette lachte und winkte ihr hinterher. Dann kaufte sie sich eine Cola und schlenderte zur halb leeren Zuschauertribüne. Sie lehnte sich an das Geländer, setzte die Tasche auf dem

Boden ab und legte ihre Jacke darüber. Sie ließ den Blick schweifen. Das Stadion war riesig. Es war zur letzten WM extra neu gebaut worden. Sie hatte es jedoch noch nie von innen gesehen. Es besaß ein gläsernes Vordach, Tausende von orangefarbenen Sitzplätzen und eine riesige Leinwand. Aus den Lautsprechern dröhnte Musik. Ein paar Meter weiter schlenderte ein Mann vorbei, der ihr irgendwie bekannt vorkam. Es war der Eisverkäufer, der vorhin mit seinem Wagen noch vor ihrem Haus gestanden hatte. Merkwürdig.

»Wo ist die Blutprobe?«, hörte Jette plötzlich eine wütende Stimme hinter sich. Wie aus dem Nichts aufgetaucht, stand auf einmal der Mann vom Roten Kreuz neben ihr. Sie spürte seinen eisernen Griff am Handgelenk. »Her damit!«, befahl er und quetschte ihr Armgelenk.

»Lassen Sie mich los! Sonst rufe ich die Polizei.«

»Das wirst du schön bleiben lassen.«

»HALLO! ... HILFE!«, rief Jette in Richtung zweier Männer, die ein paar Meter entfernt Bier trinkend auf ihren Sitzen saßen. Aber ihr Rufen ging in der Musik des Stadions unter. »HALLO!!!?«, brüllte Jette noch einmal, so laut sie konnte. Endlich blickten die Männer auf.

»Die Po…«, setzte Jette an.

»Könnten Sie bitte die Polizei holen«, kam ihr Verfolger ihr mit kräftiger, verbindlicher Stimme zuvor. »Diese Göre hat meine Brieftasche gestohlen.«

Die Männer kamen herüber. Sie trugen Fußballtrikots.

»Bitte rufen Sie die Polizei«, sagte Jette. »Der Mann ist ein Betrüger.«

Die beiden Fußballfans schauten verdutzt in die Runde. In ihren Gesichtern spiegelte sich ein großes Fragezeichen. Dann murmelte einer von ihnen »Okay, okay« und machte sich auf den Weg. Der andere blieb stehen, wo er war, und starrte Jette unverhohlen an.

Der Mann vom Roten Kreuz hielt sie mit der einen Hand fest, mit der anderen tastete er ihre Hosentaschen ab.

»Lassen Sie mich los!«, schrie Jette.

Doch er achtete nicht auf sie.

»Helfen Sie mir!«, rief Jette dem Mann zu, der immer noch mit Glotzen beschäftigt war.

»Könnten Sie das Mädchen bitte in Ruhe lassen, bis die Polizei kommt?«, sagte der Fußballfan lahm.

Der Mann vom Roten Kreuz drängte sie ans Geländer und bückte sich zu der Arzttasche hinunter. Er änderte seinen Griff und hielt sie jetzt am Knöchel fest. Jette versuchte zu treten, hatte aber keinen Platz. Der Mann durchsuchte die Arzttasche. Er ging systematisch vor. Es war nur eine Frage der Zeit, bis er die Blutprobe in ihrem Strumpf fand. Sie musste abhauen. Oder den Mann zumindest hinhalten, bis die Polizei kam. Bloß wie? Sie schaute sich um. In ihrer Reichweite gab es nur das Geländer, an dem ein überquellender Aschenbecher befestigt war. Irgendjemand hatte eine halb volle Tüte mit Gummibärchen hineingestopft. Eine Armada von Ameisen machte sich über die süßen Reste her.

Der Mann durchwühlte immer noch die Arzttasche. Sein T-Shirt war etwas hochgerutscht, und durch die gebückte Haltung stand seine Hose hinten am Bund ab. Das Gummiband einer bunten Unterhose war zu sehen.

Einen Augenblick zögerte Jette. Dann zog sie mit spitzen Fingern die Süßigkeitentüte aus dem Aschenbecher und griff hinein. Im Innern klebte und wuselte es. Die Ameisen waren ihre Chance. Sie nahm eine Handvoll Gummibären aus der Tüte, hob die Unterhose des Mannes kurz an und schob das klebrige Zeugs schnell hinein. Der Mann richtete sich auf. Er hielt sie jetzt wieder am Arm fest. »Was soll das denn?«, fragte er irritiert und fasste sich an den Hintern.

Eine Zeit lang suchte der Mann einfach weiter. Dann aber griff er sich hinten in die Hose und förderte ein paar zerdrückte Gummibärchen zutage. Ungläubig blickte er auf das Süßzeug. Jette sah eine Ameise auf seiner Hand, die versuchte, sich schnell in Sicherheit zu bringen. Der Mann schleuderte die Bären auf den Boden und wandte sich erneut der Tasche zu. Aber er hatte jetzt ein Problem, das war offensichtlich. In immer kürzeren Abständen presste er seine Pobacken zusammen. Und dann ging es auf einmal richtig los: Der Mann sprang völlig unvermittelt wie ein junges Zicklein zur Seite, bewegte wiederholt das Becken vor und zurück und rieb auf obszöne Weise die Oberschenkel aneinander. Sein Gesicht war verzerrt. Der Mund fest zusammengepresst. Eine ganze Menge Ameisen mussten in der Hose zurückgeblieben sein. Jette sah dem Schauspiel etwas unsicher zu.

Im Stadion wurden bereits Stimmungslieder gespielt. Die Pause schien fast zu Ende zu sein. »Gehen Sie doch auf die Toilette ...«, sagte der Mann im Fußballtrikot, dem die Verrenkungen nicht verborgen geblieben waren. Aber Jettes Verfolger achtete nicht auf ihn. Er wühlte weiter in seiner Hose herum, biss die Zähne zusammen, atmete tief durch und knetete seine Lippen. Dann stöhnte er kurz auf und griff sich einmal mehr an die Hose. Die Zuschauer im Stadion grölten.

Einem plötzlichen Impuls folgend hob Jette den Kopf und erstarrte. Auf der Leinwand sah sie überlebensgroß den Mann, der ihr gegenüberstand und sie immer noch festhielt, während er verzweifelt mit dem Po wackelte. Im ersten Moment dachte Jette an eine Täuschung. Aber dann wurde ihr klar, dass irgendeine Kamera die Szene einfing und direkt übertrug. Als Pausenfüller. Ihr Verfolger bekam davon nichts mit. Die Leinwand befand sich hinter seinem Rücken.

»Verdammt!«, schrie der Mann plötzlich. Er ließ Jette los und riss sich mit einer unglaublichen Geschwindigkeit die Hose herunter. Zum Vorschein kam ein Herrenslip mit einem hellen bunten Wellenmuster. Der Mann bückte sich, und ohne den Slip auszuziehen, schüttelte und wischte er an ihm herum. Dann erhob er sich schnell wieder und zog die Hose hoch. Auf seinem Gesicht lag ein Ausdruck völliger Erschöpfung. Nichts wie weg!, dachte Jette. Doch da drehte sich der Mann um und blickte auf der Stadionleinwand direkt in das Muster seiner Unterhose. Dort wurde mit ein paar Sekunden Verzögerung das Ameisenfinale live übertragen. Der Mann schaute abwechselnd zu Jette und zur Leinwand. Langsam verwandelte sich sein Gesichtsausdruck von Ungläubigkeit zu schrecklicher Gewissheit. Er machte einen Schritt auf Jette zu.

Jetzt rannte sie endlich los. Aber mehr als Laufschritt war nicht drin. Zwei Schritte nach rechts, einen nach links, dann ein kleiner Frontalzusammenstoß mit einem Senioren. Und weiter, die ganze Zeit die »Kannst-du-nicht-Aufpassen«-Rufe im Ohr. Irgendwann blickte sie hastig zurück. Der Mann war nicht mehr zu sehen. Sie suchte die Menge nach ihm ab, doch er schien ihr nicht gefolgt zu sein. Sie verschnaufte und ließ den Oberkörper nach vorn fallen. Ihr war elend zumute. Sie hatte jetzt einen Feind. Und wusste nicht einmal, wer der Mann war.

Vorsicht, Enten!

Jonah lag im Dachgeschoss auf dem Bett, und die Tür zum Flur erschien ihm unerreichbar weit entfernt. Viel weiter als Mexiko damals. Dorthin wäre er ohne mit der Wimper zu zucken gefahren. Alles war schon geplant gewesen, sein Kumpel hatte dort Verwandtschaft. Lediglich an der Erlaubnis seiner Eltern hätte er noch arbeiten müssen. Aber dann war der Unfall dazwischengekommen. Wobei »dazwischengekommen« der falsche Ausdruck war. Um genau zu sein, hatte der Unfall das Thema ein für alle Mal vom Tisch gefegt. Wie nah war ihm Mexiko damals erschienen! Und wie unüberwindbar weit weg lag jetzt nur schon die Tür vor ihm. Es ging einfach nicht.

Nach einer Weile ging die Tür auf und Carmen guckte herein. »Lust auf Schokoladenkuchen?«, fragte sie. Jonah nickte. Er ließ sich den Teller aufs Bett reichen und nahm einen Bissen. Er schmeckte nach echter Schokolade. Nicht nach diesem Instant-Kakaozeug. Sondern dunkel, bitter, aufregend und gleichzeitig süß. Der Kuchen war so leicht, dass er im Mund sofort zerfiel. Jonah aß alles auf und kratzte die Krümel zusammen. Wo war eigentlich sein Rucksack, den er sich damals gekauft hatte? Ob er ihn irgendwann doch noch brauchen würde? Musste ja nicht unbedingt Mexiko sein. Aber im Moment waren ihm ja schon ein paar Schritte zu viel. Jonah versuchte, sein rechtes Bein zu bewegen, aber er schaffte es einfach nicht. Er fühlte sich, als hätte ihn jemand mit unsichtbaren Ketten ans Bett gefesselt.

»Memme«, murmelte er.

»Hast du was gesagt?«, fragte Dukie, der Kabel sortierte.

»Memme!«, sagte Jonah etwas lauter.

»Was ist denn jetzt los?«

»Nichts.«

»Kannst ja gehen, wenn dir was nicht passt.«

»Genau«, sagte Jonah und stand auf. Er machte zwei Schritte, und ihm wurde schwindelig. Am liebsten wäre er an Ort und Stelle zu Boden gesunken. Aber er spreizte die Beine, sodass er wie ein Revolverheld in der Mitte des Zimmers stand. Dukie sagte nichts. Als der Schwindel vorüber war, ging Jonah weiter bis zur Tür. Er öffnete sie, trat hinaus und schloss sie hinter sich.

Im Treppenhaus war es still. Normalerweise holte seine Mutter ihn abends im Dachgeschoss ab, und sie gingen gemeinsam hinunter in die Wohnung. Oder er begleitete Carmen, wenn sie das Geschirr holte. Er machte wenig allein. Die anderen kümmerten sich um ihn, und er ließ sie gewähren.

Er musste das Mädchen unbedingt warnen. Er hatte schließlich geschworen, das zu tun, wenn die Schlange ihn verschonte.

Sie hatten noch zwei Gespräche belauscht. Das eine erst am Vormittag. Da war Dr. Saalfeld richtig außer sich gewesen. Wenn Wim Tanner nicht anders an das Blut herankomme, müsse er das Mädchen eben entführen, hatte Dr. Saalfeld gesagt. Er solle aber unerkannt bleiben und dem Mädchen für die Blutentnahme ein Schlafmittel geben. Danach könne er das Mädchen ja wieder freilassen.

Offenbar hatte Wim Tanner gestern wieder vergeblich versucht, eine Blutprobe zu beschaffen. Am Nachmittag hatte er im Stadion vor aller Augen die Hose heruntergelassen. Marie hatte es Jonah kichernd erzählt. Anscheinend hatte diese Lina Sandwey irgendwas damit zu tun gehabt. So hatte er Dr. Saalfeld und Wim Tanner am Morgen verstanden.

Das andere Gespräch lag schon ein paar Tage zurück. Und was er da gehört hatte, war sehr beunruhigend. Er wusste jetzt, dass Dr. Saalfeld hoffte, bei dem Mädchen ein verändertes Gen zu finden, das ihm seine makellose Haut bescherte. Aus diesem Grund war er auch so scharf auf die Genprobe. Den Hinweis auf das besondere Gen hatte er offenbar aus alten Aufzeichnungen aus der Klinik. Sie stammten von diesem Norbert Königssohn. Die Konkurrenz sollte von den neuen Forschungen nichts mitbekommen. Und dann hatte Dr. Saalfeld gesagt, dass in dem Moment, in dem es Hinweise darauf gebe, dass die Konkurrenz von seinen Forschungen Wind bekomme, man sich sehr genau überlegen müsse, ob man das Mädchen nicht früh genug »grundsätzlich verschwinden« lasse. So hatte er sich ausgedrückt.

Jonah musste jetzt handeln und durfte nicht länger zögern. Er ging auf das Geländer zu, griff nach dem glatten, kühlen Handlauf und nahm die ersten Stufen. Nach ein paar Schritten hob er die Hand und tastete nach dem Wandteppich. Die Venus von da Vinci. Der Teppich hing schon seit seiner Kindheit an dieser Stelle. Jonah spürte unter seinen Fingerkuppen die krausen Fäden der Muschel, den fein gesponnenen Frauenkörper und die blonden fransigen Kopfhaare der Frau.

Er war noch auf der Treppe, als er Dr. Saalfeld in seiner Bibliothek ins Telefon brüllen hörte. Wörter wie »alle entlassen« und »völlig unfähig« fielen. Den Geräuschen nach zu urteilen lief der Hausherr dabei hektisch im Raum umher. Einen Augenblick kam kein Laut mehr aus dem Zimmer. Dann stürmte Dr. Saalfeld zur Tür und riss sie auf.

»Guten Tag, Herr Dr. Saalfeld«, sagte Jonah, der den Treppenabsatz fast erreicht hatte, in Richtung des Hausherrn.

»Hallo, Jonah«, sagte Dr. Saalfeld und beruhigte sich etwas.

»Wie geht's Ihrem Ausreißer?«, fragte Jonah und ärgerte sich sofort über seine Freundlichkeit. Warum schleimte er hier herum, wo Dr. Saalfeld plante, ein Mädchen zu beseitigen?

»Prächtig, prächtig«, antwortete der Hausherr. Seine Laune schien sich aufzuhellen. »Hat heute Morgen ein ganzes Mäuschen gefressen. Ein neugeborenes ohne Fell. Aber ab nächster Woche ist Schluss mit der Babynahrung. Dann gibt es normale Mäuse. Das Leben ist kein Zuckerschlecken. Bis dann. Hab noch was zu tun. Toi, toi, toi.« Damit drehte er sich um und verschwand wieder in seiner Bibliothek.

Wahrscheinlich muss er noch die Siegerehrung für den Schönheitswettbewerb organisieren, dachte Jonah grimmig. Los jetzt!, trieb er sich selbst an. Wenn ich so weitermache, bin ich morgen früh noch nicht unten. Im nächsten Moment rutschte er auf der Treppe aus und schlug sich die Kante einer Stufe voll ins Kreuz. Er versuchte noch, sich am Geländer festzuhalten, was allerdings nur dazu führte, dass er sich auch noch den Daumen verstauchte.

»Scheiße!«, fluchte Jonah, als er sich mühsam wieder aufrappelte. Irgendjemand hatte ein Blatt Papier oder einen Brief auf die Treppe gelegt. Die letzten Meter zur Einliegerwohnung seiner Eltern humpelte er. Drinnen setzte er sich erst mal an den Küchentisch. Es war niemand da. Montagnachmittag. Sein Vater machte den Wocheneinkauf, und seine Mutter war mit der Wäsche beschäftigt. »Lina Sandwey«. Er hatte sich den Namen gemerkt. Leider hatten Dr. Saalfeld und Wim Tanner nicht gesagt, wie das Mädchen heute hieß. Bestimmt trug sie jetzt einen anderen Namen. Aber vielleicht gab es Verwandte mit dem alten Namen.

Jonah stand auf und holte sich das Telefon. Er tippte die Nummer der Auskunft ein. Eine Computerstimme wiederholte, was er gewählt hatte. Dann ertönte das Freizeichen.

Dieses Telefon war eines der ersten Dinge gewesen, die seine Eltern nach dem Unfall für ihn gekauft hatten. Sie waren dafür mit ihm nach Marburg gefahren, wo es einen gut sortierten Blindenshop gab. Der Tag war einer von vielen Tiefpunkten in jenen ersten Wochen gewesen.

In dem Laden waren sie auf ein Panoptikum von Absonderlichkeiten gestoßen. Eine Verkäuferin führte sachlich durch das Sortiment. Es gab Messbecher mit Sprachausgaben, Halter für Socken, damit man vor dem Waschen immer die richtigen zusammenstecken konnte, gläserne Herdplatten, die sich meldeten, wenn die Milch überlief. Außerdem natürlich auch jede Menge sprechender Uhren, wobei die meisten vor der Zeitansage erst einmal mit einem »Guten Morgen« oder »Guten Tag« nervten. Dann Geldbörsen mit verschiedenen Fächern für die einzelnen Euromünzen. Schreibtafeln, auf denen man sich unterwegs in Brailleschrift Notizen machen konnte – sofern man denn diese Schrift beherrschte. Kurz, der Laden führte alles, was das blinde Herz begehrte.

Jonah hatte danach drei Tage lang nicht mehr geredet. Und seine Eltern hatten nie mehr vorgeschlagen, nach Marburg zu fahren. Die Uhr, die er jetzt trug und die auf Knopfdruck die Zeit ansagte, hatte seine Mutter in einem Onlineshop bestellt.

Endlich meldete sich die Auskunft. »S a n d w e y ?«, buchstabierte der Telefonist. »Zu diesem Namen haben wir leider keinen Eintrag.« Jonah legte auf und überlegte. Vielleicht stimmte die Schreibweise nicht? Er rief noch einmal an und ließ alle Varianten des Namens prüfen. Aber wieder Fehlanzeige.

Okay, okay, okay, dachte Jonah. So leicht ist es eben doch nicht. Er stand auf, ging zur Spüle, drehte das kalte Wasser auf und hielt seinen schmerzenden Daumen unter den

Strahl. Dann nahm er sich ein Glas, ließ es etwa bis zur Hälfte volllaufen und drehte das Wasser wieder ab. Er trank das Glas in einem Zug leer. Ich telefoniere, kann mich mit Wasser versorgen, klappt doch alles ganz gut, dachte er und spürte eine unglaubliche Wut in sich aufsteigen. Wie viel Mühe ihn diese alltäglichen Verrichtungen kosteten!

Er setzte sich wieder an den Tisch. Was wusste er alles über das Mädchen? Sie war als Baby adoptiert worden und musste etwa fünfzehn Jahre alt sein. Und das Mädchen war offenbar in dem Krankenhaus geboren worden, in dem Dr. Saalfeld und Wim Tanner früher gearbeitet hatten. Das Krankenhaus befand sich hier in der Stadt. Außerdem war das Mädchen ein dunkler Typ. Und hübsch. Ihr besonderes Merkmal war ein Leberfleck auf der Wange. So hatten sie es beschrieben. Jonah tippte wieder die Nummer der Auskunft ein und ließ sich mit dem Jugendamt verbinden. Dort verlangte er die Adoptionsstelle. Der Hörer an der Nebenstelle wurde sofort abgenommen.

»Wölflin, Adoptionsvermittlung, guten Tag.« Eine Frau.

»Ääh ...«, stotterte Jonah, »... guten Tag.«

»Mit wem spreche ich bitte?«

»Jonah Mint.«

»Was kann ich für Sie tun?« Die Frau klang routiniert, aber nicht unfreundlich.

Jonah hatte es die Sprache verschlagen.

»Sind Sie noch dran?«

»Ja«, sagte Jonah. »Ich suche ein Mädchen.« Wie blöd das klang, dachte er. »Ich suche ein Mädchen, das vor fünfzehn Jahren adoptiert wurde«, fügte er schnell hinzu.

»Sind Sie ein Verwandter?«, fragte die Frau.

»Nein.«

»Dann können wir leider keine Auskunft geben.«

»Hm«, machte Jonah.

Die Frau in der Leitung wartete.

»Tja, dann ...«, sagte Jonah, »...auf Wiedersehen«, und legte auf. Völlig regungslos blieb er am Tisch sitzen. Um ihn herum war es dunkel wie immer. Er haute mit der Faust auf das schwere Holz. Und gleich noch einmal. Seine Hand schmerzte. Blind und blöd, dachte er. Er rief noch einmal an.

»Wölflin, Adoptionsvermittlung, guten Tag.«

Ohne Überleitung sagte er: »Es ist wichtig.«

»Warum wollen Sie das Mädchen denn finden?«, fragte die Frau.

»Sie ist in Gefahr.«

»Dann gehen Sie am besten zur Polizei.«

»Das geht nicht.«

Die Frau überlegte. Dann sagte sie: »Vielleicht könnte ich einen Brief von Ihnen weiterleiten. Wie heißt das Mädchen denn?«

»Lina Sandwey. Das ist ihr Geburtsname. Wie sie heute heißt, weiß ich nicht.«

»Einen Moment, ich schaue nach.« Die Frau legte den Hörer zur Seite, und Jonah hörte sie auf eine Tastatur tippen. Es dauerte eine Weile, bis sie sich wieder meldete.

»Tut mir leid, aber ein Mädchen mit diesem Namen haben wir nicht vermittelt.«

»Sind Sie sicher?«

»Ja. Ich kann das sehen. Die ganzen alten Akten wurden vor ein paar Jahren digital erfasst. Jetzt ist alles im Computer. Ich hab ihren Namen eingegeben. Da kommt nichts.«

»Aber sie ist hier in der Stadt geboren worden und wurde als Baby adoptiert.«

»Vielleicht kamen die Eltern aus einer anderen Stadt. Dann werden die Kinder von den dortigen Jugendämtern erfasst. Oder sie wurde vielleicht gar nicht adoptiert, sondern kam erst mal als Pflegekind in eine Familie. Dann ist das auch nicht bei uns erfasst. Und manchmal, es kommt nicht oft vor, aber ...«

»... Sie meinen, es können auch Daten verloren gehen?«

»Na ja.«

»Also, danke für Ihre Mühe«, sagte Jonah und legte auf. Er wusste nicht mehr weiter. Er nahm sich einen Apfel aus der Obstschale, ließ seine Hände über die glatte Schale gleiten und biss hinein. Sofort verzog er das Gesicht. Das musste einer dieser neuen Weirouge-Äpfel sein, die sein Vater mitgebracht hatte. Sie waren wahnsinnig sauer. Karminrot seien die Äpfel, hatte sein Vater geschwärmt. Das war Jonah völlig egal, er konnte die Farbe ja ohnehin nicht sehen. Er aß den Apfel auf und hatte immer noch keine Idee. Sollte er zur Polizei gehen? Aber was konnte er den Beamten sagen? Die Bänder waren längst überspielt. Und Dukie würde verstockt schweigen. Passiert war bislang auch nichts. Das einzige Ergebnis wäre, dass Dr. Saalfeld herausfinden würde, dass er ihn angezeigt hatte. Und dann konnten er und seine Eltern ihre Sachen packen. Dem Mädchen würde das nicht helfen.

»Jonah!?« Das war sein Vater. »Wo bist du denn?« Er kam in die Küche gerannt. »Ich hab dich schon im ganzen Haus gesucht. Du musst zum Arzt.«

»Hatte ich ganz vergessen«, sagte Jonah. »'tschuldigung.«

»Ich hol das Auto«, sagte sein Vater. »Geh du schon mal raus.«

Draußen war es warm. Ein schöner Junitag. In der Ferne hörte Jonah einen Laster rangieren. Dr. Saalfeld baute auf einem angrenzenden Acker ein riesiges Gewächshaus. Es sollte ein Tropenhaus werden. Der Junge setzte sich auf die Stufen und wartete.

»Hi, Jonah.« Das war Carmens Stimme. »Ich hab was für dich.« Sie berührte leicht seine Hand, öffnete sie und legte etwas hinein.

»Eine Kastanie«, sagte Jonah überrascht.

»War in meinem Mantel.«

»Es gibt doch jetzt gar keine Kastanien.«

»Die ist von letztem Jahr. Ganz verschrumpelt und leicht. Lustig, nicht?« Carmen lachte. »Die bringt Glück!«

Man sollte Carmen nicht alles glauben, was sie sagte, dachte Jonah und grinste. Wahrscheinlich beulte die Kastanie ihre Manteltasche aus, und sie wollte sie loswerden. Aber abergläubisch, wie sie war, getraute sie sich nicht, sie wegzuwerfen. »Danke!«, rief er ihr hinterher. Aber Carmen war längst verschwunden. Jonah blinzelte in die Sonne. Wie sollte er diese Lina Sandwey bloß finden?

Sein Vater fuhr vor. »Steig ein!«

Jonah setzte sich auf den Vordersitz und schnallte sich an.

»Was hast du denn unten in der Wohnung gemacht?«

»Nichts.«

»Aha.«

Im Radio lief »Hit the Road, Jack«. Nerviger Song, dachte Jonah. Aber er summte trotzdem mit.

»Gut gelaunt?«

»Nein.«

»Klingt aber so.«

»Ist aber nicht so.«

Sein Vater gab ihm einen leichten Klaps auf den Hinterkopf. »Was ist denn los?«

»Nichts«, sagte Jonah und fügte in Gedanken hinzu: Und das ist das Problem.

»Aha, verstehe.«

Jonah spürte, dass sein Vater ihn anschaute, und sagte: »Papa, guck nach vorne.«

Die Straßen waren voll. Berufsverkehr. Jonahs Vater stöhnte. Sie waren viel zu spät dran. Er überholte zweimal und versuchte die ein oder andere Ampel noch mitzunehmen. »Ist doch egal, wenn wir zu spät sind«, sagte Jonah.

Plötzlich schrie sein Vater: »Festhalten!«, und Jonah wurde nach vorn in den Sicherheitsgurt geschleudert. Sein Vater bremste scharf. Das Auto scherte aus und kam ins Schleudern. Jonah stützte sich mit den Händen am Armaturenbrett ab. Ein harter Ruck, und das Auto stand. Hinter ihnen quietschten Reifen. Aber es folgte kein Aufprall.

»Alles okay?«, fragte sein Vater besorgt.

Jonah nickte. Sein verletzter Daumen tat wieder weh. Er hatte sich auf ihm abgestützt. Und der Sicherheitsgurt hatte in seine Haut geschnitten.

Sein Vater stieg aus. »Was soll das denn?«, hörte Jonah ihn brüllen. »Bist du völlig verrückt? Wegen ein paar Enten? Ich hätte dich fast überfahren! Scheiße! Das hier ist eine S t r a ß e …« Jonah hörte niemanden antworten. Sein Vater brüllte immer weiter.

Schließlich kurbelte Jonah das Fenster hinunter und rief: »Papa, komm jetzt!«

»Nur ein paar Meter weiter ist eine Ampel«, schrie sein Vater wütend. »Da kann man prima über die Straße gehen!«

»Papa!!!«

Endlich ging die Fahrertür auf, und sein Vater ließ sich schwer seufzend in den Sitz fallen. Er ließ den Wagen an und fuhr los. Ein paar Minuten sagte keiner von ihnen etwas.

»Da hat ein Mädchen tatsächlich eine Ente mit ihrem Küken über die Straße geführt«, erklärte sein Vater schließlich und betonte dabei jedes Wort. »Nicht zu fassen. Sie sagte, sie sei gerade hier vorbeigekommen und habe die Tiere auf der Straße gesehen. Da habe sie schnell helfen müssen. Die seien ja sonst überfahren worden! Und dass ja alles gut gegangen sei, aber jetzt müsse sie schnell weiter, Süßigkeiten kaufen.« Nach einer Weile fügte Jonahs Vater noch hinzu: »Die tat, als ob sie unsterblich wäre. Und hübsch war sie. Dunkle Haare. Helle Haut.«

Ja, dachte Jonah, genau so ein Mädchen suche ich.

»Irgendwoher kenne ich die«, sagte sein Vater.

Jonah hörte nicht genau zu. Diese Lina Sandwey spukte weiter in seinem Kopf herum.

»Jetzt weiß ich's!«, sagte sein Vater triumphierend.

Ich wüsste auch gern, wo sie steckt, dachte Jonah.

»Sie stand im Fernsehen neben Wim Tanner, als der sich im Stadion ausgezogen hat«, sagte sein Vater und schien mit dieser Erkenntnis sehr zufrieden.

»Wahrscheinlich hatte sie auch noch einen Leberfleck auf der Wange«, murmelte Jonah sarkastisch, dem nicht ganz klar war, was sein Vater da gerade gesagt hatte.

»Stimmt«, sagte sein Vater überrascht.

»Papa!«, schrie Jonah plötzlich. »Du musst sofort zurückfahren!« Fast hätte er seinem Vater ins Lenkrad gegriffen. »Ich muss sie unbedingt finden!«

An der nächsten Ampel wendete sein Vater. Er fuhr den Streckenabschnitt zweimal in jede Richtung ab. Auf Bitten Jonahs bog er auch noch in einige Nebenstraßen ein.

Aber vergebens.

Das Mädchen war weg.

Ein Baum, ein Schild und ein Junge

Drei Tage später ging Jette wieder zum Kiosk. Sie brauchte unbedingt etwas Nervennahrung, denn sie musste noch Chemie lernen. Jeden Tag saßen sie inzwischen am Schreibtisch. Vor den Ferien ließen die Lehrer noch jede Menge Arbeiten schreiben. Jette war Stammkundin in »Annas Büdchen«, wie sie den Kiosk nannte. Es verging kaum ein Tag ohne ein Eis oder ein paar Brausebonbons. Nur gestern und vorgestern hatte sie sich nicht bei ihr blicken lassen. Sie hatte bei Klara geschlafen.

Genau an der Stelle, wo sie vor ein paar Tagen wegen der Enten fast einen Unfall verursacht hätte, sah sie an einem Baum einen Jungen sitzen. Er trug eine Sonnenbrille und hatte ein großes Schild vor sich aufgestellt. Darauf stand: »Ich suche das Mädchen, das hier am Montagnachmittag eine Entenmutter mit ihrem Küken über die Straße geführt hat.«

Jette blieb stehen. Damit konnte nur sie gemeint sein. Sie betrachtete den Jungen genauer. Er schien in ihrem Alter zu sein und hatte blonde glatte Haare und feine Gesichtszüge. Er bewegte sich nicht. Jette war sich nicht sicher, ob er sie sehen konnte. Sie ging näher, und der Junge fragte: »Hallo?« Er schien blind zu sein.

»Hallo«, sagte Jette.

»Bist du das Mädchen?«, fragte er und zeigte auf das Schild.

»Ja«, sagte Jette.

»Endlich!«, sagte er. »Und du heißt Lina Sandwey?«

Der Name kam von weit her. Als hätte ihn jemand über ein weites Meer geschickt.

Jette sagte nichts.
»Bist du noch da?«, fragte der Junge.
»Ja«, sagte Jette.
»Bist du die Lina Sandwey?«
»Ja.«

Zweiter Teil

Saalfeld unter Druck

»Guten Morgen, Herr Dr. Saalfeld. Sonniger Tag, nicht?« Benno Krawtschik machte eine formvollendete Verbeugung und öffnete seinem Chef per Tastendruck den Aufzug zur Vorstandsetage. Saalfeld trat in die Kabine, Krawtschik folgte, und mit einem sanften Ruck setzte sich die gläserne Kapsel in Bewegung. Saalfeld blickte durch das schusssichere Glas direkt in das Blätterwerk einer angrenzenden Eiche. Normalerweise genoss er es, aus dem Grün des Baumes förmlich herauszuschießen, aber heute war er abgelenkt. »Guten Morgen«, hatte der Aufzugführer gesagt. Sonst wünschte er Saalfeld immer einen »Wunderschönen guten Morgen«. Genau genommen war dies das erste Mal innerhalb von zehn Jahren Vorstandstätigkeit, dass der Aufzugführer sich gegenüber seinem Chef so kurz fasste.

Die fahrbare Kapsel kam mit einem Ruck zum Stehen. Kai Saalfeld konnte beim Hinausgehen noch sehen, wie Benno Krawtschik wieder nach seinem Krimi griff. Auch das hatte es noch nie gegeben! Dass der Aufzugführer bereits nach seiner Lektüre kramte, noch bevor der Chef die Kabine richtig verlassen hatte. Was für eine Unverschämtheit! Saalfeld sah keinen Grund, diese Respektlosigkeit durchgehen zu lassen. Morgen würde sich Krawtschik am Kantinenaufzug wiederfinden.

Im siebzehnten Stock der Konzernzentrale angelangt, marschierte Saalfeld zu seinem Büro. Trotz der dicken Teppiche waren seine Schritte deutlich zu hören. Er wandte dafür eine besondere Gehtechnik an, die er in den ersten Wochen seines neuen Amtes trainiert hatte. Dank ihrer Hilfe wusste jeder auf dem Flur sofort, dass der Chef nahte. Gleich würde die Tür zu seinem Vorzimmer aufgehen und seine Sekretärin ihm noch im Türrahmen Mantel und Jacke abnehmen. Aber was war das? Im letzten Augenblick konnte Saalfeld gerade noch scharf stoppen. Die Tür war geschlossen, fast wäre er dagegengeprallt. Mit einem Hieb auf den Türgriff verschaffte er sich Einlass. Das Zimmer war leer. Unglaublich. Frau Menzel, seine Sekretärin, hatte es noch nie einfach so verlassen. Selbst wenn sie austreten musste, bat sie immer eine Kollegin von nebenan, sich kurz an ihren Schreibtisch zu setzen. Was war hier eigentlich los? Außer ihrem Lodenmantel, der ordentlich am Kleiderständer hing, und dem eingeschalteten Computer wies nichts auf die Anwesenheit der Sekretärin hin.

Saalfeld durchquerte den Raum, ging in sein Büro und warf dort wütend seinen Mantel und seine Tasche auf einen kleinen Couchtisch. Dann ließ er sich in seinen Chefsessel fallen und wartete, was eine völlig ungewöhnliche Situation war, denn normalerweise war jede Minute seiner Arbeitszeit verplant. Seine Sekretärin schob ihn von einem Meeting in das nächste, verlangte ständig Unterschriften oder stellte Telefonate durch. Schließlich hatte er fünfundsiebzigtausend Mitarbeiter zu führen. Nur vier Jahre hatte er damals gebraucht, um es bei Stayermed vom Abteilungsleiter zum Vorstandsvorsitzenden zu bringen. Seine Kollegen hatten immer sein Gespür für gute Geschäfte gerühmt, sein Verhandlungsgeschick und seine schnellen, klaren Entscheidungen. Jahrelang war er auf einer Welle des Erfolgs geschwommen. Aber jetzt ging es mit der Stayermed-Aktie bergab. Und Besserung war nicht in Sicht. Ganz im Gegenteil: Gestern hatte ihn ein alter Jagdfreund angerufen. Er arbeitete inzwischen bei der Investmentfirma, die bei Stayermed Großaktionär war, und hatte ihm gesteckt, dass die Investmentfirma in Kürze einen

Großteil der Aktien verkaufen würde. Man gehe von weiter fallenden Kursen aus und hoffe darauf, noch ohne großen Verlust aussteigen zu können. Das bedeutete für die Stayermed-Aktie, dass sie noch stärker unter Druck geraten würde.

Saalfeld blickte auf die Uhr. 9.10 Uhr. Irgendetwas war hier richtig faul. Normalerweise servierte die Küche pünktlich um 9.00 Uhr geschältes Obst. Aber heute nichts dergleichen. Kai Saalfeld ging zurück ins Vorzimmer, um an dem bereits eingeschalteten Computer den Aktienkurs von Stayermed abzurufen. In der Ecke des Sekretariats standen immer noch die zwei gelben Postkörbe, in denen die Sekretärin die Bewerbungen für den Schönheitswettbewerb sammelte. Obwohl die Frist längst abgelaufen war, gingen täglich immer noch Dutzende von Bewerbungen ein. Er hatte dem Eventteam den Brief von Jette Lindner bereits mit der Notiz zukommen lassen, dass es sich hierbei um die Gewinnerin handelte.

»Scheiße!«, fluchte Kai Saalfeld, als die Zahlen auf dem Computerbildschirm erschienen. Er ließ sich auf den Stuhl seiner Sekretärin sinken. Der Kurs war natürlich weiter gefallen. Kai Saalfeld fühlte sich plötzlich wie sein eigener Gefangener. Noch vor wenigen Monaten hatte er seinen Job genossen. Beflissene Mitarbeiter und Geld bis zum Abwinken. Was wollte man mehr? Aber das hier machte keinen Spaß mehr. Seine Aufgabe als Vorstandschef war es, die Aktie auf Wachstumskurs zu halten. Wenn die Aktie stieg, wurden die Anleger reicher, und darum ging es. Gelang ihm das nicht, hatte er unweigerlich irgendwann Dr. Berger, den Chef des Aufsichtsrates, am Telefon, der sich bitter beschwerte. Und in letzter Zeit häuften sich die Anrufe.

Eine Reinemachefrau hatte es mit gut sichtbarem Dreck zu tun, den sie wegfegen oder aufwischen konnte. Die Wissenschaftler im Haus suchten für klar benannte Krankheiten neue Medikamente. Nur er hing bei dem, was er leisten sollte, völlig in der Luft. Der Aktienkurs war unberechenbar. Mal stieg er, mal fiel er, dann wieder stagnierte er wochenlang. Gut, die Konkurrenz hatte ein paarmal die Nase vorn gehabt. Aber in der letzten Zeit liefen die Geschäfte wieder rund. Und dennoch zeigte der Kurs weiter nach unten. Es war wie verhext. Diese Aktien machten, was sie wollten.

Saalfeld erhob sich mühsam aus dem Stuhl. Keine Sekunde zu früh, denn in diesem Moment ging die Tür auf und Frau Menzel erschien im Türrahmen. Die Sekretärin sah elegant wie immer aus. Sie trug ein schwarzes Kostüm mit einem weit ausgeschnittenen weißen Top. Ihr blondes Haar hob sich leuchtend von der dunklen Kleidung ab. Um den Hals hatte sie eine Silberkette mit weißgoldenem Anhänger gelegt. Obwohl bereits Mitte vierzig, galt sie als eine der attraktivsten Frauen im Haus.

Frau Menzel war Dr. Saalfelds wichtigste Mitarbeiterin. Sie verfügte über das mit Abstand beste hausinterne Netzwerk. Es bestand in einem gegenseitigen Geben und Nehmen von Informationen und erstreckte sich bis in den letzten Unternehmenswinkel. Nichts, was im Haus passierte, blieb ihr verborgen. Ihr Wissen stellte sie loyal ihrem jeweiligen Chef zur Verfügung. Bei Stayermed galt das ungeschriebene Gesetz, dass, wer immer Vorstandschef wurde, damit auch Anspruch auf Frau Menzel hatte. Und jetzt arbeitete Frau Menzel für ihn. Als Saalfeld das einmal mehr realisierte, hellte sich seine Laune etwas auf.

»Guten Morgen, Herr Dr. Saalfeld«, sagte Frau Menzel und zog die Mundwinkel zu einem Lächeln nach oben. Aber das war eindeutig nicht das strahlende Menzel-Lächeln, das die Sekretärin ihrem Chef sonst immer schenkte. Kai Saalfeld war sich jetzt sicher, irgendetwas stimmte nicht. »Heute Nachmittag soll es Gewitter geben«, sagte Frau Menzel und begann, an ihrem Schreibtisch die Post zu öffnen. Ohne die Sekretärin noch eines Blickes zu würdigen, ging Kai Saalfeld in sein Büro und ließ die Tür laut hinter sich ins Schloss fallen. Frau Menzel hatte es nicht einmal für nötig befunden, sich für ihre Abwesenheit zu entschuldigen.

Kai Saalfeld hatte sich gerade entschlossen, erst einmal auf die Toilette zu gehen, als sein Telefon blinkte. Bereits im Stehen hob er ab.

»Herr Dr. Saalfeld«, sagte Frau Menzel mit ihrer wohlmodulierten Stimme, »Herr Dr. Berger möchte Sie sprechen.«

Der Aufsichtsratsvorsitzende hielt ihn jetzt also schon vom Pinkeln ab. »Stellen Sie durch«, sagte er barsch.

»Er ist daha.«

»Hier?«

»Jaha.«

»Soll reinkommen!«, fauchte Saalfeld.

Die Tür flog auf, und im Türrahmen erschienen wuchtige ein Meter neunzig auf hundertdreißig Kilogramm Lebendmasse. Dr. Rüdiger Berger lächelte feist in den Raum und schwenkte sein Gewicht in Richtung Saalfeld. Die Männer schüttelten sich die Hand, und Berger ließ sich mit einem obszönen »Aaaah« in Saalfelds freien Chefsessel fallen. Der Stuhl bog sich bedrohlich vor und zurück. Berger wippte noch etwas nach, als wolle er die Stabilität des Möbelstücks testen. Kai Saalfeld, dem diese Vorstellung zu viel wurde, verließ das Zimmer und orderte bei Frau Menzel zwei Espressi mit separaten Cognacs. Dr. Berger trank auch am Morgen gern einen Schluck. Zurück im Büro ließ der Aufsichtsratsvorsitzende immer noch nicht von seinem Stuhl ab.

»Hundertfünfunddreißig Grad! Zwischen Ober- und Unterkörper muss bei einem guten Bürostuhl ein Winkel von hundertfünfunddreißig Grad sein«, schwadronierte Berger.

»Das ist für die Bandscheiben am gesündesten. Eine Mittellage zwischen Liegen und Sitzen. Neueste medizinische Erkenntnisse.« Er machte eine wichtigtuerische Handbewegung.

Frau Menzel kam herein und stellte ihr Tablett vor Berger auf dem Schreibtisch ab. Der Aufsichtsratsvorsitzende kam mühsam aus den Tiefen des Chefsessels hoch. »Aber mit diesem Stuhl hier funktioniert das nicht«, ächzte er. »Kein Wunder, dass du so nicht arbeiten kannst.«

Dr. Berger trank den Espresso und den Cognac jeweils in einem Schluck leer. Dann wandte er sich Kai Saalfeld zu.

»Täglich – täglich – habe ich jetzt den alten Hagenau am Telefon! Ich besänftige, schmeichle, tröste, lenke ab, aber alles umsonst. Dir ist klar, dass ihm fünfunddreißig Prozent der Aktien gehören?«

Saalfelds Blase drückte. Immerhin wusste der Fettsack noch nichts von den Investmenthyänen.

»Der alte Hagenau will deinen Kopf«, sagte Berger leichthin und öffnete mit einer Was-kann-ich-da-noch-machen-Geste seine Hände. Dabei blickte er Saalfeld treuherzig an. »Niemand hat es nun mal gern, wenn man sich mit seinen Aktien nur noch den Arsch abputzen kann.«

Selber Arschloch, dachte Kai Saalfeld.

»Und trotzdem: Ich hab was rausholen können.« Berger schaute erfolgsheischend um sich. »Du hast zwei Wochen Zeit. Bis dahin muss der Kurs aber wieder nach oben zeigen. Ansonsten war's das.« Mit diesen Worten wuchtete Dr. Berger sein Gewicht aus dem Sitzmöbel und verließ den Raum.

Saalfeld tat, was er schon die ganze Zeit hatte tun wollen: Er ging auf die Toilette. Ohne Eile schloss er sein privates Pissoir auf, erleichterte sich, wusch sich die Hände und nahm eines der angewärmten, nach Lavendel duftenden Handtüchlein zum Abtrocknen. An seinem Siegelring, den sein Schwiegervater ihm hinterlassen hatte, klebte ein Rest Seife. Er tupfte den Ring ab. Dann warf er einen Blick in den Spiegel. Was er sah, gefiel ihm. Kaum graue Haare, wenig Falten, ein entschlossener Blick. Seine sechsundvierzig Jahre standen ihm ausgezeichnet. Ganz anders dieser Berger: ein wabbeliger Wichtigtuer, der selbst nie ein Unternehmen geleitet hatte und dessen Aktivität sich darin erschöpfte, sich von seiner reichen Familie Aufsichtsratsposten zuschanzen zu lassen. Kai Saalfeld hingegen hatte sich alles selbst erarbeitet. Und zwar wirklich alles. Inklusive der Manieren, die in bestimmten Kreisen erwartet wurden – und der richtigen Ehefrau. Sie hatte das Geld und die nötigen Kontakte mit in die Ehe gebracht. Seine eigene Mutter war Schneiderin gewesen. Und sein Vater war abgehauen, als er sechs Jahre alt war. Von ihm hatte er seine Liebe zu Pflanzen. Das war aber auch schon ihre einzige Gemeinsamkeit. Sein ganzes Leben lang hatte er Probleme gelöst. Und dieses hier würde er auch in den Griff bekommen. Allerdings waren zwei Wochen nicht viel, um eine Aktie wieder auf die Beine zu bekommen.

Als Kai Saalfeld in sein Büro zurückkam, war das Obst da. Ein Teller mit frisch geschälten, klein geschnittenen Pfirsichen. Es war 9.50 Uhr. Fast eine ganze Stunde zu spät. Er nahm sich trotzdem ein Stück und dachte nach.

Es klopfte, und Frau Menzels Kopf erschien im Türrahmen. Saalfeld nickte ihr zu. Die Sekretärin kam herein und reichte ihm eine Unterschriftenmappe. Beim Verlassen des Raumes drehte sie sich noch einmal um und sagte: »Zwei Wochen. Ich weiß Bescheid.« Ein Anflug von Mitgefühl war auf ihrem Gesicht zu erkennen. »Dr. Berger war heute schon früher im Haus und hatte mich zu einem Kaffee eingeladen. Dabei hatte er es angedeutet. Ich durfte aber nichts sagen. Er wollte es unbedingt selbst tun.« Mit dem letzten Satz zog sie die Tür hinter sich zu.

Jetzt tobte Saalfeld vor Wut. Seine persönliche Sekretärin fühlte sich dem Aufsichtsratschef verpflichteter als ihm gegenüber! Diese Demütigung! Damit war Frau Menzel ihrem Ruf, als eine der Ersten über die Vorgänge im Haus informiert zu sein, wieder einmal gerecht geworden. Aber ihr Wissen hatte sie nicht ihm zur Verfügung gestellt. Und auch ansonsten ließ man ihn im Haus seine schwindende Autorität spüren. Aber er würde es ihnen allen zeigen. Er war noch lange nicht weg vom Fenster. Außerdem brauchte er den Job. Finanziell betrachtet. Saalfeld dachte an das Tropenhaus, das er neben der Villa bauen ließ. Und an den Regenwald, der zurzeit in Richtung Deutschland verschifft wurde. Sogar eine Kolonie Nasenaffen hatte er erworben. Sie wurden mit umgesiedelt. Ein teures Projekt. Wenn er ehrlich war, war es sogar so teuer, dass er sich das vorzeitige Ausscheiden aus dem Konzern nicht einmal mit der damit verbundenen Abfindung leisten konnte. Was er brauchte, waren die regelmäßigen Gehaltszahlungen und die lukrativen Tantiemen zum Jahresende.

Er musste handeln. Was er jetzt brauchte, war ein Joker, so etwas wie eine Formel für reine Haut – das könnte das große Los sein. Norbert Königssohn war ein sehr integrer Wissenschaftler gewesen. Es gab keinen Grund, an seiner Entdeckung zu zweifeln. Er brauchte jetzt das Blut des Mädchens. Und zwar sofort. Das würde ihn unantastbar machen. Stayermed würde vor ihm den roten Teppich ausrollen. Für Jahre. Für immer. Wim, dieser Versager, hatte das Blut immer noch nicht herbeigeschafft. Das Mädchen hatte ihm die bereits entnommene Blutprobe wieder geklaut. Nicht zu fassen. Wim hatte ihr zwar folgen können, weil er in der Arzttasche einen Peilsender versteckt hatte, aber irgendwie war es dem Mädchen gelungen, Wim vor aller Welt lächerlich zu machen und dann *mit* der Blutprobe aus dem Stadion zu spazieren.

Er würde Wim jetzt einen klaren, präzisen Auftrag geben. Keinen DRK-Quatsch mehr. Er musste ihn stärker an die Leine nehmen. Kai Saalfeld griff nach einem der neuen Handys, die er in einer Schreibtischschublade aufbewahrte und von denen er jedes nur für einen Anruf nutzte. So war er sicher, dass niemand Unerwünschtes mithörte. Um gar kein Risiko einzugehen, stellte er auch noch das Radio an. Auch die Sekretärin sollte nichts mitkriegen.

»Ich bin an ihr dran!«, sagte Wim, noch ehe Kai Saalfeld irgendetwas gesagt hatte. »Hab mich als Straßenkehrer verkleidet. Sie ist auf der anderen Straßenseite und sitzt dort unter einem Baum ...« Wim wand sich irgendwie.

»Was ist denn los?«, blaffte Kai Saalfeld ungehalten.

»Na ja ... Sie sitzt da mit Jonah Mint.«

Stille.

»Mit wem?« Kai Saalfeld fühlte sich überrumpelt.

»Dem Sohn des Kochs.«

»Ist mir schon klar«, raunzte Saalfeld. Verdammt noch mal. Seit wann kannten sich die beiden?

»Ich will, dass du mir heute noch das Blut besorgst!«, befahl Kai Saalfeld energisch. »Kidnappe das Mädchen, gib ihr ein Schlafmittel, nimm das Blut ab und lass sie dann wieder frei!«

Einen Augenblick war es still. Dann fragte Wim Tanner: »Und was mache ich, wenn die beiden den ganzen Tag zusammen rumhängen?«

»Dann kidnappst du sie eben beide und lässt sie danach beide wieder frei. Lass dir halt irgendwas einfallen. Das ist doch nicht so schwierig! Soll ich jetzt auch noch deine Arbeit machen?« Wütend drückte Kai Saalfeld das Handy aus.

Jette und Jonah

Jette spürte die warme Rinde des Baumes in ihrem Rücken. Der Junge neben ihr hatte sich vorgebeugt und sprach in ihre Richtung. Aber er hielt seinen Kopf etwas zu weit rechts. Er kann nicht einmal meine Umrisse erkennen, dachte Jette. Er ahnt nur, wo ich sitze.

»Dieser Dr. Saalfeld«, sagte der Junge, »will unbedingt eine Blutprobe von dir, Lina ...«

LINA. Der Name traf sie erneut mit voller Wucht. Ihr war, als wirble sie durch tiefes Wasser, als verschlucke sie sich und müsse nach Luft schnappen. Der Junge nannte sie weiter Lina. Sie griff mit ihren Händen nach hinten und umfasste den warmen Stamm des Baumes. Langsam ließ der Schwindel nach.

Sie wusste, dass sie als Lina Sandwey geboren worden war. Ihre Adoptiveltern hatten ihr das schon vor langer Zeit erzählt. Aber sie konnte sich nicht daran erinnern, dass sie jemals Lina genannt worden wäre. Mit ihrer leiblichen Mutter war sie nur sieben Tage zusammen im Krankenhaus gewesen. Danach hatte ihre Mutter das Leben auf der Straße wieder aufgenommen.

»Außerdem ist dieser Schönheitswettbewerb eine Falle, Lina ...« Wie selbstverständlich er den Namen aussprach. Jette fühlte Sehnsucht in sich aufsteigen. Wie in dem Märchen von Rapunzel, dachte sie, wo die Frau unbedingt den Salat auf der anderen Seite der Mauer haben will. Wie gern hätte sie ihre Mutter einmal gesehen. Nur einmal. Einfach um zu wissen, wie sie so war. Ihre Eltern hatten immer wieder versucht, sie zu finden. Aber nichts. Alle Nachfragen in

Drogenambulanzen, Gefängnissen und Sozialämtern waren erfolglos geblieben.

Der Junge sprach immer noch. Jette sah ihn an. Wieder fiel ihr Blick zuerst auf die Sonnenbrille. Die Gläser waren sehr dunkel und die Augen dahinter nicht zu erkennen. Eigentlich war die Brille gar nicht so groß. Genau betrachtet handelte es sich sogar um ein eher dezentes Modell mit einem feinen kupferfarbenen Gestell. Und doch hatte die Brille etwas Monströses an sich. Sie schien das gesamte Gesicht zu dominieren, als wäre sie das Zentrum von allem. Ein totes Zentrum, dachte Jette. Wie ein schwarzes Loch, das alle Lebensenergie aufsaugt. Sie erschrak bei dem Gedanken. Am liebsten hätte sie dem Jungen ihre Hand auf die Wange gelegt – wie um die Macht der Sonnenbrille zu bannen.

»Hörst du mir eigentlich zu?«, fragte er plötzlich und hob den Kopf.

»Klar«, sagte Jette automatisch.

Der Junge wirkte mit einem Mal hilflos. Er kann mein Gesicht nicht sehen, dachte Jette. Er weiß nicht, ob ich zuhöre oder nicht.

»Erzähl bitte weiter«, sagte sie.

»Du kannst natürlich zur Polizei gehen«, fuhr er fort. »Aber wir haben keine Beweise. Man wird dir wahrscheinlich nicht glauben. Und …« Der Junge stockte. »… meine Eltern arbeiten für die Saalfelds. Wir wohnen in der Villa. Wenn Dr. Saalfeld herausbekommt, dass ich das alles weitererzählt habe, fliegen meine Eltern raus. Ich habe eine andere Idee, Lina …«

Da war der Name wieder. Sie hatte sich fast schon ein bisschen an ihn gewöhnt. Eine Szene in einem Film fiel ihr ein, den sie einmal im Fernsehen gesehen hatte. Darin ging ein junger Mann durch eine verbotene Tür, um herauszufinden, wie die richtige Welt dahinter aussah – jenseits der Grenzen seiner eigenen kleinen Kunstwelt, in der er aufgewachsen war. Auch ich gehe jetzt gleich durch eine solche Tür, dachte sie.

»Woher kennst du meinen Namen?«, fragte sie den Jungen. »Weißt du etwas über meine Mutter?«

Der Junge hob irritiert den Kopf. Er brauchte einen Augenblick, um dem abrupten Themenwechsel zu folgen. Dann schüttelte er den Kopf und sagte: »Nein, ich kenne deine Mutter nicht.«

»Aber du weißt doch etwas über sie?«

Der Junge überlegte. »Ich hab gehört, sie war hübsch.«

»War?«

»Wahrscheinlich ist sie es noch. Ich weiß wirklich nichts.«

»Aber du kennst meinen Namen von früher«, sagte Jette und blickte auf das Schild im Gras. Es war eine weiße Magnettafel, die der Junge mit einem dicken schwarzen Stift beschrieben hatte. Die Buchstaben waren gut leserlich, wenngleich sie am Ende einer Zeile in die Höhe flogen.

»Dr. Saalfeld hat ihn einmal erwähnt«, sagte der Junge. »Das ist alles. Ich kenne nur den Namen. Wie heißt du denn jetzt?«

Die Tür zur anderen Welt war nicht aufgegangen. Jette war enttäuscht. Sie hätte so gerne mehr über ihre Mutter erfahren. »Du hast also eine Idee?«, fragte sie. Sie fühlte sich auf einmal elend.

Der Junge zögerte eine Sekunde, aber dann sprach er weiter. »Du könntest dir selbst Blut abnehmen und es an einem geheimen Ort hinterlegen. Dann teilst du Dr. Saalfeld mit, dass, falls dir etwas passiert, dein Blut plus schriftliche Erklärungen an die Polizei gehen und zudem an alle wichtigen Unternehmen der Kosmetikindustrie. Dann kann er eigentlich kein Interesse mehr daran haben, dich in seine Gewalt zu bekommen. Verstehst du, Lina?«

»Nenn mich nicht Lina!«, fauchte Jette. »Ich heiße Jette.«

Der Junge machte ein dummes Gesicht.

»Ähm ...«, stotterte er. »Gut, okay. Jette also.«

»Genau.«

»Ob das mit dem hinterlegten Blut eine Lösung auf Dauer ist, weiß ich nicht.« Der Junge redete unbeirrt weiter, doch er wirkte dabei immer unsicherer. Ihm war wohl inzwischen klar, dass Jette ihm kaum zuhörte. »Du solltest dir überlegen, ob du deine Gene generell der Forschung zur Verfügung stellen willst. Dann müsstest du eigentlich für immer sicher sein ...«

Ich habe nicht einmal ein Foto von meiner Mutter, dachte Jette. Ich habe gar nichts. Kein Amulett, keinen Teddy, keine Stoffwindel mit Initialen oder was immer Mütter ihren Kindern normalerweise auf den Lebensweg mitgeben. Nichts außer einem Namen. Und den trage ich nicht mehr.

Jette lehnte sich vor und fragte: »Kannst du mich noch mal Lina nennen?«

Der Junge lachte. »Kann es sein, dass du dich nicht entscheiden kannst?«

»Wieso?«, gab Jette patzig zurück.

Der Junge überlegte einen Moment. Dann sagte er: »Wie findest du Lina-Jette?«

»Doof.«

»Jette-Lina?«

»Ich mag keine Doppelnamen.«

»Dann: Je...lina«, schlug er feierlich vor.

»Jelina?«, fragte Jette. »Das passt nicht zu mir. Das ist zu lieb und total langweilig.«

»Du willst einen bösen, aufregenden Namen?«

»Ja.«

»Ich weiß einen.«

»Welchen?«

»Hm«, machte der Junge und wand sich etwas. »Kann ich nicht sagen.«

»Wieso nicht?«

»Nur gute Freunde würden dich so nennen. Und ich kenne dich ja fast noch gar nicht.«

»Aber wenn du mir den Namen nicht sagst, dann werde ich ihn vielleicht nie erfahren.«

»Ich sag ihn dir später«, erklärte der Junge.

Jette lehnte sich wieder an den Baumstamm. Die Wärme des Holzes kroch in ihren Rücken. Plötzlich hatte sie das Gefühl, Zeit zu haben. Sie lächelte. Der Junge konnte es nicht sehen, was ihr aber egal war.

»Ich habe Spritzen zum Blutabnehmen dabei«, sagte er nach einer Weile und zeigte auf seine Hosentasche. »Wenn du willst, helfe ich dir. Wir sollten es sofort machen.«

»Okay«, sagte Jette. Sie wusste zwar nicht wirklich, worum es ging, aber der Junge hatte sicher recht.

»Weißt du, wo wir hinkönnen? Wir brauchen einen Ort, wo uns niemand stört.«

»Komm mit!«, sagte Jette.

Der Junge erhob sich. Mit einer Hand stützte er sich am Boden ab. Mit der anderen schützte er seinen Kopf vor den herabhängenden Zweigen.

»Hast du keinen Stock?«, fragte Jette. »Oder einen Blindenhund?«

»Nein«, antwortete er knapp.

»Wie gehen wir dann?«

»Wenn es dir recht ist«, sagte er etwas hölzern, »lege ich meine Hand auf deine Schulter und laufe neben dir her.«

»Gut«, sagte Jette und klemmte sich das Schild unter ihren freien Arm.

Seine Hand war leicht. Unwillkürlich hob Jette den Blick, um ihn anzuschauen. Er war etwas größer als sie. Aber seinem Gesicht fehlte das Wesentliche – die Augen. Wie zurückgewiesen sah Jette zur Seite. »Gehen wir«, sagte sie tonlos.

Der Junge passte seinen Schritt dem ihren an. Wie ein einfühlsamer Tänzer reagierte er auf die kleinsten Bewegungen. Eine angedeutete Drehung ihres Oberkörpers reichte, und auch er änderte seine Richtung. Lief sie schneller, zog er noch im selben Moment nach. Er war so flink im Umsetzen ihrer Signale, dass Jette den Eindruck hatte, als wisse er noch vor ihr, wohin sie gingen.

Jette wählte den Weg über die Ampel. Sie sprang gerade auf Rot, als sie ankamen. »Wie siehst du eigentlich aus?«, fragte der Junge.

»Dunkle Haare, dunkle Augen, helle Haut«, antwortete Jette. »Und ziemlich große Ohren.«

»Quatsch.«

»Doch.« Jette lachte. »Man sieht sie nur nicht unter den Haaren.«

»Also hast du dicke Haare?«

»Ja. Mit Locken.«

»Aha.«

Sie schwiegen.

»Weißt du, für mich gibt es zwei Arten von Gesichtern«, sagte Jonah nach einer Weile. »Die, die ich schon kannte, als ich noch sehen konnte, und von denen ich weiß, wie sie aussehen. Und dann die, die ich nie gesehen habe.« Sein Tonfall war zwar sachlich, aber Jette konnte die Verzweiflung heraushören.

»Du kannst aber doch tasten, oder?«, versuchte sie ihn aufzuheitern.

»Ja, klar«, sagte er bitter.

»Wenn du willst, kannst du mein Gesicht abtasten.«

»Ich will aber nicht.«

»Und wenn ich dich darum bitte?«

»Was dann?«

»Tust du's dann?«

Er schwieg.

»Komm, mach schon«, sagte Jette und legte seine Hände auf ihr Gesicht.

Die Hände des Jungen bedeckten fast ihr ganzes Gesicht. Jette spürte ihren warmen Atem unter seiner Hand. Sie versuchte, die Augen offen zu halten, strich beim Blinzeln aber mit ihren Wimpern an seiner Hand entlang und schloss die Augen schließlich.

Der Junge blieb eine Weile regungslos stehen. Dann öffnete er seine Hände und strich mit den Fingerspitzen ihre Stirn entlang nach außen. An den Schläfen drückte er seine Hände leicht an, und Jette spürte unter seiner Berührung das Blut in ihren Adern pochen. Er schob seine Hände weiter Richtung Stirn, spreizte die Finger, glitt tief in ihr Haar hinein und hielt es fest. So verharrte er einen Augenblick.

Dann wanderten seine Hände ihr Gesicht hinab. Mit den Fingerspitzen fuhr er ihre Augenbrauen nach, berührte die geschlossenen Augenlider, strich ihre Nase entlang, malte die Nasenflügel nach und erreichte fast die Lippen. Er formte mit seinen Händen eine weite Schale, und eine Weile ruhte ihr Gesicht darin.

Danach führte er seine Hände nach außen zu ihren Wangen, entdeckte dort ihren Leberfleck, umkreiste ihn, strich über ihn hinweg, schien sich irgendwie über dieses Muttermal zu freuen und wanderte weiter zu den Haaren und Ohren. »Segelohren«, stellte er nüchtern fest. Jette versuchte zu antworten. Aber ihr Gehirn produzierte eine Fehlschaltung, und sie biss sich stattdessen auf die Lippe.

»Komm«, sagte der Junge. »Die Ampel ist grün, oder?« Er nahm ihre Hand.

Sie sagten nichts mehr, bis sie vor Annas Büdchen standen. Jette wies den Jungen auf eine Stufe am Eingang hin, wobei ihr auffiel, dass sie immer noch nicht wusste, wie er hieß. Im Innern des Kiosks lehnte die sechsundsiebzigjährige Anna weit über der Theke und beteiligte sich an den Gesprächen ihrer Kundschaft. Ein paar Leute aus der Nachbarschaft hatten sich an den zwei Stehtischen eingefunden.

»Hallo, meine Hübsche«, sagte Anna und strahlte die Neuankömmlinge an. Jette war ihre unangefochtene Lieblingskundin. Anna hatte sie aufwachsen sehen. Hier, in diesem Kiosk, hatte Jette mit drei Jahren ihr erstes Kaugummi bekommen, zur Einschulung durfte sie die Süßigkeiten aus ihrer Schultüte nach Belieben gegen andere eintauschen, und zu ihrem achten Geburtstag erfüllte Anna ihr ihren sehnlichsten Wunsch: mit einer Freundin im Kiosk zu übernachten und von allem naschen zu dürfen.

Jette fragte, ob sie im Hinterzimmer eine Cola trinken dürften. Anna nickte. Als sie mit dem Jungen an der Hand das Zimmer betrat, fiel ihr Blick wie immer auf die unzähligen Tanzfotos, die die Wände schmückten. Anna als Dornröschen, Anna als Cinderella, Anna im Schwanensee. Die Kioskbesitzerin war früher Tänzerin gewesen. Jette liebte die Bilder, die in einfachen Glasrahmen an der Wand hingen und von einer vergangenen Zeit erzählten. Der Junge neben ihr konnte sie natürlich nicht sehen.

Links neben der Tür stand ein Sofa mit einem kleinen Tisch. Daneben hing eine Wanduhr, deren Pendel weit ausschlugen. Die Uhr tickte laut. Es war kurz nach zwei. Auf der rechten Seite gab es einen kleinen Bistrotisch mit zwei Stühlen. Und vor dem Fenster stand ein Schaukelstuhl.

Annas Katze hatte sich darauf zusammengerollt und blickte hoch. Als sie Jette erkannte, stand sie auf, sprang gegen die Lehne und rollte sich wieder zusammen.

»Die Katze schubst den Schaukelstuhl selbst an«, sagte Jette zu dem Jungen und lachte.

Sie setzte sich mit ihm an den Bistrotisch, und sie tranken ein paar Schlucke Cola.

»Anna war früher Tänzerin«, erzählte Jette.

»Aha.«

Stille.

»Hast du alles zum Blutabnehmen dabei?«, fragte sie den Jungen.

»Nur die Spritzen.« Er kramte in seinen Hosentaschen und förderte zwei Spritzen mit Kanülen zutage. »Wir brauchen noch etwas zum Abbinden. Vielleicht einen Gummihandschuh. Sollte nicht zu alt sein, damit er nicht reißt. Und etwas zum Desinfizieren. Am besten Schnaps. Und Taschentücher.«

»Willst du es selbst machen?«, fragte er, als Jette mit den Sachen zurückkam. Anna hatte ihr alles gegeben. Zum Glück hatte sie keine Fragen gestellt.

»Ich?« Jette zuckte zusammen. Darüber hatte sie noch gar nicht nachgedacht. »Ich weiß nicht.«

»Ich kann dir das Blut auch abnehmen.«

»Du?«

»Ich hab das zwar noch nie gemacht, aber im Krankenhaus haben sie mir dauernd Blut abgenommen. Und manche Ärzte haben auch erklärt, was sie tun. Soll ich?«

»Ja.«

»Wir machen es am Arm.« Der Junge zeigte auf seine Armbeuge. »Als Erstes musst du die Einstichstelle desinfizieren. Schütte dir etwas Schnaps auf die Haut.« Er klang ruhig und bestimmt.

»An dem einen Arm hat mich was gebissen«, sagte sie. »Und an dem anderen hat mir jemand Blut abgenommen. Welchen willst du haben?«

»Wim Tanner?«

»Wer? Welchen Arm denn jetzt?«

»Den mit dem Einstich. Nicht den mit dem Biss.«

Jette griff nach der Flasche. Sie war schwer und mit einer Hand kaum zu halten. Als sie sich die Stelle desinfizieren wollte, ergoss sich ein ganzer Schwall Flüssigkeit über ihren Arm. Auf dem Boden bildete sich eine Lache.

»Mmh … Himbeeren«, sagte der Junge.

»Stimmt.« Jette lachte. »Himbeergeist.«

Der Junge ließ sich den Handschuh reichen, dehnte ihn, legte ihn um Jettes Oberarm und machte einen festen Knoten. »Trocknest du die Einstichstelle noch ab?«, bat er. »Und jetzt pumpen«, sagte er und öffnete und schloss zur Demonstration seine Faust. Dann packte er die Spritzen und Kanülen aus und setzte sie zusammen. Er arbeitete ruhig, tastete nach den Dingen, und Jette stellte fest, dass er gut zurechtkam. »Kannst du die Venen schon sehen?«, fragte der Junge.

»Ja«, sagte Jette und blickte auf ihre prall gefüllten, dunkelblauen Adern in der Armbeuge.

»Am besten legst du den Arm auf den Tisch«, sagte der Junge. Er fuhr mit den Händen über ihre Haut, tastete nach den angeschwollenen Venen, legte den Zeigefinger schließlich auf eine besonders große und sagte: »Die nehmen wir.« Er ließ sich von Jette die Nadel geben, setzte sie unter seinem Finger an, sagte behutsam »Achtung!« und stach vorsichtig in die Haut. Sofort sickerte dunkelrotes Blut in die Spritze. »Fließt es?«, fragte der Junge.

»Ja«, sagte Jette.

Der Junge zog langsam am Kolben der Spritze, und die Kammer füllte sich. Als der Anschlag erreicht war, wechselte er die Kammer aus und füllte eine zweite. Dann zog er die Nadel aus der Haut, drückte ein Taschentuch auf die Wunde und löste den Gummihandschuh.

Jette schüttelte ihren Arm. Er fühlte sich taub und schwer an. Das Blutabnehmen selbst hatte jedoch kaum wehgetan.

»Woher weißt du, wie tief du stechen musst?«, fragte sie.

»Man spürt es«, erklärte der Junge. »Wenn der Widerstand nachlässt, bist du in der Vene. Das hat mir mal ein Arzt gesagt. Es ist tatsächlich so.«

»Du bist echt mutig«, sagte Jette.

Kurz darauf standen sie wieder auf der Straße und lutschten Brausebonbons, die Anna ihnen mitgegeben hatte. Der Junge hielt sein Handy in der Hand und wollte ein Taxi rufen. In der Ferne säuberte ein Straßenkehrer mit schnellen Bewegungen den Rinnstein. Jette schaute dem Jungen zu, wie er mit den Fingerspitzen über die Tastatur fuhr. Er kenne jemanden in der Uniklinik, wo sie das Blut zwischenlagern könnten, hatte er gesagt. Wo sie es danach hinbrächten, müssten sie sich noch überlegen. Er hielt seinen Kopf etwas geneigt und wirkte sehr konzentriert. Seine blonden Haare, die er auf einer Seite länger trug als auf der anderen, fielen ihm ins Gesicht. Hinter den Rändern seiner Sonnenbrille schauten dichte dunkelblonde Augenbrauen hervor. Er hatte eine mittelgroße, fein geschnittene Nase. An den Schläfen konnte Jette jeweils eine lange schmale Narbe erkennen. Sie waren fast symmetrisch und schienen das Gesicht einzurahmen. »Warteschleife«, sagte der Junge und lauschte weiter in sein Handy.

Jette stellte auf einmal fest, dass die Sonnenbrille sie gar nicht mehr erschreckte. Jetzt muss ich nur noch wissen, wie er heißt, dachte sie. Aber irgendwie hatte sie den richtigen Zeitpunkt verpasst, um ihn nach seinem Namen zu fragen.

Der Junge kam ihr inzwischen schon so vertraut vor. Und einen alten Freund fragte man ja auch nicht: Hey, wie heißt du eigentlich?

»Hallo!«, rief in dem Moment eine Frau neben ihnen und berührte den Jungen leicht am Arm. Sie hielt einen Autoschlüssel in der Hand. »Was macht ihr denn hier?«

»Carmen!«, stieß der Junge überrascht hervor und drehte sich zu ihr hin. »Und du?«, entgegnete er, ohne ihre Frage zu beantworten.

»Ich war bei Marie«, antwortete die Frau und klimperte mit ihrem Autoschlüssel. »Sie wohnt direkt da vorn, auf der anderen Straßenseite. Sie ist krank. Nur 'ne leichte Grippe, nichts Schlimmes. Ich habe ihr ein Buch vorbeigebracht. Und was macht ihr hier?«, wiederholte Carmen ihre Frage.

»Wir wollen zur Uniklinik«, sagte der Junge. »Einen Klassenkameraden besuchen.«

»Wenn ihr wollt, fahre ich euch. Das ist kein großer Umweg.«

»Das wär klasse«, sagte der Junge.

Der Beifahrersitz war mit Tüten voll gestellt, deshalb setzten sie sich nach hinten. Sie saßen dicht nebeneinander, zwischen ihnen nur ein kleiner Freiraum. Der Junge und Carmen unterhielten sich. *Marie … Personal … Gartenfest …* Jette hörte nicht genau hin. Der Junge roch nach Brausebonbons und Himbeerschnaps.

Die Frau sagte, sie müsse kurz halten, um einen Brief einzuwerfen. Der Wagen fuhr rechts ran, aber sie stieg nicht aus. Stattdessen wurden hinten plötzlich die Türen aufgerissen, und zwei Männer mit Motorradhelmen drängten sich neben sie. Bevor Jette etwas sagen konnte, spürte sie einen Stich im Nacken. Der Mann neben ihr hielt eine Nadel in der Hand. Jette wurde schwindelig. Der Junge rief: »Lassen Sie uns in Ruhe! Sie kriegen das Blut nicht! Dr. Saalfeld hat kein Recht ...« Jette wollte aus dem Auto springen, aber der Mann drückte sie in den Sitz zurück und hielt sie fest. Ihr wurde auf einmal sehr übel. Sie versuchte zu schreien, bekam aber kein Wort heraus. In ihren Ohren rauschte es. Sie griff nach der Hand des Jungen. Mit letzter Kraft wandte sie ihm ihren Kopf zu. »Wie heißt du?«, fragte sie.

»Jo...«, antwortete er.

Dann wurde ihr schwarz vor Augen.

Im Affenhaus

Schlaftrunken tastete Jonah nach dem Wecker. Ob es schon hell war? Sein Kopf schmerzte. Er griff nach rechts, aber da war nichts. Kein Nachttisch. Komisch. Er ließ seine Hand nach unten gleiten und berührte den Boden. Er fühlte Holzplanken. Verwundert stellte er fest, dass er auf einer Isomatte lag. Unter einer Wolldecke. Seine Brille kam ihm zwischen die Finger, und er setzte sie auf. Wo war er? Erst jetzt kam die Erinnerung zurück. Zwei Männer hatten sie im Auto überfallen. Und Carmen hatte für die Männer angehalten. Carmen.

Jonah setzte sich auf und winkelte die Knie an. »Ist hier jemand?«, fragte er vorsichtig. Seine Worte verloren sich in einem weiten Raum. Wo war er hier? Nichts regte sich. Jonah spürte, wie er panisch wurde. Er zählte: »... einundzwanzig, zweiundzwanzig ...« Manchmal beruhigte ihn das, aber jetzt schien er ins Bodenlose zu fallen. Jonah, der Astronaut, der sein Raumschiff verloren hatte und orientierungslos im All herumschwebte. Fern aller Menschen. Ohne Schwerkraft. Hitze strömte durch seinen Körper. Dann Kälte. Sein Herz raste. In den ersten Wochen seiner Blindheit hatte er viele solcher Panikattacken erlebt. Als seine Welt plötzlich nur noch aus dem Radius bestand, den er ertasten konnte. Als alles, was über die Reichweite seiner Hände hinausging, in einer dunklen, bedrohlichen Ursuppe zu verschwinden schien.

Ein lautes Krachen ließ Jonah vor Schreck zusammenzucken. Ein Donner. Als das Grollen verebbte, konnte er Regentropfen auf ein Glasdach trommeln hören. Ein Glasdach! Und nicht nur das. Auch an den Seiten traf der Regen auf Glas. War er in einem Gewächshaus? Es roch aber nicht nach Pflanzen, sondern eher nach Holzleim und Fensterkitt, und besonders warm war es auch nicht. Auf jeden Fall musste der Raum riesig sein. Das konnte er an dem Geräusch des Regens hören, der auf weit entfernte Glasflächen traf. Und er selbst befand sich irgendwo in diesem großen Raum. Und zwar irgendwo zwischen Erdboden und Dach, vermutlich in einer Art Zwischengeschoss. Auch das konnte er aus dem Klang der Regentropfen schließen. Außer ihm schien kein Mensch da zu sein. Nun drehte der Wind und trieb die Tropfen stärker von der Seite heran. Mal ertönte ihr Trommeln heller, mal dunkler, dann wurde es wieder vom Rauschen herabströmender Wasserbäche überdeckt. Sein Herz klopfte wieder gleichmäßiger. Das Geräusch des Regens beruhigte ihn.

Ob das Mädchen auch hier war? Sie hieß Jette. Nicht Lina. Er hatte auch noch einen neuen Namen für sie. Seine Hand glitt suchend über den Boden, und er bekam eine zweite Decke zu fassen, ihre Decke. Sie lag neben ihm auf einer Isomatte und schlief. Sie roch nach Erde und Pfefferminz. Das war ihr Geruch. Etwas Himbeergeist schwang noch mit.

Der Regen ließ allmählich nach. Jonah drückte auf die Ansagetaste seiner Uhr. Die vertraute Computerstimme antwortete: »Vier Uhr fünfzehn am Morgen.« Er war erleichtert. Es tat gut, die wichtigsten Koordinaten von Raum und Zeit zu kennen. Vorsichtig strich er über Jettes Decke. Sie lag auf der Seite, ihr Kopf war in seine Richtung gedreht, und die Beine hatte sie etwas angewinkelt. Jonah schob seine Isomatte dicht an ihre. Dann rutschte er mit seinem Kopf an sie heran, bis sie Stirn an Stirn lagen und sich leicht berührten. So blieb er liegen.

»Mach schon«, hatte sie gestern gesagt und seine Hände auf ihr Gesicht gelegt. Er hatte noch nie das Gesicht eines anderen Menschen abgetastet. Warum auch? Die Gesichter der Menschen, die ihm nahestanden, kannte er ja. Und neue Freundschaften hatte er seit dem Unfall nicht mehr geschlossen. Die neuen Klassenkameraden in der Sehbehindertenschule interessierten ihn nicht, und wenn er sonst mit jemandem in Kontakt kam, zum Beispiel mit einer Verkäuferin im Supermarkt, fragte er sie natürlich auch nicht, ob er mal eben ihr Gesicht abtasten dürfe, bevor sie kassierte.

Er hatte sich erst nicht getraut, das Gesicht des Mädchens abzutasten. Aber dann hatte er gemerkt, dass sie leicht zitterte, und das hatte ihn irgendwie sicherer gemacht. An ihrem Gesicht war alles dran gewesen. Mehr konnte er eigentlich nicht sagen, denn er war viel zu aufgeregt gewesen, um sich irgendwelche Besonderheiten einzuprägen. Hatte sie nun eine Stupsnase, weit geschwungene Augenbrauen, eine hohe Stirn? Er wusste es nicht. Nur der Leberfleck war ihm aufgefallen. Der schon.

Ihr Atem war warm und kräuselte sich vor seinem Gesicht. Ein. Aus. Ein. Aus. Sie atmete gleichmäßig und tief. Er versuchte, seinen Atem dem ihren anzupassen. So blieb er liegen, bis auch er wieder einschlief.

»Jo, wach auf!« Jemand rüttelte an seiner Schulter. »Wo sind wir?«

Jonah schlug die Augen auf. Er war mit der Sonnenbrille eingeschlafen und musste sie erst einmal zurechtrücken. Dann setzte er sich auf. Sie nannte ihn »Jo«. Das gefiel ihm. Es musste inzwischen Tag sein, denn die Sonne schien. Er spürte ihre wärmenden Strahlen. Klar, sie befanden sich schließlich unter einem Glasdach.

»Was ist denn das?« Ihre Stimme klang entsetzt.

»Was?«, fragte er.

»Das!«

»Was denn?«

»An meinem Arm«, flüsterte sie. »Ein neues Pflaster. In der anderen Armbeuge. Da, wo der Biss war.«

»Vielleicht haben sie dir Blut abgenommen«, sagte Jonah langsam. »Als du geschlafen hast.«

»Arschlöcher«, sagte sie tonlos. »Hast du eigentlich unsere Blutproben noch?«

Jonah fasste sich an die Hosentaschen. Sie waren leer. Dann erinnerte er sich, dass er die Röhrchen hinter die Autositze gestopft hatte, als sich die beiden Männer in das Auto gedrängt hatten. Alles war besser, als ihnen das Blut auch noch direkt auf einem goldenen Teller zu servieren, hatte er sich gedacht.

»Wo sind wir hier?«, fragte sie erneut.

»Sag du es mir, Jella«, antwortete er. »Du kannst sehen.«

»Jella?«, fragte sie.

Er nickte. Ob ihr der Name gefiel? Er würde jetzt gern ihr Gesicht sehen. Eine Weile sagte sie nichts. Dann kam ein unsicheres »Okay«.

»Hast du dein Handy noch?«, fragte sie.

Er schüttelte den Kopf. »Und du?«

»Ich hatte meins gar nicht dabei.«

»Hast du sonst irgendwas da, was uns helfen könnte?«, fragte er. »Vielleicht ein Taschenmesser?«

»Nein«, sagte sie. »Nur meine Uhr.«

»Ja, eine Uhr hab ich auch.«

Sie richtete sich auf und fing an, ihm den Ort zu beschreiben. Er musste mehrmals nachfragen, um sich ein Bild machen zu können. Sie befanden sich in einer hohen, weiträumigen Halle aus Glas, vermutlich einem Gewächshaus. Allerdings fehlten noch die Pflanzen. Die Halle war leer. Lediglich ein paar Baustellenfahrzeuge standen herum. Der Boden war tief ausgehoben, wahrscheinlich um ihn später mit Erde aufzufüllen. Am anderen Ende der Halle gab es einen großen Wasserteich. Sie saßen auf einem Gerüst fest, einer Art Hochstand. So wie es Förster im Wald benutzen, hatte Jella gesagt. Aber höher und größer. Sie schätzte die Fläche des Hochstandes auf vier mal fünf Meter. Das alles befand sich in einer Höhe von vielleicht zehn Metern. Zu hoch, um hinunterzuspringen. Hinunterklettern war auch nicht möglich, weil man sich nirgends festhalten konnte. Die Stützpfeiler des Gerüstes waren aus dicken glatten Holzstämmen.

Das Gerüst stand in einer Ecke der Halle. Es hatte eine Holzbrüstung, die ihnen bis zum Bauch ging. An den Wänden war es mit Holz verkleidet. Wie bei einem normalen Hochstand gab es auch eine Öffnung in der Brüstung, um hinein und hinaus zu klettern. Aber keine Leiter. »Pass auf, Jo«, waren ihre Worte gewesen. »Da geht es tief runter.« Auf dem Hochstand befanden sich ein kleiner Tisch, zwei Stühle, einige Wasserflaschen, ein paar Becher und eine Campingtoilette. Durch die Scheiben konnte Jette Wiesen und Felder sehen, in der Ferne einen Zaun.

»Ich glaube, wir sind im Affenhaus«, sagte Jonah schließlich

»Bitte was?«, fragte Jette verdutzt.

»Dr. Saalfeld baut ein neues Tropenhaus. Auf einem Acker neben der Villa. Er will auch eine Kolonie Affen ansiedeln. Ich bin mir ziemlich sicher, dass das hier das Affenhaus ist.«

»Du meinst mit *echten* Affen?«

Jonah nickte. »Er hat sie schon bestellt.«

»Vielleicht haben wir dann ja bald Familienanschluss«, witzelte Jette. »Morgens erst mal eine Runde Lausen. Dann die Affenbabys hüten. Mittags gemeinsam Bananen essen ...« Aber dann wurde sie wieder ernst. Ob ihr Jonah noch einmal erklären könne, worum es eigentlich genau ging? Sie habe das gestern nicht so richtig verstanden. Sie wollte auch wissen, warum dieser Dr. Saalfeld sie nicht wieder freigelassen hatte, nachdem er das Blut ja nun hatte. Gute Frage, hatte Jonah gedacht. Und dann war ihm ganz schlecht geworden, als ihm klar wurde, dass er im Auto womöglich zu viel gesagt hatte. »Dr. Saalfeld hat kein Recht …« Damit hatte er den Entführern zu verstehen gegeben, dass er wusste, wer sie waren, und sich und Jette vielleicht in große Gefahr gebracht.

»Meinst du, die Polizei sucht uns hier?«, fragte Jette.

»Wenn mein Kumpel Dukie ihnen von den abgehörten Gesprächen erzählt, sicher.«

»Wird er es tun?«

»Wenn wir nicht wieder auftauchen, wird er das schon tun.« Jonah hoffte es zumindest.

»Meine Eltern machen sich sicher riesige Sorgen«, sagte Jette.

»Meine auch.«

»Komm«, sagte sie und stand auf. »Sehen wir mal, ob man nicht doch irgendwo runterkommt.«

In diesem Moment machte es *Pling.* Erst wusste Jonah nicht, ob er sich das Geräusch nur eingebildet hatte, aber dann kam ein erneutes *Pling.* Wie ein kleines Steinchen, das beim Laufen weggekickt wurde. »Da unten ist jemand«, flüsterte er. Und wie zur Bestätigung wurde jetzt die Tür eines schweren Fahrzeugs geöffnet.

»Guck mal, was da los ist«, flüsterte er.

Jette ging zur Brüstung. Dann flüsterte sie erschrocken: »Drei Männer. Maskiert. Wie Bankräuber. Die haben schwarze Mützen über den Kopf gezogen. Nur an den Augen sind Schlitze. Die Männer stehen an einem …« – sie suchte nach dem richtigen Wort – »… Kranwagen. Direkt am Hochstand.

Ein Mann ist schon im Führerhäuschen. Die beiden anderen klettern vorn auf … eine Hebebühne.« Und dann sagte sie: »Ich glaube, die kommen zu uns hoch.«

Ein Motor sprang an.

»Jella, komm«, sagte Jonah. »Setz dich hin.«

Er nahm ihre Hand und wartete. Die Hebebühne fuhr geräuschvoll in die Höhe. Jonah rutschte ein paar Zentimeter nach hinten und lehnte sich mit dem Rücken an die Wand. So fühlte er sich etwas sicherer. Die Hebebühne legte an. Zwei Männer sprangen heraus.

Jonah hörte ihre Schritte und spürte den Lufthauch ihrer Bewegungen, als sie bei ihnen ankamen. Ein harter Ruck, und Jettes Hand wurde aus der seinen gerissen. Er versuchte noch, sie festzuhalten, war aber nicht schnell genug und griff ins Leere. Es schien, als hätte die Dunkelheit um ihn herum sie verschluckt. Als wäre sie in eine andere, für ihn unerreichbare Welt übergetreten. Er hörte, wie sie um sich trat und mit den Fäusten auf einen der Männer eintrommelte. »Lassen Sie mich los!«, fauchte sie.

»Damit kommen Sie nicht durch«, sagte Jonah und merkte sofort, wie lächerlich das klang. Der Satz ging in dem Raum verloren, noch ehe er ihn zu Ende gesprochen hatte. Selbst ein Luftballon, der mit einer Nachricht an der Schnur in den Himmel stieg, hatte etwas Zielgerichteteres. Die Männer antworteten nicht. Sie stießen Jette unsanft auf einen der Stühle.

»Jo!«, rief sie. In ihrer Stimme schwang Angst mit. »Sie wollen mir schon wieder Blut abnehmen!« Sie wehrte sich. Dann zischte ein Schlag durch die Luft. Einer der Männer ließ seine Hand auf Jettes Wange niedersausen – ein Klatschen, als würde jemand rohes Fleisch ausschlagen. Die Wände der Halle warfen den Schall zurück. Jonah spürte den Schlag beinah körperlich. Er stöhnte leise auf. Von Jette war nichts mehr zu hören. Was war mit ihr? Biss sie die Zähne zusammen? Oder war sie etwa ohnmächtig geworden? Jonah hörte das Rascheln von Plastikfolie. Die Männer packten die Utensilien zum Blutabnehmen aus.

Jonah stand auf. Er wollte zu der Gruppe am Tisch gehen. Aber einer der Männer drückte ihn zurück auf die Matte. Es war Wim Tanner. Jonah erkannte ihn sofort. Wie immer roch er nach Fledermäusen und hatte einen leicht pfeifenden Atem. Diesmal würde er sich nicht verplappern. Irgendetwas Metallenes schlug leicht gegen den Tisch. Vielleicht die Schnalle einer Manschette zum Abbinden des Armes. Es schien alles eine Ewigkeit zu dauern. Schließlich packten die Männer ihre Sachen zusammen und verschwanden wieder.

Jette saß auf ihrem Stuhl und wimmerte leise. Jonah spürte Scham in sich aufsteigen. Er hatte sie nicht beschützt. Die Männer hatten sie geschlagen, und er hatte nichts getan. Jette stand auf. Jonah hoffte, dass sie nicht zu ihm käme. Aber genau das tat sie. Sie setzte sich neben ihn, lehnte sich an ihn, doch er war wie gelähmt. Am liebsten wäre er auf der Stelle im Boden versunken. Es war nicht gut, dass er hier war. Hier gehörte ein anderer Junge hin. Einer, der ihr helfen konnte, wenn es darauf ankam. Sie nahm seinen Arm und legte ihn um ihre Schulter. Er ließ es geschehen. Er konnte ihre Tränen riechen. Und Blut. Sie musste im Gesicht bluten. Er schämte sich so.

Es war alles so unwirklich. Vielleicht würde er ja gleich aus einem Traum aufwachen, neben sich ein paar Amarettosoufflés finden und Dukie beim Abhören der Bänder Gesellschaft leisten. Er hatte Jette geraten, nicht zur Polizei zu gehen. Wie naiv er gewesen war, er hatte alles völlig falsch eingeschätzt. Schneewittchen. Der Falke. Ein Schönheitswettbewerb. Alles hatte so etwas Unwirkliches gehabt. Wie in einem Film. Als hätten im Erdgeschoss der Villa

Schauspieler ein Stück aufgeführt. Und als Zuschauer griff man schließlich auch nicht in die Handlung ein. Man sollte Traum und Wirklichkeit unterscheiden können, dachte er. Ich habe ja einen völligen Realitätsverlust.

Jette hatte aufgehört zu weinen und saß still neben ihm. »Durst?«, fragte er. Sie nickte. In der Halle war es warm geworden. Sie heizen das Tropenhaus auf, dachte Jonah. Er ging vorsichtig in Richtung des Tisches. Nach vier Schritten stieß er an die Tischkante. Er fand die Wasserflaschen und die Becher und schenkte ein. Sie trank in ruhigen Zügen. Er hätte schwören können, dass sie ihn dabei nicht ansah. Eine unsichtbare Mauer hatte sich zwischen ihnen aufgetan. Er setzte sich zu ihr, traute sich aber nicht, ihre Hand zu nehmen. Dann hörte er wieder Schritte. Die Männer kehrten zurück. Sie stiegen in den Kranwagen. Jonahs Körper verkrampfte sich. Nicht schon wieder. Hatten sie etwas vergessen? Die Hebebühne fuhr hoch. Obwohl Jette direkt neben ihm saß, schien sie unendlich weit weg zu sein.

Die Männer sprangen auf die Plattform. Sie hatten es eilig. Grobe Hände zerrten sie in die Höhe. »Was wollen Sie von uns?«, fragte Jonah und versuchte, mit fester Stimme zu sprechen. Keiner antwortete. »Der eine hat eine Pistole«, flüsterte Jette. »Und der andere eine Fernbedienung. Er tippt darauf rum.« Ein surrendes Geräusch ertönte. »Die Holzverkleidung fährt zur Seite«, sagte Jette überrascht. »Dahinter ist ein Hohlraum.«

Jonah wurde es heiß. Wieder hatte er das Gefühl, dass ihm die Koordinaten entglitten. Wie konnte hinter der Holzverkleidung ein Hohlraum sein? Er war davon ausgegangen, dass der Hochstand ganz in der Ecke der Halle stand. Wo gab es da noch Platz?

Die Männer stießen sie durch eine niedrige Öffnung in einen Raum, der eigentlich gar nicht da sein konnte. Aber er hatte einen Boden, und Jonah konnte sich sogar aufrichten. Das Gefühl, nicht zu wissen, wo sie waren und was mit ihnen passieren würde, war trotzdem unerträglich. »Einundzwanzig, zweiundzwanzig«, zählte er in Gedanken, um sich zu beruhigen, doch es half nicht viel.

Die Männer warfen alles, was sich auf dem Hochstand befand, zu ihnen hinein, inklusive der Campingtoilette. Dann schoben sie die Tür zu.

»Wo sind wir hier?«, flüsterte Jette. In ihrer Stimme lag die Angst derer, die nichts sehen. Wahrscheinlich war es in dem Raum dunkel. Ein Ventilator brummte leise vor sich hin.

»Ich weiß es nicht«, antwortete Jonah und versuchte, die aufsteigende Panik niederzukämpfen.

»Ich kann nichts sehen«, sagte sie.

Für den Bruchteil einer Sekunde überkam Jonah Genugtuung. Endlich war er nicht mehr allein der Blinde. Das Gefühl verschwand zum Glück sofort wieder, und er hatte ein schlechtes Gewissen, dass er so etwas auch nur denken konnte. Wie er es hasste, an diesem Ort zu sein! Nicht ohne Grund verbrachte er seine Zeit hauptsächlich im Dachgeschoss der Villa und versuchte, sich von dort möglichst wenig fortzubewegen. Räume, die er nicht kannte, machten ihn hilflos wie einen aus dem Nest gefallenen Vogel.

»Du hast doch gesagt, der Hochstand wäre direkt an der Wand«, sagte er vorwurfsvoll zu Jette.

»Ist er ja auch.«

»Und wo soll dieser Raum dann bitte schön sein? Ein Anbau außen an der Fassade, oder was?«

»Was weiß ich? Hab ich die Halle gebaut?«

»Nein, aber du hast sie gesehen!«

»Ich sehe hier gar nichts!«

Jonah versuchte, sich zu beherrschen. »Komm«, sagte er versöhnlich, »wir schauen uns hier mal um.« Er nahm

Jette an der Hand. Der Raum war schmal. Ein richtiger Schlauch. Sie konnten kaum nebeneinandergehen. »Hörst du das Gebläse?«, fragte er. »An dem Geräusch kannst du dich orientieren. Es kommt immer von derselben Stelle. Es ist ein Fixpunkt. Wenn du nicht weißt, wo im Raum du bist, lauschst du auf das Gebläse, okay?« Ihre Hand war schweißnass. Jonah ließ seine freie Hand über die Tür streichen. Es war eine Stahltür, höchstens einen Meter hoch. Er tastete sich weiter an der Wand entlang. Beton. Er zählte die Schritte und kam auf zwölf. Er tastete sich weiter. Das schmale Wandstück am Ende des Raumes war aus Glas! Ebenso die zweite lange Wand! Seiner Orientierung nach mussten dies die Außenwände sein. Aber das Glas war mit Sicherheit geschwärzt. Sie befanden sich tatsächlich in einer Art Anbau, der von außen getarnt war.

Jonah befühlte das Gebläse. Es war etwas über Kopfhöhe an der langen Außenwand befestigt. Ein rechteckiger Kasten, schuhkartongroß, mit zwei Drehknöpfen und einem Schalter. Die Luft kam aus zwei seitlichen Öffnungen. Ein Kabel führte in eine Steckdose. Es gab also Strom.

»Ich will hier raus«, sagte Jette.

»Ich auch.«

»Warum haben die uns hier eingesperrt?«

»Vielleicht wird in der Halle gearbeitet?«

»Oder die Polizei ist da!«

»Hat man die Tür wirklich nicht gesehen?«, wollte Jonah wissen.

»Nein.«

»Das kann doch nicht sein.« Seine Stimme klang wieder scharf.

»Das war ja keine Tür, die in die Holzwand eingelassen war. Die ganze Wand ist zur Seite gefahren.« Jette klang müde. »Was passiert, wenn die Polizei die Männer schnappt und sie nicht verraten, wo wir sind?«, fragte sie nach einer Weile.

Jonah sagte nichts.

»Oder wenn sie einen Autounfall haben?«

»Jella, du darfst so was nicht denken.«

»Und was soll ich dann denken? Dass das hier ein schöner Ausflug ist?«

»Nein.«

»Dann mach doch irgendwas. Du kennst dich doch aus mit Dunkelheit. Wieso tastest du nicht die Wände ab und suchst einen geheimen Knopf, mit dem man die Tür öffnen kann? Oder wirfst durch das Gebläse etwas raus, einen Strumpf oder so? Du bist doch der Blinde. Du musst doch wissen, was hier zu tun ist.«

»Ich bin nicht ›der Blinde‹«, sagte Jonah.

»Du bist doch blind.«

»Aber nicht ›der Blinde‹.«

»Haarspalterei.«

»Du hast mich noch gar nicht gefragt, warum ich blind bin.« Es war ihm einfach so herausgerutscht.

»Ich kenn dich ja auch erst seit gestern.«

»Trotzdem. Für dich bin ich nur ›der Blinde‹.«

»Und warum bist du blind?«, fragte sie in einem Ton, der klang wie na-gut-dann-frag-ich-dich-eben.

»Sag ich nicht.«

»Du beschwerst dich, dass ich dich nicht frage, warum du blind bist, und wenn ich dich frage, sagst du's nicht?«

»Genau.«

»Pfff«, machte sie in einem Ton voller Verachtung und wandte sich von ihm ab.

Sie saßen drei Stunden in dem Verlies. Schweigend. Dann kamen die Männer und öffneten die Tür. Jonah strauchelte, als er aus dem Kabuff kroch. In der Halle war es noch wärmer geworden. Es roch nach frischer Erde und Palmen. Jonah hörte das Sprühen von Wasser – eine Berieselungsanlage. Die mussten die ersten Pflanzen gebracht haben. Jette verlangte von den Entführern eine Lampe, für den Fall, dass sie noch einmal in das Verlies gesperrt würden. Und etwas zu lesen. Dann stellte sie den Tisch und die Stühle in eine entfernte Ecke des Hochstandes und setzte sich dort hin. Jonah ließ sich auf seine Isomatte sinken. Er aß ein Sandwich, das die Männer dagelassen hatten. Jette beachtete ihn nicht. Er ließ sich die Zeit ansagen. Es war erst Mittag.

Klara handelt

Die Papiere lagen auf dem Bistrotisch. Klara ließ sie nicht aus den Augen. Sie hatte einen Aschenbecher, eine kleine Blumenvase und einen Bierdeckelhalter auf den dünnen Stapel gestellt. So konnten die Dokumente nicht wegfliegen. Nicht dass es in dem Café windig gewesen wäre. Aber Klara hatte das dringende Bedürfnis, sie zu sichern. Der Nachteil war, dass das bunte Sammelsurium von Gegenständen den Text verdeckte. Sie hatte noch kein Wort gelesen. »Möchtest du etwas trinken?« Klara zuckte zusammen. Die Bedienung war unbemerkt an sie herangetreten. »Eine heiße Schokolade bitte«, antwortete Klara automatisch. Dann rief sie Charlie auf dem Handy an und bat sie, sofort zu kommen. Charlie passte nicht weit vom Café entfernt auf die Kinder einer Lehrerin auf. In zehn Minuten sei sie fertig, sagte sie.

Jette war jetzt seit vier Tagen verschwunden. Vier lange Tage. Unzählige Male hatten Jettes Eltern bei Klara angerufen. Ob sie nicht irgendeine Idee habe, wo Jette sein könnte? Ob ihr nicht etwas aufgefallen sei? Jettes Eltern waren krank vor Angst. Und Klara auch. Gleich am Freitag hatte sie ihre Aussage bei der Polizei gemacht. Sie hatte ihnen von dem Betrüger vom Roten Kreuz erzählt. Ob das etwas mit dem Verschwinden von Jette zu tun haben könnte, wollte sie wissen. »Wir ermitteln in alle Richtungen«, war die Standardantwort des Kommissars gewesen.

Sie und Charlie hatten alle Freunde und Bekannten von Jette angerufen. Und noch bevor die Polizei irgendwie tätig geworden war, hatten sie zusammen mit Jettes Eltern ihr Zimmer durchsucht. Sie hatten Jettes Notizbuch auf Termine hin durchforstet, ungelöschte Nachrichten auf ihrer Mailbox abgehört und sogar ihr Tagebuch gelesen. Nichts. Es gab nicht einen Hinweis, wo sie sich aufhalten könnte. Jette war wie vom Erdboden verschluckt. Und diesen Jungen, mit dem sie kurz vor ihrem Verschwinden bei Anna gewesen war, kannten weder Klara noch Charlie. Das machte die Sache nicht besser.

Klara hob den Aschenbecher etwas in die Höhe. »Persönliche Daten der vernommenen Personen«, las sie. »Hier, deine Schokolade!« Klara wirbelte herum und stieß mit dem Ellbogen an das Tablett der Kellnerin. Die Schokolade schwappte über den Tassenrand und das Tablett schwankte bedrohlich. Aber die Kellnerin bekam es wieder zu fassen, und mit triumphierender Miene stellte sie es vor Klara ab. »Wichtige Unterlagen?«, fragte sie mit Blick auf die Papiere.

Klara schwieg. Dann schossen ihr unvermittelt die Tränen in die Augen. Schnell beugte sie sich über die Kakaotasse, trank einen Schluck und verbrannte sich den Mund.

Sie war am Mittag im Polizeipräsidium gewesen, um dem Kommissar ihre Hilfe anzubieten. Niemand kannte Jette so gut wie sie und Charlie. Klara hätte der Polizei sagen können, wie sich Jette in bestimmten Situationen verhalten würde. Was realistisch war und was nicht. Eine unschätzbare Hilfe für die Polizei, hatte sie gedacht. Doch der Kommissar wollte sie nicht einmal vorlassen. Er habe zu tun, hieß es. Aber Klara hatte sich nicht abwimmeln lassen. Schließlich war sie tatsächlich im Zimmer des Abteilungsleiters gelandet, dem Chefs des Kommissars. Der Abteilungsleiter bereitete gerade seine Abschiedsfeier vor. Er ging in Pension.

»Klara!« Charlie ließ sich neben sie auf den Stuhl fallen. Von ihr ging eine wohltuende Ruhe aus, und Klara fühlte sich sofort besser. »Was ist das?«, fragte Charlie und zeigte auf die Blätter.

»Na ja«, sagte Klara ausweichend.

»Du warst doch bei der Polizei, oder?«, fragte Charlie.

Klara nickte. Und dann erzählte sie. Wie sich der Abteilungsleiter nur für sein Büfett interessiert hatte, das gerade aufgebaut wurde. Wie er mit der hübschen Küchenhilfe über den gelieferten Mettigel gefachsimpelt hatte, der nichts anderes als ein ekelhafter Hackfleischkloß mit Zwiebelaugen und Salzstangenstacheln war. Wie er die Buletten, Schnitzel und Blutwürste selbst am Tisch angerichtet hatte und es einfach nicht möglich gewesen war, mit ihm über Jette zu sprechen.

»Und dann ist seine Sekretärin mit einer ausgedruckten E-Mail reingekommen«, sagte Klara und schaute Charlie bedeutungsvoll an. »Eine ausgedruckte E-Mail!«

»Ja und?«, fragte Charlie.

»Auf seinem Schreibtisch stand kein Computer. Verstehst du? Gar keiner. Kein PC, kein Laptop. Und dann hat der Abteilungsleiter aus einem Aktenschrank einen Hängeordner geholt und die E-Mail dort abgeheftet. ›Vermisstensache Lindner und Mint‹ stand drauf. Und den Ordner hat er auf seinem Schreibtisch liegen lassen.«

Charlies Blick wanderte zu den Papieren auf dem Bistrotisch. Begreifen machte sich auf ihrem Gesicht breit. »Und wie hast du das gemacht?«, fragte sie begeistert. »Du bist echt unglaublich.«

»Die Küchenhilfe hat ein Spanferkel reingebracht. Auf einem Wohnzimmergrill. Die beiden haben den Grill angeschlossen und das Feuer angemacht. Und dann wollte der Abteilungsleiter den Rauchmelder abmontieren. Also Stuhl in die Mitte rollen, hochklettern, abschrauben und ... cool und lässig wieder runterspringen. Aber Mister-jung-Geblieben hatte sich auf einen Drehstuhl gestellt, und der hat sich beim Runterspringen weggedreht.« Bei der Erinnerung daran musste Klara grinsen.

»Und?«, fragte Charlie lachend.

»Er ist auf dem Spanferkel gelandet! Bum! Ein dumpfer Aufprall. Fleisch auf Fleisch. Hat kurz gezischt, dann war das Feuer aus. Hat es mit seiner Wampe ausgedrückt.« Klara kicherte. »Glück für ihn, dass er keinen Gyrosspieß bestellt hat ...« Sie prustete. »Er hat sich dann tausendmal entschuldigt. Vor allem bei der Küchenhilfe, die voll mit Fett war. Ich hab gesagt, ich muss mal auf die Toilette, um mir ein paar Fettspritzer abzuwaschen. Und dann bin ich mit der Mappe aus dem Zimmer gegangen. Einfach so. Er hat's nicht gemerkt. Das Klo war gleich nebenan. Ich hab mich da eingeschlossen und wusste nicht weiter. Ich dachte, mit der ganzen Mappe komme ich nie aus dem Polizeipräsidium raus. Das merken die auf jeden Fall. Deshalb hab ich die wichtigsten Seiten rausgerissen, in meine Hosentasche gesteckt und die Mappe zurückgelegt.«

Charlie schaute ihre Freundin bewundernd an.

»Manchmal hat man keine Wahl«, sagte Klara.

Charlie stimmte ihr zu. »Komm, wir sehen uns an, was du mitgebracht hast«, sagte sie und nahm vorsichtig die Blätter in die Hand. Es waren acht Seiten Computerausdrucke. Alles Berichte des Kommissars an den Abteilungsleiter. Um genau zu sein: gekürzte Vernehmungsprotokolle. Auf den letzten zwei Seiten hatte der Kommissar noch notiert, welche Maßnahmen er vorschlug und wie er den Fall einschätzte. Außerdem gab es noch ein Blatt mit den Personalien der Zeugen.

Sie begannen mit den Protokollen.

Joachim Mint, Vater des vermissten Jungen, 14.6. (Donnerstag), 21 Uhr. (Vernehmungsprotokoll, gekürzt.)

Jonah ist blind und geht normalerweise nicht allein aus dem Haus. Jetzt ist es schon neun Uhr, und er ist spurlos verschwunden. Ich meine, wenn er irgendwo auf der Straße wäre: Das müsste doch auffallen. Ein blinder Junge allein! Aber niemand hat ihn gesehen. Wir machen uns solche Sorgen. Ich habe ihn heute Morgen in die Schule gefahren. Als meine Frau ihn am Mittag abholen wollte, sagte die Lehrerin, er sei gar nicht im Unterricht gewesen! Wir verstehen das nicht. Jonah wirkte in letzter Zeit so aufgeregt und ruhelos. Irgendetwas beschäftigte ihn. Und dann gab es auch noch eine merkwürdige Begebenheit. Vor ein paar Tagen ist mir ein Mädchen vors Auto gelaufen. Jonah war auch dabei. Zum Glück ist nichts passiert. Als wir weiterfuhren, fiel mir auf, dass ich das Mädchen schon einmal gesehen hatte. Sie war während eines Fußballspiels neben Wim Tanner, unserem Gärtner, im Fernsehen gewesen. Als ich meinem Sohn das sagte, war er ganz außer sich und wollte unbedingt, dass ich zu dem Mädchen zurückfahre und es anspreche. Aber wir haben sie nicht mehr gefunden.

Martina Lindner, Mutter des vermissten Mädchen, 14.6. (Donnerstag), 22 Uhr.

Jette wollte zu Anna ins Büdchen, um sich Süßigkeiten zu kaufen. Der Kiosk ist nur fünf Minuten von uns entfernt. Sie geht oft dorthin. Aber dann ist sie einfach nicht wiedergekommen. Ihre Freundin Klara hat bei uns auf sie gewartet. Die beiden wollten zusammen lernen. Wir haben dann irgendwann bei Anna angerufen. Aber da war Jette schon längst weg. Anna sagte, sie sei mit einem blinden jungen Mann fortgegangen. Wir haben keine Ahnung, wer das sein könnte. Wir verstehen das alles nicht. Wo ist sie bloß? Hoffentlich ist ihr nichts passiert. Können Sie sie suchen? – Nein, uns ist nichts aufgefallen. Jette war wie immer. Bitte, Sie müssen unser Kind finden.

Carmen Serrano, Hausangestellte, hat die Vermissten als Letzte gesehen, 15.6. (Freitag), 10.30 Uhr.

Ich habe Jonah und das Mädchen gestern Nachmittag zufällig auf der Straße getroffen. Es war vielleicht halb drei. Sie standen in der Beethovenstraße vor einem Kiosk. Ich habe in der Nähe einen Besuch gemacht. Jonah wohnt im Haus meines Arbeitgebers. Er ist der Sohn des Kochs. Ich kenne ihn gut (weint). Jonah ist blind. Ich habe die beiden gefragt, ob ich sie mit dem Auto mitnehmen soll. Sie wollten zur Uniklinik, um dort jemanden zu besuchen. Ich habe sie hingefahren. Mehr kann ich nicht sagen. Jonah und das Mädchen waren eindeutig verliebt. Sie haben sich zusammen auf den Rücksitz gesetzt und, na ja, miteinander rumgemacht. Sie waren in Partylaune. Ich sage es nicht gern, aber sie hatten auch getrunken. Also, ehrlich gesagt, rochen sie nach Schnaps. Das Mädchen erzählte etwas von Italien. Ich glaube, die beiden planten eine Italienreise.
(Bricht wieder in Tränen aus.)

»Verstehst du das?«, fragte Klara ratlos.

Charlie schüttelte den Kopf.

»Jette hat noch nie Schnaps getrunken«, murmelte Klara. »Und wieso Italien?«

»Von diesem Jungen hat sie auch nie etwas erzählt«, sagte Charlie. »Nicht einmal ihrem Tagebuch.«

Die Mädchen lasen weiter.

Anna Seifert, Kioskbesitzerin (76), hat die Jugendlichen kurz vor ihrem Verschwinden gesehen, 15.6. (Freitag), 16 Uhr.

Jette war gestern Mittag bei mir. Die Uhrzeit weiß ich nicht mehr. Sie hatte einen Freund dabei. Der Junge war blind. Ich hab ihn noch nie gesehen. Die beiden haben bei mir im Hinterzimmer eine Cola getrunken. Sie wollten allein sein. Jette kommt oft zu mir. Fast jeden Tag. Ich kenne sie von klein auf. Ich weiß noch, wie sie das erste Mal »Anna« gesagt hat. Sie konnte fast noch gar nicht reden, aber »Anna« hat sie gesagt. Die beiden sind nicht lange geblieben. – Wie lange? Nicht lange, sagte ich doch. Schnaps? Ja, Jette hat nach Schnaps gefragt. Ich hab ihr welchen gegeben. Ich glaube, sie brauchte ihn, um damit eine Wunde zu desinfizieren. Dann sind sie gegangen. Sie wollten noch einen Krankenbesuch machen. Jette wirkte wie immer. Ganz normal. Die beiden haben ein Schild bei mir stehen lassen, da steht etwas von einer Entenmutter mit einem Küken drauf. Ich kann mir keinen Reim drauf machen. Bitte, finden Sie sie schnell. Jette ist der beste Mensch auf der Welt. Sie ist heute noch gar nicht da gewesen.

Klara Winter, Schülerin und Freundin des vermissten Mädchens, 15.6. (Freitag), 17 Uhr.

Vor einigen Tagen hat ein Mann Jette Blut abgenommen. Bei ihr zu Hause. Ich bin dazugekommen, als sie gerade fertig waren. Der Mann war ein Betrüger. Er hatte Jette gesagt, er wäre vom Roten Kreuz, aber das stimmte gar nicht. Ich habe Jette gesagt, sie soll sich das Blut wiederholen. Wer weiß, was der Mann damit vorhatte! Wir haben ihn dann verfolgt, und Jette hat ihm das Blut aus seinem Auto geklaut. Aber er hat es gemerkt und ist hinter ihr her. Im Fußballstadion hat er sie erwischt und wollte sich das Blut wiederholen. Aber Jette hat sich gewehrt. Der Mann ist dann abgehauen. War eine peinliche Situation für ihn. Und das Blut hat er auch nicht gekriegt. Meinen Sie, der Mann hat Jette entführt? Kennen Sie ihn? Ich habe den Mann gesehen. Wir können ein Phantombild machen. Wir müssen Jette finden.

Wim Tanner, Gärtner, ist mit dem vermissten Mädchen im Fußballstadion gesehen worden, und ein Arbeitskollege des Vaters des vermissten Jungen, 15.6. (Freitag), 19 Uhr. (Dieser Zeuge kennt also beide vermissten Personen!)

Ich stand im Stadion tatsächlich neben ihr. Sie war sehr hübsch und hat mich angesprochen. Ehrlich gesagt fühlte ich mich geschmeichelt. Wir flirteten etwas, aber ich war zurückhaltend. Sie war ganz offensichtlich zu jung für mich. Dann stellte ich aber fest, dass meine Brieftasche weg war. Als ich sie zur Rede stellte, versuchte sie abzuhauen. Ich konnte sie festhalten. Zwei weitere Besucher haben mir geholfen. Das Mädchen war außer sich vor Wut, als ich meine Brieftasche bei ihr fand und wieder an mich nahm. Sie hat mir dann aus Rache ... Also das ist mir jetzt wirklich unangenehm. Müssen Sie das so genau wissen? Nun, sie hat mir aus Rache Gummibärchen mit Ameisen in die Hose gesteckt. Es war das erste und einzige Mal, dass ich das Mädchen gesehen habe. Und, ehrlich gesagt, bin ich auf weitere Treffen auch echt nicht scharf.

»Jette, eine Diebin!«, rief Klara empört aus.

»Und ein Flittchen«, antwortete Charlie leise. »Schau, da kommst du noch mal.«

Klara Winter, Schülerin und Freundin des vermissten Mädchens, im Präsidium wg. Identifizierung von Herrn Tanner (Vorlage eines Fotos), 15.6. (Freitag), 21 Uhr.

Ja, das ist der Mann. Er hat meiner Freundin das Blut abgenommen. Ich bin mir sicher. Ich erkenne ihn wieder. Haben Sie ihn festgenommen? Hat er Ihnen gesagt, wo Jette ist?

Alexander Saalfeld, Freund des vermissten Jungen und Sohn des Arbeitgebers, bei dem der Vater des vermissten Jungen beschäftigt ist, 16.6. (Samstag), 11 Uhr.

Jonah ist jetzt seit zwei Tagen verschwunden. Ich mache mir Vorwürfe. Ich wusste, dass er das Mädchen warnen wollte. Oder ich habe es zumindest geahnt. Aber ich wollte damit nichts zu tun haben. Sie werden das nicht verstehen, aber ich mische mich in die Angelegenheiten meines Vaters nicht ein. Das hat eine lange Geschichte. Aber jetzt denke ich, dass ich Ihnen sagen sollte, was ich weiß: Ich bin mir sicher, dass mein Vater und Wim Tanner hinter der ganzen Sache stecken. Eigentlich wollten die beiden nur das Mädchen kidnappen. Warum Jonah jetzt auch verschwunden ist, weiß ich nicht. Vielleicht war er einfach zur falschen Zeit am falschen Ort. – Warum mein Vater das Mädchen entführen wollte? Er vermutet, dass sie ein besonderes Gen hat, das für seinen Kosmetikkonzern sehr wertvoll sein könnte. Sie soll eine makellose Haut haben. Ich glaube, mein Vater hat sich das so vorgestellt, dass sie ihr ein Schlafmittel geben und ihr dann heimlich Blut abnehmen. Wenn mein Vater die Mutation dann tatsächlich findet, weiß niemand, wie er darauf gekommen ist. Er muss dann keine Konkurrenz fürchten. Aber ich verstehe nicht, warum er die beiden nicht längst wieder freigelassen hat. Blutabnehmen dauert ja nicht so lange. Vielleicht haben sie ihn erkannt? – Ob Jonah und Jette ein Paar sind? So ein Quatsch. Die kannten sich doch gar nicht. Woher ich das alles über meinen Vater weiß? Ich habe ihn belauscht. Müssen Sie ihm von meiner Aussage erzählen?

»Kosmetikindustrie …«, sagte Charlie. »Hoffentlich machen die keine Menschenversuche.«

»Quatsch«, sagte Klara. Aber ihre Stimme klang unsicher. Sie nahm sich schnell das nächste Papier vor.

Dr. Kai Saalfeld, Chef von Stayermed, Arbeitgeber des Vaters des vermissten Jungen, 16.6. (Samstag), 14.30 Uhr.

Ich kenne das vermisste Mädchen nicht. Ich habe sie noch nie gesehen. Mein Sohn sagt, ich sei an dem Blut des Mädchens interessiert? Bin ich ein Vampir? (Lacht.) Nein, im Ernst, natürlich forschen wir permanent nach neuen Wirkstoffen. Aber dafür kidnappen wir doch keine jungen Mädchen. Sie müssen meinen Sohn entschuldigen. Er ist sehr sensibel und hat immer wieder psychotische Schübe. Er meint es nicht so. Aber manchmal fällt es ihm schwer, Realität und Fiktion zu unterscheiden. Ich hoffe, ich konnte Ihnen weiterhelfen.

Marie Kosta, Hausmädchen bei Dr. Saalfeld, 16.6. (Samstag), 18 Uhr.

Ich war krank. Deshalb habe ich erst jetzt mitbekommen, dass Jonah und seine Freundin verschwunden sind. Die Eltern der beiden sollen sich ja große Sorgen machen. Ich wollte Ihnen sagen, dass ich die beiden noch vor einigen Tagen gesehen habe, und zwar im Gewächshaus an der Villa. Genauer gesagt habe ich sie dort überrascht. Sie hatten sich im Palmenhain ein richtiges Liebesnest gebaut. Ich habe sie überhaupt nur bemerkt, weil ich für die Küche Kokosnüsse pflücken sollte. Die beiden waren bester Stimmung. Sie tranken Sekt, rauchten und hatten fast nichts mehr an – im Gewächshaus ist es ja schön warm. Sie sagten, ich solle mich zu ihnen setzen. Weil ich, ehrlich gesagt, von meiner Arbeit ziemlich bedient war, hab ich's getan. Das Mädchen hat mir erzählt, dass sie ihre leibliche Mutter suchen wolle. Sie habe eine Spur von ihr in Italien. Jonah werde auch mitkommen. Für mich hörte sich das so an, als seien sie in Gedanken bereits in Italien. Wahrscheinlich bekommen ihre Eltern bald Post von ihnen, und alles klärt sich auf.

»Die Frau lügt«, flüsterte Klara.

»Und schon wieder Italien«, murmelte Charlie. »Das hat diese …« Sie blätterte in den Unterlagen. »… Carmen auch gesagt.«

Durchsuchung des Anwesens der Familie Saalfeld, 17.6. (Sonntag), 8.00 Uhr.

Gelände nach Vermissten abgesucht. Negativ. Hunde schlugen vielfach an, v. a. weil der Junge in der Villa wohnt. Aber auch bzgl. des Mädchens Geruchsspuren an zwei Orten: im Palmenhain und im Affenhaus des neuen Tropenhauses (noch ein Liebesnest?). Keine weiteren Spuren der Jugendlichen. Gesamtes Grundstück war verwanzt. Urheber: Sohn Dr. Saalfelds. Technik wurde Dr. Saalfeld übergeben. Durchsuchung des Arbeitszimmers von Dr. Saalfeld ergab keine Hinweise auf Verstrickung in den Fall. Akten und Dateien zur Auswertung beschlagnahmt.

Zeitgleiche Durchsuchung bei Stayermed, Chefbüro und genetische Forschungslabore, 17.6. (Sonntag), 8 Uhr.

Keine Hinweise auf unzulässige Forschungen. Akten und Dateien zur weiteren Auswertung beschlagnahmt.

»Wo ist Jette bloß?«, sagte Klara bedrückt. »Jetzt kommt noch der Kommissar.«

Szenarien? Motive?

Theorie 1: *Dr. Saalfeld hat tatsächlich mit Hilfe des Gärtners die vermissten Jugendlichen entführt. Hinweise, die dies vermuten lassen, konnten bei der Haus- und Bürodurchsuchung allerdings nicht gefunden werden. Es existieren lediglich die recht abenteuerlichen Aussagen der jungen Leute, die keine Beweise beibringen können. Überhaupt bleiben in diesem Szenario viele Fragen offen: Warum weiß bei Stayermed niemand über dieses angeblich wichtige Projekt Bescheid? Wären entsprechende Forschungen wissenschaftlich betrachtet überhaupt realistisch? Warum wurde der Junge ebenfalls entführt?*

Theorie 2: *Es liegt kein Verbrechen vor. Stattdessen befinden sich die beiden vermissten Jugendlichen auf einer Italienreise. Es gibt zwei glaubwürdige Zeugenaussagen, die von entsprechenden Plänen berichten (Marie Kosta und Carmen Serrano). Die Jugendlichen sind demnach ohne Erlaubnis losgefahren. Dies kommt häufiger vor, als man gemeinhin annimmt. Der blinde junge Mann, der aufgrund der Aussagen der oben bereits genannten Zeugen offensichtlich sehr verliebt war, wollte möglicherweise das Risiko eines Verbots der Reise gar nicht erst eingehen. Was das Mädchen betrifft, wollte sie ihren Adoptiveltern möglicherweise nicht eingestehen, dass sie ihre leibliche Mutter sucht. Nach Rückfrage bei unserer Polizeipsychologin ist ein solches Verhalten nicht selten. Sollte sich dieses Szenario bewahrheiten, haben die Zeugenaussagen der übrigen jungen Leute ausschließlich den Zweck, den wahren Grund der Abwesenheit der Vermissten zu verschleiern. Sie haben ihre Aussagen entsprechend abgestimmt und sich die Geschichte mit dem besonderen Gen ausgedacht, das Herr Dr. Saalfeld angeblich sucht. Wahrscheinlich ist es kein Zufall, dass die Jugendlichen versuchen, den Verdacht auf Dr. Saalfeld zu lenken. Sein Sohn Alexander ist auch nicht gut auf ihn zu sprechen (Zitat Alexander Saalfeld: »Das hat eine lange Geschichte«). Vielleicht handelt es sich um einen Rachefeldzug. Weitere Geschichten wie die Blutabnahme durch den Gärtner Wim Tanner sollen die Polizei offenbar auf falsche Fährten führen.*

Fazit: *Szenario 2 erscheint mir plausibel. Es gibt keinen einzigen tragfähigen Beweis für die Anschuldigungen der Jugendlichen. Dr. Saalfeld hat einen ausgezeichneten Leumund. Er ist ein geschätzter Bürger (wohltätige Spenden, Verdienste um die Gartenkunst), erfolgreicher Unterneh-*

mer und zuverlässiger Familienvater. Sein Sohn hingegen hat durch die Verwanzung der Villa und des Gartens großes kriminelles Potenzial bewiesen. Auch die psychische Situation der jungen Leute spricht für das hier beschriebene Szenario. So ist der blinde Jonah Mint vermutlich sehr verliebt, was eine »Spontanreise zu zweit« nicht unwahrscheinlich erscheinen lässt. Das offenkundig sehr hübsche vermisste Mädchen scheint innerhalb ihres Freundeskreises eine dominante Rolle zu spielen, was dazu führt, dass ihre Freunde zu Falschaussagen für sie bereit sind. Was sie selbst betrifft, wäre es nicht das erste Mal, dass ein Adoptivkind eine gewisse psychische Labilität aufweist.

Maßnahmen:

Die Aktenlage erlaubt es nicht, Dr. Saalfeld und Wim Tanner festzunehmen. Die Anschuldigungen der Jugendlichen sind nicht glaubhaft. Die Polizei wird die vermissten Jugendlichen zur Fahndung ausschreiben. Möglicherweise kann die Polizei in Italien sie aufspüren. Entsprechend wird die Polizei keine Sonderkommission zur Suche der Jugendlichen einrichten. Wir gehen davon aus, dass die Jugendlichen in einigen Wochen von selbst wieder auftauchen. Um auf Nummer sicher zu gehen, werden wir allerdings in den nächsten Wochen, zumindest solange die Jugendlichen verschwunden sind, Herrn Dr. Saalfeld und Herrn Tanner observieren lassen. Zu dieser kostenträchtigen Maßnahme haben wir uns aus Gründen der Vorsicht entschieden. Sollten sich Auffälligkeiten ergeben, wird der Einsatz einer Sonderkommission neu geprüft werden. Beim Umgang mit der Presse empfehle ich, auf das Alter der Vermissten hinzuweisen. Wir haben es bei den Vermissten nicht mit Kleinkindern zu tun – in einem solchen Fall wäre tatsächlich höchste Alarmbereitschaft gegeben –, sondern mit zwei frischverliebten 15- und 16-jährigen Jugendlichen.

Klara fühlte sich wie vor den Kopf geschlagen. »›Psychische Labilität‹«, wiederholte sie. »Die verdrehen alles. Jette ist in Gefahr, und die tun so, als machte sie eine Italienreise! Das alles ist doch der Hammer!« Sie machte eine Handbewegung in Richtung der Blätter.

»Wir sollten nicht zu viel von der Polizei erwarten«, stellte Charlie fest.

»Am besten gar nichts«, sagte Klara böse. »Wichser.«

»Was?«

»Wichser!«, sagte Klara lauter.

Die Bedienung blickte zu ihnen herüber.

»Und jetzt?«, fragte Charlie nach einer Zeit.

Klara kramte in den Papieren. Dann hielt sie die Seite mit den Adressen hoch.

»Holunderweg 8. Die Villa der Saalfelds. Da fahren wir jetzt hin. Irgendwo muss Jette ja sein.«

Kampf im Verlies

Sie waren jetzt seit vier Tagen gefangen, und Jette erschien es wie eine Ewigkeit. Das Geräusch der fahrenden Hebebühne hatte sich in ihr Gedächtnis eingebrannt. Sie würde es unter Tausenden wiedererkennen. Dabei hatten sich die Entführer gar nicht so häufig blicken lassen. Nur ein paar Mal. Aber das hatte völlig gereicht. Zuerst, wenn der Motor angelassen wurde, knatterte er immer etwas. Dann war es für den Bruchteil einer Sekunde still. Im nächsten Augenblick setzte lauter Motorenlärm ein. Wenn der Korb schließlich fuhr, klackte es in regelmäßigen Abständen. So als laufe er über schlecht verarbeitete Schweißnähte. Nach dem neunten *Klack* erreichte er sein Ziel, entweder den Hochstand oder den Erdboden.

Klack, klack, klack. Es war wieder so weit. Jette stand in einer Ecke der Plattform und schaute angestrengt in Richtung des Geräuschs. Neben ihr lehnte Jonah an der Wand. Sieben, acht, neun. Jette zählte mit. Jetzt tauchte der Korb am Rand des Hochstandes auf. Wie ein heraufschwebender Helikopter. Sie spürte eine leichte Erschütterung in den Holzplanken, und die Hebebühne setzte an. Die Männer sprangen heraus. Sie waren wie immer zu zweit, und wie an den vorherigen Tagen hatten sie schwarze Mützen über ihre Köpfe gezogen. Unterziehmützen, wie man sie für Motorradhelme nutzte, nur dass sie bis zu den Augen gingen. Die Männer brachten Lebensmittel und ein paar andere Sachen vorbei und nahmen kaum Notiz von ihnen. Jette spürte, dass ihre Hände sich verkrampften. Hoffentlich sind sie gleich wieder weg, dachte sie. Jonah rückte näher an sie heran. Er hatte sich verändert. Er versuchte, für sie da zu sein. Von seiner Weinerlichkeit am Anfang der Gefangenschaft war nichts mehr zu spüren. Er schien sich entschieden zu haben, standhaft durch das Abenteuer zu gehen, und es gelang ihm gut. Fast zu gut. Er wirkte bisweilen irgendwie unnahbar, und manchmal kam es Jette vor, als sitze ein Fremder neben ihr. Sie erkannte Jonah kaum wieder.

Bereits in der Nacht nach ihrem Streit war er sehr souverän gewesen. Sie hatte sich wütend allein in eine Ecke des Hochstandes zum Schlafen gelegt. Irgendwann in der Nacht war sie wach geworden. Der Mond und die Sterne hatten das Tropenhaus in ein silbernes Licht getaucht, sodass es ziemlich hell gewesen war. Jonah lag weit entfernt auf seiner Isomatte und schlief. An seinem Hals saß eine Fledermaus. Im ersten Moment dachte sie an eine Täuschung. Aber je genauer sie hinschaute, desto deutlicher zeichnete sich der sehnige, dunkle Körper des Tieres vor seiner hellen Haut ab. Die Fledermaus hing an seinem Hals. Als Jette das dünne Rinnsal Blut gesehen hatte, war sie so entsetzt gewesen, dass sie geschrien hatte. Es war ein gellender, unkontrollierter Schrei gewesen. Wenn Wim Tanner im Anmarsch war, konnte sie sich auf seine Brutalität einstellen und war gewappnet. Aber der Biss der Fledermaus hatte sie völlig unvorbereitet getroffen. Jonah war wach geworden und die Fledermaus davongeflogen. Er war zu ihr herübergekommen und hatte gefragt, was passiert war. Er hatte das Tier gar nicht bemerkt. Als er nach seiner Wunde tastete, war er nicht einmal sonderlich beunruhigt. Die Fledermäuse gehörten Wim Tanner, sagte er, sie seien im Prinzip harmlos. Offenbar lebten sie jetzt auch im Tropenhaus. Jonah hatte sehr ruhig gesprochen, und Jette hatte sich mit jedem Wort, was er sagte, sicherer gefühlt. Er schien sie vor der Fledermaus zu beschützen, obwohl das Tier doch ihn gebissen hatte und nicht sie. Er hatte vermutet, dass die kleine Wunde in ihrer Armbeuge ebenfalls von einer Fledermaus stammen könnte, denn er hatte sich an eine Unterhaltung zwischen Wim Tanner und Dr. Saalfeld erinnert, die Dukie und er belauscht hatten. In dem Gespräch war die Rede davon gewesen, dass Wim Tanner eine Fledermaus »auf sie angesetzt« hatte. Jette konnte dazu nichts sagen. In jener Nacht am See hatte sie tief und fest geschlafen.

Einer der Männer stellte jetzt eine Schüssel mit neuem Waschwasser auf den Tisch. Er machte sich nicht die Mühe, die Fläche freizuräumen. Prompt schwappte etwas von dem Wasser auf die Bücher, die dort lagen. Die Entführer hatten ihnen irgendwelchen aussortierten Quatsch mitgebracht. Sachbücher über Buchhaltung, Architektur und Elektrizität. Keinen einzigen Roman. Und alles ziemlich alte Schinken. Weil es nichts anderes gab, hatte Jette schließlich doch in die Bücher hineingeschaut und Jonah sogar einige Stellen vorgelesen. Der andere Mann stellte jetzt auch noch eine Papiertüte mit Lebensmitteln in die Wasserpfütze. Na super, dachte Jette. Wenigstens nahm er die kleine Stehlampe vom Tisch, die sie für das Verlies bekommen hatten. Sonst wäre die wohl auch noch nass geworden. Mit der Lampe hielt Jette es im Verlies inzwischen einigermaßen aus. Allerdings konnte man sie nie für längere Zeit anmachen, weil es nur eine einzige Steckdose gab und die Luft schon nach wenigen Minuten schlecht wurde, wenn das Gebläse nicht lief.

Jette strich sich den Schweiß von der Stirn. Im Tropenhaus herrschte inzwischen Dschungelklima. Den Pflanzen, die nach und nach angeliefert worden waren, tat die Hitze gut, ihr und Jonah nicht. Anfangs hatten sie noch versucht, sich mit Turnübungen fit zu halten. Aber die schwüle Luft führte bei den geringsten Anstrengungen zu Schweißausbrüchen, und so ließen sie es irgendwann bleiben.

Weiter hinten im Tropenhaus breitete sich bereits ein dichter Wald aus Palmen, Lianen und unbekannten Dschungelpflanzen aus. Der Wald wurde in ganzen Stücken geliefert, mitsamt Erde, und musste nur in den Boden gelassen werden. Es war sicher eine ganze Kolonne Arbeiter unterwegs. Aber Jette und Jonah hatten sie nie zu Gesicht bekommen. Wenn im Tropenhaus gearbeitet wurde, sperrten die Entführer sie in das Verlies.

Einer der Männer bückte sich jetzt nach der Schüssel mit dem alten Waschwasser, die noch unter dem Tisch stand. Und dann passierte es. *Ratsch.* Der Mann richtete sich auf und stand plötzlich unmaskiert da. Seine schwarze Mütze war in der Mitte zerrissen. Vielleicht war sie an einem Nagel hängen geblieben. Jette erkannte ihn sofort. Es war der Mann, der sich als Mitarbeiter des Roten Kreuzes ausgegeben hatte und sie bis ins Stadion verfolgt hatte – Wim Tanner, wie Jonah ihn genannt hatte. Durch die platt gedrückten Haare wirkte sein Gesicht noch etwas kantiger, als sie es in Erinnerung hatte. Er warf die Mütze wutentbrannt auf den Boden. »Jo«, flüsterte Jette, »Wim Tanner hat seine Maske verloren.«

»Du weißt also auch, wie ich heiße?«, blaffte Wim Tanner sie an. Sie hatte leise gesprochen, aber offenbar nicht leise genug. Sein Gesicht war vor Zorn verzerrt. Drohend kam er auf sie zu. »Hältst dich wohl für besonders schlau?«, fauchte er und baute sich vor ihr auf. Jonah rutschte näher an sie heran. »Dein Pech«, sagte Wim Tanner und packte sie am Kinn. Sie spürte seine kaum beherrschte Aggressivität. Er quetschte ihr den Kiefer. Sie gab keinen Laut von sich. Jonah musste es trotzdem gemerkt haben – an ihrem Atem, der Versteifung ihres Körpers. Er suchte mit seinen Händen nach dem Ort der Handlung und stieß auf Wim Tanners Hand. Er drückte sie bestimmt zur Seite, und Wim Tanner ließ es einfach geschehen, so abgelenkt war er von dem neuen Problem, das er jetzt hatte. Wie ein wild gewordenes Tier begann er auf dem kleinen Hochstand auf und ab zu laufen. In der schwülen Hitze wurde sein T-Shirt sofort schweißnass. Hin und wieder unterbrach er seinen Lauf und spuckte kurze Sätze vor ihnen aus.

»... selber schuld ...«

»... Was müsst ihr auch die Erwachsenen belauschen ...«

»... und jetzt noch das ...«

»... Wenn's nach mir ginge, hätte ich euch sowieso die ganze Zeit im Verlies gelassen. Gibt nur Ärger, wenn ihr hier draußen seid.«

»... Denkt bloß nicht, wir würden euch noch laufen lassen.«

»... Ihr wisst zu viel ...«

» ... Stellt euch drauf ein ...«

»... Glaubt bloß nicht, dass euch hier jemand findet ...«

»... Hab keine Ahnung, warum Kai Saalfeld immer noch zögert ...«

Schließlich blieb er vor ihnen stehen. Er griff in Jettes Haare, drückte sie zu Boden und raunte ihr ins Ohr: »Der Code ist fast entschlüsselt.« Brutal riss er ihren Kopf in die Höhe und blickte ihr in die Augen. »Und dann bist du fällig.« Sein Gesicht war wutverzerrt. Er gab ihr einen unsanften Stoß, und sie fiel hart zur Seite. Aber da stand Jonah und fing sie auf.

Wim Tanner drehte sich um und ging zur Hebebühne. Sein Komplize, immer noch maskiert, wartete bereits ungeduldig. Dann waren sie weg.

Jette ließ sich auf den Boden sinken. Tränen stiegen ihr in die Augen. Ihr Kiefer schmerzte. Jonah setzte sich neben sie. Sie spürte die Wärme, die von ihm ausging. So saßen sie eine Weile schweigend nebeneinander, Körper an Körper, ohne sich weiter zu berühren. Hier auf dem Hochstand hatte Jonah sie überhaupt nur einmal berührt. Das war in der Nacht gewesen, als die Fledermaus ihn gebissen hatte. Da hatte er sie in den Arm genommen und über ihre Wange gestreichelt. Im ersten Moment hatte es sie getröstet. Aber dann hatte sie sehr deutlich seine rissigen Finger auf ihrer Haut gespürt und seine Wärme wahrgenommen. Sie war plötzlich so irritiert gewesen, dass sie abrupt aufgestanden war.

»Vielleicht will er uns umbringen«, sagte Jette jetzt.

Jonah nickte langsam.

»Wir müssen etwas tun.«

Er nickte wieder.

»Hast du eine Idee?«, fragte sie.

»Ja.«

»Das ist gut«, sagte Jette.

Jonah holte eine Wasserflasche und die Tüte mit dem Essen. Sie tranken hastig. Dann reichte er ihr ein Käsebrötchen. Einen Apfel hätte ich noch gern, dachte Jette. Aber in der Tüte waren nur noch Brötchen. Sie nahm sich noch eines und aß es schweigend auf. Dann fragte sie: »Und was hast du für eine Idee?«

»Wir überwältigen die Entführer. So bald wie möglich.«

Sie schaute ihn zweifelnd an. »Du?«

»Nein, du«, sagte er.

»Aha«, sagte sie. »Beide Männer?«

»Ja.«

»Das ist nicht so einfach.«

»Wir brauchen natürlich einen Plan.«

»Und du hast einen?«

»Ja«, wiederholte Jonah.

Der Plan war abenteuerlich. Und riskant. Aber ihr war schnell klar geworden, dass er funktionieren konnte. Das Problem war allerdings: Sie hatten nur einen Versuch. Sie hatten nur *eine* Chance. Ihre Waffen waren die kleine Lampe und das Campingklo. Sie würden es gleich beim nächsten Mal machen, wenn die Entführer kamen. Wer wusste, wie viele Gelegenheiten sie noch haben würden? Sie mussten die Entführer überwältigen, ihnen die Revolver abnehmen, sie in das Verlies sperren, sich ihre schwarzen Mützen überziehen, sich unerkannt hinunterfahren lassen und dann abhauen. Nicht mehr und nicht weniger. Sie gingen den Plan in allen Einzelheiten durch. Unzählige Male. Sie übten jeden Handgriff. Besprachen das genaue Timing. Versuchten an alle Unwägbarkeiten zu denken. Dann waren sie fertig. Es war inzwischen später Nachmittag, und sie konnten jetzt nur noch warten.

»Hast du Angst?«, fragte Jette. Sie wollte Jonah aus der Reserve locken. Für ihren Geschmack war er mittlerweile etwas zu cool.

Er nickte leicht, kniff dabei aber seine Lippen auf eine Art zusammen, an der Jette sofort merkte, dass sie nicht weiterfragen sollte. Er mochte solche Fragen nicht.

»Und du?«, fragte er.

»Ja, doch.«

Nach einer Weile fragte Jonah in die Stille hinein: »Schere, Stein, Papier?«

»Okay«, sagte Jette.

»Schere, Stein, Papier!«, sagten sie gleichzeitig und zeigten sich ihre Hände.

»Du hast gewonnen«, sagte Jette. »Noch mal.«

»Schere, Stein, Papier!«

»Wieder du«, sagte Jette.

»Du lügst«, sagte Jonah.

»Hast recht.«

»Du lügst schon wieder.«

»Stimmt«, sagte Jette.

Sie spielten schon lange nicht mehr nach den normalen Regeln. Diese waren schnell langweilig geworden. Anfangs hatte Jette Jonah einfach gesagt, was sie mit ihren Händen zeigte, weil er es ja nicht sah. Aber nach den ersten Spielen nahm sie es mit der Wahrheit nicht mehr so genau, und Jonah fand Gefallen daran, herauszufinden, wann sie log und wann nicht. Er lag erstaunlich oft richtig. Zuletzt hatte er keinen einzigen Fehler mehr gemacht. Über dem Spiel lag ein eigenartiger Zauber. Jette hatte Jonah nicht gesagt, dass er inzwischen immer richtig tippte, und er konnte es ja eigentlich nicht wissen. Jette würde es brennend interessieren, wie Jonah das machte, aber er verriet es ihr nicht.

Plötzlich krachte es hinten im Tropenhaus, und Jette zuckte erschrocken zusammen. Klar, das waren die Affen. Aber sie merkte an ihrer Reaktion, wie nervös sie war.

Die Affen waren gestern Abend gebracht worden. Ein Haufen aufgeregt quietschender und brüllender Tiere. Sie konnten es nicht fassen, dass sie sich jetzt in einem riesigen Affenhaus befanden. Jonah wusste sogar, dass es Nasenaffen waren. Sie kamen direkt aus dem Dschungel von Borneo, zusammen mit dem Wald. Dr. Saalfeld hatte sie mit eingekauft.

Jette stellte sich an das Geländer und blickte zu den Tieren hinüber. Sie waren leider zu weit weg, als dass sie sie gut hätte erkennen können. Nur hin und wieder sah Jette für den Bruchteil einer Sekunde ein Tier waghalsig durch die Luft springen. Mal landete es sicher an einem Ast, mal krachte es durch den Blätterwald zu Boden.

Sie setzte sich wieder neben Jonah. Er strich ihr über die Wange. »Darf ich dich mal was fragen?«, sagte er.

»Klar.«

»Glaubst du eigentlich, dass du dieses Gen hast?«

Jette lachte. Diese Frage hatte sie sich noch nicht gestellt. »Ist doch egal. Würde das irgendwas ändern?«

»Nein«, sagte Jonah. »Aber ist doch interessant, oder?«

»Ja, super interessant«, sagte sie schnippisch. »Vor allem das Leben hier auf diesem Hochsitz.«

»Interessiert es dich denn gar nicht?«

»Ich bin nicht gern Versuchskaninchen.«

»Ist mir schon klar. Aber mal so allgemein betrachtet.«

»Jo«, sagte sie ernst, »ob mit oder ohne Gen, das macht doch keinen Unterschied. Das ändert doch gar nichts. Es ist mir wirklich egal.«

Jonah sagte nichts. Neben ihm lag die kaputte Mütze, die Wim Tanner auf dem Hochsitz liegen gelassen hatte, und Jonah begann, damit herumzuspielen. Er hob sie mit den Zehen seines rechten Fußes auf und gab sie dann an den linken Fuß weiter. Kleine Kunststücke hatte er immer schon gut gekonnt. Nachher bei der Flucht sollte er sich die Mütze überziehen. Und Jette die Mütze des anderen Entführers. Der Mann unten an der Hebebühne würde sie hoffentlich zumindest von Weitem für Wim Tanner und seinen Komplizen halten und sie herunterfahren. Wie es dann weitergehen würde, wenn sie unten ankämen, wussten sie noch nicht genau.

Jette angelte mit den Händen nach der Wasserflasche. Schon die kleinste Bewegung in der schwülen Luft war anstrengend. In der Ferne schlug eine Tür zu. Jonah zuckte zusammen. Jette blieb reglos mit der Flasche in der Hand sitzen. Sie lauschten. Jemand war im Tropenhaus, aber er schien nicht zu ihnen hochzukommen. Wahrscheinlich war es Wim Tanner oder ein anderer Aufpasser, dachte Jette. Sonst hätte man sie längst ins Verlies gesperrt. Jonah nahm sein Spielchen wieder auf.

Er sah komisch aus, wie er so dasaß. Weniger wegen des schwarzen Stofffetzens zwischen den Zehen als wegen der Kleidung, die er trug. Die Sachen hatte Wim Tanner ihm gebracht. Ihre alte Kleidung war völlig verdreckt gewesen. Jonahs neue Hose war viel zu weit, und er musste sie in regelmäßigen Abständen hochziehen. Einen Gürtel hatte Wim Tanner ihm nicht spendiert. Die Hose war aus einem billigen Jeansstoff, mehr Stoff als Jeans, und Jonah hatte die Hosenbeine wegen der Hitze hochgekrempelt. Seine Beine waren leicht gebräunt. Die vielen hellen Härchen glitzerten in der Sonne. Männerbeine, dachte Jette. Am Oberkörper trug er, wie um einen Kontrast zu der weiten Hose zu schaffen, ein viel zu enges T-Shirt. Es war in einem dezenten Grau, spannte aber über dem gesamten Oberkörper. Es war definitiv einige Nummern zu klein. Immerhin sah man, dass Jonah gut gebaut war. Jette hatte ihm gesagt, er könne das T-Shirt wegen der Hitze ruhig ausziehen. Aber er wollte nicht. So wie er jetzt dasaß, zeichneten sich sein Bauchnabel und seine Brustwarzen deutlich unter dem engen Stoff ab. Das T-Shirt zeigte mehr, als es verbarg. Wie immer trug Jonah seine Sonnenbrille. Einmal hatte sie an einem Morgen seine Augen gesehen. Er war gerade aufgewacht und hatte nach seiner Brille getastet. Sie waren blau. Dunkelblau. Auf den ersten Blick hatten sie ganz normal ausgesehen. Aber dann hatte sie gemerkt, dass sich die Augen nicht synchron bewegten, so als schielte er. Sie hatte das Gefühl gehabt, etwas Verbotenes zu tun, und sich schnell schlafend gestellt.

»Weißt du eigentlich, was ich anhabe?«, fragte sie.

»Nein, Jella«, sagte Jonah amüsiert.

Jella. Sie mochte diesen Namen. Jonah benutzte ihn nicht oft. Aber wenn er ihn in den Mund nahm, hatte sie das Gefühl, jemand anderes zu sein. Als führte sie noch ein zweites, geheimnisvolles Leben im Verborgenen.

»Soll ich's dir sagen?«

»Unbedingt.«

Sie schaute an sich hinunter. Auch sie war in den Genuss der Wim Tanner'schen Kleiderwahl gekommen. Ihre eigene Kleidung konnte sie beim besten Willen nicht mehr anziehen. Und Wim Tanner weigerte sich, sie in die Reinigung zu bringen. Die Sachen, die sie jetzt trug, stammten mit Sicherheit aus einem Textildiscounter. Wahrscheinlich für 2,45 Euro das Stück.

»Also, ich bin sehr adrett«, sagte sie gedehnt.

Jonah zog fragend die Augenbrauen hoch.

»Eine Bluse mit Puffärmeln.«

»Okay«, sagte er mit viel Mitgefühl in der Stimme.

»Ich hab sie ganz zugeknöpft, bis oben.«

»Brav.«

»Aber beim Anziehen ist eine Naht gerissen. Das ist total schlechte Qualität. Und jetzt ist die Bluse an der Seite etwas offen.«

»Aha.«

»Außerdem hab ich einen Hosenrock an«, sagte Jette.

Jonah sagte nichts.

»Ich hasse Hosenröcke«, brach es aus ihr heraus.

»Was ein echter Folterknecht ist …«, flapste Jonah. »Wahrscheinlich hat Wim Tanner tagelang nichts anderes getan, als einen Hosenrock für dich zu suchen.«

Die Tür des Führerhäuschens der Hebebühne wurde geöffnet. Dann zugeschlagen. Jette spürte, wie sie sich verkrampfte. Locker bleiben, murmelte sie. Aber sie konnte es nicht vermeiden, dass sie dachte: *Sie kommen.*

»Der Hosenrock hat nicht mal einen Knopf«, sagte sie laut.

»Sondern?«

»Einen Klettverschluss!!«

Der Motor wurde angelassen. Er knatterte. Dann eine Pause. Jetzt setzte der Motorenlärm ein. Und wenn er kam, um seine Drohung wahr zu machen? Hatten sie ihren genetischen Code wirklich schon entschlüsselt? Was hatten sie mit ihr vor? Ob sie ihr etwas antun würden? Jettes Kehle war wie zugeschnürt. Sie blickte zu Jonah. Der warf gerade verzweifelt die Arme in die Höhe und rief mit lauter Stimme: »Diese Grausamkeit! Ein Klettverschluss!« Dann ließ er seine Hände wieder sinken und riss sich mit einer theatralischen Geste den Knopf an seiner Hose ab. »Hier, nimm dies!«, sagte er und überreichte ihr feierlich einen silbern blinkenden Knopf.

Klack, klack, klack.

Jette ging auf Jonahs Spiel ein. Er hatte wirklich gute Nerven. Auch er musste nervös sein, aber ihm war überhaupt nichts anzumerken. Sie waren zwar gefangen, aber in diesem Moment auch frei – zumindest auf eine gewisse Weise, denn niemand konnte ihnen vorschreiben, was und wann sie spielten. Sie senkte huldvoll ihren Kopf. »Habt Dank«, sagte sie, begutachtete den Knopf gründlich von allen Seiten und ließ ihn in der Tasche ihres Hosenrocks verschwinden. Ihr Herz klopfte. Gleich würde sie die Entführer angreifen.

»Ich sehe neues Ungemach!«, warnte Jonah und hob seinen Kopf gen Himmel. »Wim Tanner naht. Er hat neue Folterwerkzeuge dabei. Furchtbare Dinge!«

Die Hebebühne setzte an.

»Was ist es?«, wollte Jette wissen. Sie lachte. Es war ein gepresstes, jedoch dankbares Lachen. »Sagt schnell.«

»Ein Kleid mit riesigen Blumen und weißem Spitzenkragen und vorn mit einer weißen Schleife. Natürlich eine Nummer zu klein. Und es riecht nach Mottenkugeln. Und …«

Wim Tanner sprang auf die Plattform und kam mit schnellen Schritten auf sie zu. Er hatte sich nicht mehr die Mühe gemacht, eine Maske überzuziehen. »Ins Verlies!«, brüllte er. Sein Begleiter kam hinter ihm her. Jette stellte sich das altbackene Spitzenkleid in seinen Armen vor, und da wirkte Wim Tanner gar nicht mehr so bedrohlich. Sie fühlte sich auf einmal sehr stark.

»Viel Glück«, sagte Jonah leise.

Wim Tanner nahm die Fernbedienung in die Hand. Jette stellte sich neben ihn. Er warf ihr einen irritierten Blick zu, ließ sich aber nicht weiter stören. Ohne die Tastatur mit den Händen abzudecken, gab er den Befehl zum Öffnen der Tür ein. Er drückte auf eine einzige Taste. Jette konnte es genau sehen. Sie trug das Zeichen ➡. Dann schwang die Tür auf. Wim Tanner steckte die Fernbedienung wieder ein. Vordere Hosentasche rechts, registrierte Jette.

Sie nahm die kleine Lampe vom Tisch und krabbelte durch die niedrige Tür in das Verlies. Die Luft im Innern war kühl, aber abgestanden. Der Ventilator lief. Von draußen fiel ein schwacher Lichtstrahl herein. »Schneller, schneller!«, drängte Wim Tanner, ohne selbst beim Hereintragen der Sachen zu helfen. Jonah reichte Jette die beiden Isomatten. Sie legte sie in die Ecke des Verlieses, wo die Steckdose war. Das Licht reichte gerade aus. Dann stellte sie die kleine Lampe auf die Isomatte, stöpselte den Ventilator aus und die Lampe ein.

Die Lampe sah aus wie immer. Geradezu unschuldig, fand Jette. Dabei musste sie jetzt unter Strom stehen. Und zwar das gesamte Gehäuse. Sie hatte gut aufgepasst, die Lampe nicht mehr zu berühren, nachdem sie den Stecker eingesteckt hatte. Es war Jonahs Idee gewesen, die Lampe zu manipulieren, und sie hatten sie am Nachmittag in die Tat umgesetzt. Er hatte sich an eine Passage erinnert, die Jette ihm aus dem Elektrizitätsbuch vorgelesen hatte. Mit dem Wissen aus dem Buch hatten sie die Lampe tatsächlich umbauen können. Hoffentlich hatten sie alles richtig gemacht. Es war kompliziert gewesen. Jette hatte sich zunächst aus einem Draht von der Chemietoilette eine Art Schraubenzieher gebastelt und die Lampe aufgeschraubt. Dann hatte sie im Innern der Lampe zwei wichtige Kabel vertauscht: Der Strang, der normalerweise den Strom von der Steckdose zur Glühbirne transportiert, führte jetzt direkt auf den Metallrahmen. Es handelte sich um eine Manipulation, die lebensgefährliche Folgen haben konnte.

Jette und Jonah hatten sich lange überlegt, ob sie den Tod eines der Entführer in Kauf nehmen sollten. Und sich dann dagegen entschieden. Sie konnten es sich einfach nicht vorstellen, einen Menschen zu töten. »Hoffentlich bereuen wir das nicht«, hatte Jonah gesagt. Aber Jette war froh, dass sie sich so entschieden hatten. Die Isomatte, auf der die Lampe stand, würde dem Mann das Leben retten. Er würde auf der Isomatte stehen, wenn er die Lampe anfasste, und die Gummiunterlage unter seinen Füßen würde verhindern, dass der Strom endlos durch ihn hindurchfließen konnte. Gummi leitete nicht. Auch das hatten sie aus dem Buch erfahren.

Hoffentlich reicht der Stromschlag aus, um ihn lange genug auszuschalten, dachte Jette. Sie griff in die Tasche ihres Hosenrocks. Dort war ihre zweite Waffe versteckt. Ein kleines, dickbäuchiges Plastikfläschchen mit WC-Reiniger. Es stammte aus der Campingtoilette und war im Innern der Kloschüssel befestigt gewesen. Nach jedem Spülvorgang sonderte es etwas von seinem Inhalt ab. Jette hatte das Fläschchen abmontiert und sich dabei tief über die Kloschüssel beugen müssen, was ziemlich eklig gewesen war. Und dabei hasste sie dieses Campingklo sowieso schon. Denn auch wenn Jonah blind war, fand sie es unerträglich, es in seiner

Anwesenheit benutzen zu müssen. Jetzt aber war sie froh über das mobile Chemielabor. Wenn sie auf den Bauch des Fläschchens drückte, spritzte oben eine stechend riechende Flüssigkeit heraus.

»Wird das heute noch was?«, brüllte Wim Tanner von draußen.

Jette ging zur Türöffnung. »Die Lampe funktioniert nicht«, sagte sie.

Wim Tanner zuckte mit den Schultern.

»Bitte«, sagte Jette, »schauen Sie doch mal nach.«

Keine Reaktion.

»Bitte«, sagte Jette flehend und blickte Hilfe suchend den anderen Mann an, der immer noch eine schwarze Mütze trug. Er schien zu überlegen. Dann setzte er sich in Bewegung.

Jette verschwand wieder in dem engen Verlies. Das Wichtigste war das Timing. Sie musste beide Männer gleichzeitig ausschalten. Sie stellte sich vorn in die Ecke neben dem Eingang, wo es am hellsten war. Dann rief sie laut »Uääääh!« und versuchte, möglichst viel Ekel in ihre Stimme zu legen. »Hier liegt eine Fledermaus. Die bewegt sich sogar noch.«

Wim Tanner und sein Komplize drückten sich fast zeitgleich durch die niedrige Tür in den Raum. »Wo?«, fuhr Wim Tanner sie barsch an.

»Hier«, sagte Jette und zeigte in die Ecke.

Wim Tanner kam näher. Der andere Mann, dessen Bewegungen sie aus dem Augenwinkel verfolgte, erreichte gerade die Isomatte. Wim Tanner stand jetzt direkt neben ihr und bückte sich. Der andere führte seine Hand zum Lichtschalter. Jette hörte das Knipsen des Schalters, dann einen leisen Knall, kurz darauf die Stimme des Mannes: »Au! Scheiße!« Dann war es einen Augenblick still. »Tja, Kurzschluss«, sagte der Mann ungerührt. »Kann man nichts machen.«

Keine Schmerzensschreie. Der Mann sank auch nicht zu Boden. Das durfte doch nicht wahr sein! Jette griff nach dem Fläschchen in ihrer Hosentasche. Ihre Hände zitterten.

Wim Tanner sah auf. Ihre Blicke trafen sich. »Wo ist denn jetzt die Fledermaus?«, herrschte er sie an. Von draußen war Jonahs zaghafte Stimme zu hören: »Alles okay?«, fragte er.

»Ja«, murmelte Jette. Sie zog das Fläschchen aus der Tasche, hob es hoch und spritzte die Flüssigkeit direkt in Wim Tanners Gesicht. Erst in das eine Auge, dann, ohne den Strahl zu unterbrechen, in das andere.

Wim Tanner war zu überrascht, um schnell genug zu reagieren. Er stand da, als bekäme er beim Arzt Augentropfen verabreicht. Jette sah, wie sich der WC-Reiniger im Innern seiner Augen verteilte. Er bildete kleine Blasen, die lautlos aufplatzten. Und da fing Wim Tanner an zu schreien. Es klang wie die Schmerzensschreie eines verletzten Tieres. Er fuhr sich mit seinen Händen an die Augen, rieb sie panisch, drückte seine Finger tief in die Höhlen, riss sie wieder von seinem Gesicht fort, führte sie zurück. Der andere Mann kam herbeigeeilt.

Durch die Schlitze der Maske konnte Jette sehen, wie der Mann erst auf Wim Tanner blickte, der gerade zu Boden sank, und dann auf sie. Jette hob das Fläschchen und spritzte noch einmal. Rechts. Links. Ein kurzer ungläubiger Blick, dann auch hier Schmerzensschreie. Der Mann riss sich die Maske vom Gesicht. Er war blond. Der Eisverkäufer. Es wunderte sie nicht. Der Mann rieb sich mit beiden Händen die Augen. Kraftlos lehnte er sich an die Wand. Jetzt brauchte sie schnell die Fernbedienung. Jette beugte sich zu Wim Tanner hinunter, griff entschlossen in seine Hosentasche und zog die Fernbedienung heraus. Wim Tanner wand sich auf dem Boden vor Schmerzen. Er schrie immer noch. Es hörte sich entsetzlich an, denn die Wände des engen Verlieses warfen sich den Schall gegenseitig zu. *Der Revolver*, durchzuckte es das Mädchen plötzlich. Wim Tanner hatte ihn an einem Bauchgurt befestigt. Jette konnte das Holster, in dem die Waffe steckte, unter dem T-Shirt erkennen. Sie schob das Shirt hoch. Das Holster war geschlossen: eine Schnalle mit zwei Druckknöpfen. Jette riss an den Druckknöpfen herum. Aber sie gingen nicht auf. Die Dinger klemmten. Der zweite Entführer gab ein Wimmern von sich. Jette schnappte sich die schwarze Maske des Blonden, die auf dem Boden lag, und rannte aus dem Verlies.

»Ich hab die Fernbedienung«, sagte sie atemlos.

»Mach die Tür zu«, raunte Jonah.

Jette fand die Taste, die sie gesucht hatte. Der gleiche Pfeil wie vorhin, aber in die andere Richtung. Sie drückte. Nichts geschah. Sie hob die Fernbedienung etwas in die Höhe, richtete sie genau auf den Eingang und drückte erneut, doch wieder passierte nichts. Zitternd probierte sie andere Tasten aus. »Jo«, flüsterte sie, »die Tür geht nicht zu.«

Ein dünner Faden im Glas

Kai Saalfeld hatte die Jalousien des Labors hinuntergelassen und die Tür abgeschlossen. Er wollte auf keinen Fall gestört werden. Heute würde er die entscheidenden Tests mit dem Blut von Jette Lindner machen. Mit etwas Glück kenne ich in ein paar Stunden die Formel für die perfekte Haut, dachte er. Ein Gefühl des Triumphs überkam ihn, das er aber sofort niederkämpfte. In der Genetik steckte der Teufel im Detail. Das wusste er aus seinen Forschungen als Student. Wahrscheinlicher war, dass er noch ein paar Tage brauchte. Dann aber würde er dem Mädchen sein Geheimnis entrissen haben.

In gewisser Weise stand alles bereits gut sichtbar vor ihm. Er hatte Wim gebeten, dem Mädchen noch ein zweites Mal Blut abzunehmen, um sich eine DNA-Probe von ihr auf den Schreibtisch stellen zu können. Wann immer er jetzt auf dieses Fläschchen blickte, spürte er ein verheißungsvolles Kribbeln in den Fingern. Direkt vor ihm, zum Greifen nahe, schwamm in einer alkoholischen Lösung ein dünner schleimiger Faden: die DNA der Jette Lindner.

Verzückt folgte Saalfeld mit seinen Augen den Windungen des Schleimfadens. Kleine Kurve nach rechts, größere nach links und so weiter. Was er hier sah, war der genetische Bauplan des Mädchens. Ihr Innerstes lag offen zutage.

Die DNA zu isolieren war kein Problem gewesen. Das hatte er bereits früher gemacht. Zuerst sortierte man die roten Blutkörperchen aus, da sie keine genetischen Informationen enthielten. Dann gab man ein Mittel in die Probe, das alle festen Bestandteile bis auf die DNA abbaute. Schließlich fügte man noch Alkohol hinzu, der ja bekanntlich Wasser entzog, und – voilà! – die DNA-Moleküle verklumpten sich in der Lösung zu einem gut sichtbaren Faden. Er hatte immer gern im Labor gestanden und schon als Medizinstudent mit Vorliebe genetische Strukturen untersucht. In die Wirtschaft war er nur wegen des Geldes gegangen.

Die erste Blutprobe hatte er dem Mädchen selbst entnommen. Das hatte er sich nicht nehmen lassen, obwohl es riskant gewesen war. Wenn ihn jemand gesehen hätte! Er hatte ihr die Nadel noch im Auto an die Vene gesetzt, als Wim mit ihr im Tropenhaus ankam. Sie hatte sehr schön ausgesehen. Es fehlten eigentlich nur noch ein Glassarg und ein Apfelschnitz im Mund, dann würde sie ein makelloses Schneewittchen abgeben. Ihre Haut war tatsächlich perfekt. Außergewöhnlich feine Poren, extrem straffes Bindegewebe, geringer Fettgehalt, mit einem leicht rosigen Teint. Sie sah unglaublich gesund aus. Eine Haut wie Seide. Und diese Seide würde in Kürze ihm gehören. Genauer gesagt, das Patent dafür.

Kosmetika für Problemhaut waren ein Milliardenmarkt. Mit einer Creme, die an den eigentlichen Ursachen ansetzte, würde er die Konkurrenz vom Markt fegen. Erste wissenschaftliche Erfahrungen mit Gen-Cremes gab es bereits. Der Mechanismus war klar: Künstlich nachgebaute Jette-Lindner-DNA würde in der Haut der Kundinnen die gleiche Wirkung wie in ihrem Ursprungskörper entfalten. So sah zumindest der Idealfall aus. Bis dahin war es sicher noch ein weiter Weg. Aber so lange würde er nicht warten müssen. Er konnte die Creme auch schon in einem frühen Entwicklungsstadium auf den Markt bringen.

Wie gut, dass Norbert in seinen Notizen das Gen genannt hatte, das NF1-Gen. Mit dem Wissen um das konkrete Gen war alles andere nur noch Routine. Norbert war ein genialer Wissenschaftler gewesen. Es war bekannt, dass bestimmte

Mutationen des NF1-Gens schwere Krankheiten auslösen konnten. Aber Norbert musste in dem Blut des Säuglings eine völlig andere, bislang unbekannte Mutation entdeckt haben, die keine Krankheit, sondern außergewöhnliche Schönheit bedeutete.

Endlich waren die Vorbereitungen abgeschlossen, und er konnte zur Tat schreiten. Vorsichtig stellte er ein Reagenzglas mit der besonders zubereiteten DNA-Lösung in ein Analysegerät und schaltete es ein. Auf diesen Augenblick hatte er hingearbeitet. Fast schon ungehalten blickte Saalfeld auf die Uhr über der Tür, die dem feierlichen Augenblick so gar nicht Rechnung trug und einfach weitertickte. Er hatte jede Menge Hürden nehmen müssen, um das Blut zu bekommen. Aber jetzt würde der Computer ihm in Kürze den genauen Bauplan des NF1-Gens von Jette Lindner anzeigen. Diesen musste er dann nur noch mit dem herkömmlichen NF1-Gen vergleichen. Wo das Gen von dem üblichen Muster abwich, lag die Mutation. Falls es mehrere Mutationen gab, die in Frage kämen – was er nicht hoffte –, würde er die falschen noch aussortieren müssen.

Die Analyse begann. Wie früher als Student spürte Saalfeld eine merkwürdige Ergriffenheit, als die ersten Buchstabenfolgen über den Bildschirm flatterten: »atggccg cgcacaggcc ggtggaatgg ...« Der genetische Code kam mit nur vier Buchstaben aus. Mehr brauchte er nicht. Die Buchstaben waren Abkürzungen für die vier chemischen Stoffe, aus denen jedes Gen bestand. Was ein Gen vom anderen unterschied, war lediglich die Anordnung der Buchstaben und die Länge des Codes. Das NF1-Gen bestand zum Beispiel aus rund 12 000 Buchstaben. Dass sich das Buch des gesamten Lebens auf nur vier Steuerungselemente reduzieren ließ, faszinierte Saalfeld immer noch. Er klickte auf die Sanduhr auf seinem Desktop. Noch fünfundzwanzig Minuten.

Mit der Entführung der Jugendlichen war er ein großes Risiko eingegangen, doch es würde sich lohnen. Allerdings hatte sein Sohn die Sache unnötig verkompliziert. Es war nicht gerade geplant gewesen, dass er ihn belauschen und dem Kommissar alles brühwarm erzählen würde. Zum Glück hatte die Polizei ihm nicht geglaubt. Nur gut, dass die Aussage nicht an die Presse gelangt war. Immerhin hatte sein Sohn sehr genau beschrieben, was er bei dem Mädchen zu finden hoffte. Inzwischen hatte er alles veranlasst, um seinen Sprössling so bald wie möglich in ein Internat zu geben. Dann konnte er ihm nicht mehr dazwischenfunken. Auch hatte es sich im Nachhinein als überaus klug erwiesen, dass sie den Sohn des Kochs mitentführt hatten. So hatte er den Kommissar auf die falsche Fährte mit dem Liebesurlaub locken können. Nur Carmen hatte etwas rumgezickt, als er von ihr verlangt hatte, bei der Polizei falsch auszusagen. Aber er hatte sie in der Hand. Letztlich hatte sie alles so gemacht, wie er es wollte. Und Marie war überhaupt kein Problem gewesen. Sie hatte ihre freundlichen Augen weit aufgerissen, als er ihr 20 000 Euro für eine Falschaussage bot, und dann die Hände ausgestreckt. Vorsichtshalber hatte er sie danach zu einer befreundeten Familie nach Acapulco vermittelt, damit sie, aus welchen Gründen auch immer, nicht doch noch ins Visier der Polizei geraten konnte. Er hatte in jeder Hinsicht sehr umsichtig reagiert. Er hatte Wim sogar rechtzeitig damit beauftragt, ein paar Haare von Jette Lindner im Palmenhain zu verstreuen. So hatten die fleißigen Polizeibeamten etwas finden können. Und nicht zuletzt hatte sich das Verlies im Affenhaus bestens bewährt. Der Kommissar selbst hatte mit einer Leiter auf der Plattform nachgesehen, jedoch nichts gefunden. Die DNA der Jugendlichen, die die Spurensicherung dort sichergestellt hatte, hatte sich der Kommissar damit erklärt, dass die beiden auch hier einem heimlichen Stelldichein nachgegangen waren. Es war nicht nur gut, dass er Jonah Mint mitentführt hatte. Es war genial gewesen.

Problematisch verhielt es sich eigentlich nur mit Wim. Seitdem diese Jette Lindner die Bildfläche betreten hatte, machte er sich nur noch lächerlich. Jetzt lag er zur Abwechslung mit einer Augenverletzung im Krankenhaus. Immerhin würde er laut Aussage der Ärzte keine bleibenden Schäden davontragen und bald wieder einsatzbereit sein. Seinen Kompagnon hatte es auch erwischt. Es war wirklich nicht zu fassen. Zwei gestandene Männer ließen sich um ein Haar von einem Mädchen und einem blinden Jungen ausschalten. Bisweilen hatte Kai Saalfeld den Eindruck, dass er der Einzige war, der zuverlässig arbeitete.

Der Bildschirmschoner tauchte auf. Ein blauer Fisch schwamm friedlich von rechts nach links über die Bildfläche. Saalfeld schaute ihm eine Weile zu, dann bewegte er die Maus. Der Fisch verschwand, und es erschienen wieder die endlosen Buchstabenfolgen. Saalfeld lehnte sich in seinem Sessel zurück und wippte gedankenverloren hin und her. Schließlich holte er aus seiner Aktentasche eine kleine Dose hervor und öffnete sie. In ihrem Innern lagen ein paar halbtote Marienkäfer. Er ging zur Fensterbank, wo eine ganze Sammlung fleischfressender Pflanzen stand, griff einen Käfer und ließ ihn in einen besonders schönen, schlauchförmigen Blattkelch gleiten. Der Marienkäfer riss in einer letzten Anstrengung seine Flügel in die Höhe, konnte sie aber offenbar nicht mehr richtig bewegen und verschwand in der Tiefe des Pflanzenschlundes.

Diese fleischfressenden Pflanzen waren das Hobby eines Labormitarbeiters. In den vergangenen Jahren war Kai Saalfeld dazu übergegangen, bei Neueinstellungen auch auf sonstige Begabungen und persönliche Interessen der

Bewerber zu achten. Es gab so viele gute Wissenschaftler, dass er sich inzwischen für diejenigen entschied, die seine Leidenschaft für die Welt der Gärten teilten. Das Wort »Leidenschaft« traf es ziemlich gut. Was er nicht alles auf sich nahm, nur um seine Vorstellungen von perfekter Gartenkunst umsetzen zu können! Letztlich arbeitete er, um seine Gärten finanzieren zu können. Aber schließlich brauchte jeder irgendeine Motivation.

Pling machte es hinter Saalfelds Rücken. Er drehte sich um und kniff die Augen zusammen, um die Schrift auf dem Monitor lesen zu können. *Die Analyse ist fertig. Drücken Sie auf Beenden.* Zufrieden ging er zu seinem Schreibtisch und öffnete ein neues Computerprogramm. Dann gab er den Befehl, das NF1-Gen des Mädchens mit dem NF1-Gen zu vergleichen, das die internationale Forschergemeinde ins Internet gestellt hatte.

Die Analyse dauerte nur wenige Sekunden. Dann erschien die Meldung *Vergleich beendet* auf dem Bildschirm. Saalfeld wurde es heiß. »Ruhig, alter Junge«, murmelte er und ließ sich das Ergebnis anzeigen: *Die Analyse hat 14 Mutationen ergeben.*

»Etwas viel«, murmelte Saalfeld unangenehm berührt und stand auf. Er atmete tief durch, massierte mit seinen Fingerspitzen die Schläfen und machte zwei Kniebeugen. Das sah zwar nicht sehr vorteilhaft aus, gab ihm aber stets ein Gefühl von Stärke. Jetzt musste er die bekannten Mutationen des NF1-Gens aussortieren. Er öffnete eine weitere Software, die dazu in der Lage war, und drückte auf Start. Plötzlich schoss ihm ein schrecklicher Gedanke durch den Kopf: Und wenn *alle* vierzehn Mutationen bekannt waren? Was dann?

Er war auf diese Entdeckung angewiesen. Er brauchte das Geld. Das neue Tropenhaus war sehr viel teurer geworden als ursprünglich geplant. Er hatte unterschätzt, wie kompliziert der Bau eines Tropenhauses war. Man musste ein labiles Gleichgewicht von Licht, Temperatur, Feuchtigkeit und Luftströmungen aufrechterhalten, was nur mit aufwändiger Computertechnik möglich war. In diesen Tagen wurde nun endlich der Dschungel geliefert. Er hatte ihn selbst in Borneo ausgesucht und alles für die Verschiffung veranlasst. Der Wald kam in ganzen Stücken zu je fünf Quadratmetern, inklusive Erde und Wurzelwerk. Das Projekt hatte nur einmal auf der Kippe gestanden, als die Malaien völlig entnervt behauptet hatten, es gelänge ihnen nicht, das dornige Gestrüpp der Rotangpalmen an den Abbruchkanten zu entwirren. Sie würden die Wurzeln jetzt abhacken. Saalfeld hatte daraufhin mit dem Entzug des Auftrags gedroht, und schließlich klappte doch alles zu seiner Zufriedenheit. Das Teuerste war die Charter der Containerschiffe, die extra mit Gewächshäusern ausgestattet werden mussten. Und natürlich die Gelder für die Behörden vor Ort. Nasenaffen waren nicht einfach so zu haben. Einige Rechnungen waren noch offen, und das gesamte Projekt war gefährdet, wenn er seinen Job verlor.

Ein Fenster mit dem Wort *Fertig* klappte auf dem Bildschirm auf. Saalfeld schloss die Augen, öffnete sie wieder und ließ sich die Details anzeigen: *Sechs unbekannte Mutationen.* Im ersten Moment war er erleichtert. Es gab also unbekannte Mutationen. Aber gleich sechs! Damit hatte er nicht gerechnet. Wieso hatte er das nicht in Betracht gezogen? Er würde Tests machen müssen. Richtige Forschungen unternehmen. Sollte er sich bei Kollegen Unterstützung holen? Er kannte sich mit Genen aus, aber ob sein Wissen ausreichen würde? Immerhin lag er gut in der Zeit. Heute war Dienstag, und Bergers Frist lief erst in neun Tagen ab. Und überhaupt, zum Teufel mit Berger! Wenn er die Formel erst einmal gefunden hatte, wäre er so oder so ein reicher Mann. Vorerst keine weiteren Mitwisser, entschied er. Zu heikel.

Das Ganze war ohnehin schon ziemlich riskant geworden. Wim und sein Kollege hatten es nur mit äußerster Mühe geschafft, die Jugendlichen wieder in das Verlies zu sperren. Und das auch nur, weil die Batterie der Fernbedienung aus dem Kontakt gerutscht war und das Mädchen die Tür nicht schließen konnte. Seither war niemand mehr am Verlies gewesen, und das würde auch so bleiben. Er hatte sowieso viel zu lange gezögert. Eigentlich hätte er die beiden Jugendlichen direkt aus dem Weg schaffen müssen, sobald er das Blut gehabt hatte. Aber man hatte ja auch Gefühle. Und dann auch noch den Sohn des Kochs, den er hatte aufwachsen sehen. Jetzt hatte er jedoch keine andere Wahl mehr, er musste die beiden loswerden. Und das Verlies war ein geeigneter Ort. Niemand würde die Jugendlichen je dort finden.

Die Dinge hatten ihre eigene Dynamik entfaltet. Zunächst hatte er sich nur eine Blutprobe von dem Mädchen besorgen wollen. Dann hatte er den Jungen mit einkassieren müssen. Schließlich hatte Jonah im Auto durchblicken lassen, dass er wusste, wer die Entführer waren, und da hatte er die Jugendlichen natürlich nicht mehr freilassen können. Aber jetzt musste er sich auf seine Forschungen konzentrieren.

Durst

Jonah stand auf, um sich zu bewegen. Seine Beine waren steif vom vielen Sitzen. Gleich mit dem ersten Schritt stieß er an eine leere Sprudelflasche. »'tschuldigung«, murmelte Jette, die auf dem Boden saß und wieder ganz in das Elektrizitätsbuch vertieft war. Seit ihrem missglückten Ausbruchsversuch brütete sie über dem Text und fragte sich, was sie falsch gemacht hatte. Warum hatte es nur einen kleinen Kurzschluss gegeben? Warum war der Entführer nicht richtig unter Strom gesetzt worden? Wie durch ein Wunder hatte Jette die Lampe wieder reparieren können. So hatten sie jetzt wenigstens Licht.

»Kein Problem mit den Flaschen«, sagte Jonah. Es war wirklich bemerkenswert, wie schlampig Jette war. Selbst die wenigen Gegenstände, die sie hier zur Verfügung hatten, reichten aus, um den Raum in ein heilloses Chaos zu stürzen. Wenn Jette sich zum Schlafen auszog, ließ sie ihre Klamotten immer dort fallen, wo sie gerade stand. Und wenn sie tagsüber die Isomatten an die Wand stellte, um etwas mehr Platz zu haben, ließ sie die Decken mit Sicherheit an verschiedenen Stellen im Raum zerknüllt liegen. Früher war Jonah auch unordentlich gewesen. Aber seitdem er blind war, räumte er alles akkurat auf. Sonst fand er nichts wieder.

Er fing mit ein paar leichten Turnübungen an, und sofort wurde ihm schwindelig. Sein Kreislauf machte nicht mehr richtig mit. Und das nach nur zwei Tagen im Verlies ohne ausreichend Wasser. Der Durst, den er inzwischen verspürte, hatte etwas Wildes, fast schon Animalisches an sich. Die Entführer hatten sie nach ihrem Ausbruchsversuch mit drei

Wasserflaschen und vier Brötchen wieder eingesperrt. Die erste Flasche hatten sie noch in der Nacht getrunken. Aber bereits am nächsten Morgen war ihnen mulmig zumute gewesen, und seither behandelten sie das Wasser wie eine Kostbarkeit. Sie gönnten sich nur ein paar Schlucke am Tag, und das war zu wenig. Wenigstens war es im Verlies nicht so heiß wie im Tropenhaus. So würde ihr Körper nicht ganz so viel Wasser brauchen.

Am Tag nach ihrem Fluchtversuch hatten sie noch damit gerechnet, dass gleich die Tür aufgehen und irgendjemand Anweisungen brüllen würde. Aber es war niemand gekommen. Sie wussten nicht, ob das gut oder schlecht war. Die Entführer lechzten wahrscheinlich nach Rache. Es war der Blonde gewesen, der sie, noch deutlich mitgenommen, mit vorgehaltener Pistole gezwungen hatte, wieder in das Verlies zu gehen. Wim Tanner war völlig ausgeschaltet gewesen. Wenn Jette es doch nur geschafft hätte, ihm die Pistole abzunehmen. Wenn das mit dem Strom funktioniert hätte. Wenn die Tür zugegangen wäre … Aber diese Überlegungen führten zu nichts.

Er zwang sich, die Übungen weiterzumachen. Wahrscheinlich war die Anstrengung in ihrer Lage nicht einmal gesund, aber wenn er sich bewegte, ging es ihm besser. Er lief zwei Runden auf Zehenspitzen mit den Armen in der Höhe. Dann zwei Runden in der Hocke. Sein Körper klebte vor Schweiß. Gewaschen hatten sie sich überhaupt nicht mehr, seit die Männer da gewesen waren. Sie hatten kein Wasser mehr zum Waschen. Jonah dehnte noch seine Beinmuskulatur und die Schultern. Neben sich hörte er, wie Jette eine Seite umblätterte. Auch sie trank zu wenig. Ihre Körpertemperatur war bereits erhöht. Das hatte er am Morgen gemerkt. Sie war regelrecht ausgeflippt und hatte mit den Fäusten gegen die Wand getrommelt. Er war zu ihr hingegangen, hatte sie von der Wand weggeholt, sie auf den Boden gesetzt und seinen Körper schützend um sie gelegt. Sie hatte geweint und war dann in seinen Armen eingeschlafen. Als sie aufgewacht war, schien sie immer noch sehr warm zu sein – zu warm.

Jonah stieß mit dem Fuß an einen Stuhl. Er wusste nie, wo die Stühle gerade standen. Wenn Jette einen benutzte, war er danach immer woanders, doch das störte ihn nicht. Er hob den Stuhl hoch, drehte ihn um und legte sich die Lehne aufs Kinn. Dann ließ er ihn los und stand freihändig mit dem Stuhl auf dem Kinn im Raum. Es klappte ganz gut, und das nach nur anderthalb Tagen üben. »Nicht schlecht«, kommentierte Jette aus ihrer Ecke. Er ließ den Stuhl zu Boden gleiten und führte ihr sein Fortgeschrittenen-Kunststück vor, das Gleiche mit zwei übereinanderstehenden Stühlen. Für einen Augenblick gelang es ihm. Dann gab es ein lautes Poltern, er strauchelte, stürzte und war kurz darauf unter dem Mobiliar begraben.

Jette räumte die Stühle zur Seite. Sie weinte lautlos, doch er merkte es trotzdem. Wenn sie weinte, ging ihr Atem anders. Ruckartiger und lauter. Er strich ihr übers Gesicht. Überall waren Tränen. Und wieder war sie viel zu warm.

»Deine Brille ist ja kaputt«, sagte sie. Sie war ihm bei dem Sturz von der Nase gefallen und lag irgendwo auf dem Boden. Es war ihm egal. Er wandte ihr sein Gesicht zu. »Du hast schöne Augen«, sagte sie unsicher. »Sie sind blau.« Dann entdeckte sie seine Brille. Ein Glas war herausgefallen, aber noch ganz. Sie versuchte, es wieder einzusetzen, doch es gelang ihr nicht. »Schlimm?«, fragte sie.

Er schüttelte den Kopf.

»Und?«, sagte sie. »Wie ist es passiert?«

»Was?«, fragte er, obwohl er genau wusste, was sie meinte.

»Deine Augen.«

Er brauchte etwas Zeit, um zu antworten. »Ein Laster«, sagte er dann. Mehr brachte er nicht heraus.

»Ja, und?«, fragte sie nach einer Weile ermunternd.

Er musste ihr mehr erzählen, das war klar. Immerhin hatte er ihr vorgeworfen, sich nicht für seinen Unfall zu interessieren.

»Ich war mit dem Fahrrad unterwegs.« Sein Mund brannte. »Ich ...« Er verschluckte sich fast. »Ich bin ganz normal gefahren. Es war eine gerade Straße. Keine Kurve. Ein Laster hat mich überholt. Er fuhr viel zu nah an mir vorbei.«

»Und dann?«

»Was, und dann?«

»Der Unfall?«

»Was willst du denn noch hören?«, fragte er unwirsch. »Ich konnte nicht auf den Bürgersteig ausweichen. Der Bordstein war viel zu hoch. Ich wäre sofort gestürzt. Also bin ich weitergefahren. Ich dachte schon, ich hätte es geschafft, aber der Laster hatte einen Anhänger. Und der Windsog von dem Anhänger hat mich ins Trudeln gebracht. Ich hab noch versucht, trotz der hohen Kante auf den Bürgersteig zu fahren, aber da ist das Rad schon durch die Luft geflogen. Das ging alles ganz schnell. Ich hab das gar nicht richtig gemerkt. Es war eine irrsinnige Wucht dahinter. Mehr weiß ich nicht mehr.« Er sah den Bordstein wieder vor sich, den er hatte hochfahren wollen. Ein rotbrauner Bordstein mit einer abgebrochenen Kante, voller Dreck und Staub. Und ein Kaugummi hatte da gelegen. Rosafarben und angekaut, mit dem Abdruck der Zähne in der formbaren Masse. Das Kaugummi war das Letzte gewesen, was er gesehen hatte.

»Und wieso die Augen?«, fragte sie.

»Ich hab mich beim Sturz am Kopf verletzt. Es war sogar etwas gebrochen. Und dabei wurden die Sehnerven abgeklemmt. Beide.«

»Wirst du irgendwann wieder sehen können?«

»Vielleicht ... Vielleicht auch nicht.«

Die Ärzte hatten ihm gesagt, dass die Sehnerven die Bilder von den Augen ins Gehirn transportieren. Wenn die Sehnerven kaputt sind, kommt im Gehirn nichts mehr an. Sehnerven wachsen nicht nach, hatten sie gesagt. Und künstlich könne man sie nicht herstellen. Seine Eltern hatten ihn zu einer ganzen Armada von Ärzten geschleppt. Keiner konnte ihm helfen, aber dafür hatten fast alle ungefragt einen guten Ratschlag auf Lager gehabt in der Art von »Gewöhn-dich-möglichst-schnell-daran-da-kann-man-eh-nichts-ändern«.

»Du hast überlebt«, sagte Jette. »Und du hast keines dieser Schädel-Hirn-Traumata. Ich bin froh, dass du lebst und dass du jetzt hier bist.« Ihre Stimme war freundlich, ehrlich. Wie die eines guten Freundes. Es versetzte ihm einen Stich.

Dann sagte sie abrupt: »Jo, wir müssen hier raus.«

Der Themenwechsel kam ihm viel zu schnell. »Du hast recht«, antwortete er und versuchte, sachlich zu klingen. Was hatte er erwartet? Dass sie in Tränen aufgelöst seinen Schilderungen lauschen würde? Dass sie ihn beglückwünschen würde, wie gut er als Blinder zurechtkam? Er riss sich zusammen. Eine Blöße wie am ersten Tag ihrer Gefangenschaft, als er sich vor ihren Augen hatte gehen lassen, wollte er sich nicht noch einmal geben. Das Problem war, er hatte einfach keine Idee, wie sie aus dem Verlies herauskommen sollten. Sie hatten bereits alle Wände abgesucht und nichts gefunden, was ihnen hätte helfen können. Kein Täfelchen zum Wegschieben, keinen Knopf zum Draufdrücken. Nichts. Sie hatten sogar die Steckdose im Dunkeln abmontiert und sie wieder eingesetzt, als ihnen nichts mehr einfiel.

»Vielleicht sollten wir das Gebläse ausbauen«, sagte Jonah langsam. Das hatten sie sich bisher nicht getraut. Der kleine rechteckige Kasten pumpte schließlich Sauerstoff in ihren Kerker, und sie hatten nicht vor, sich die Atemluft abzudrehen. Wenn das Gebläse aus war, weil Jette so wie jetzt die Steckdose für die Lampe nutzte, wurde es bereits nach einer halben Stunde stickig, und sie machten es dann jedes Mal schnell wieder an. Sie hatten keine Ahnung, wie das Gebläse technisch funktionierte. Der Ausbau wäre also ein echtes Wagnis. Vielleicht wäre der Raum dann hermetisch abgeschlossen, und das Gebläse ließe sich nicht wieder richtig einsetzen. Aber möglicherweise steckte es auch einfach in einem Loch in der Wand, und wenn sie es ausbauten, hätten sie eine Öffnung ins Freie.

»Okay«, sagte Jette entschlossen.

»Wir stellen das Gebläse noch einmal an, bevor wir es rausnehmen«, sagte Jonah. »Dann haben wir für eine Weile genug Luft.«

Jette stöpselte die Kabel um. Als sie die Lampe ausmachte, setzte sie ihre Arbeit im Dunkeln ohne Unterbrechung fort. Sie kommt schon gut im Dunkeln zurecht, dachte Jonah freudlos.

»Eine Viertelstunde?«, fragte sie.

Er nickte. Sie setzten sich schweigend nebeneinander auf die Isomatten. Das Gebläse brummte. Jonah fiel zum ersten Mal bewusst auf, dass er atmete. Er lebte, weil er atmete. Oder atmete er, weil er lebte? Die Zeit dehnte sich, während sie darauf warteten, dass der Raum mit ausreichend Sauerstoff gefüllt war.

Endlich standen sie auf. Jette machte wieder Licht, stellte einen Stuhl unter das Gebläse und kletterte hoch. Jonah hörte, wie sie an dem Gerät herumfuhrwerkte.

»Kann man das Gehäuse einfach so abheben?«, fragte er.

»Nee«, sagte Jette, »ist angeschraubt.« Sie suchte in ihren Hosentaschen nach dem Draht, mit dem sie schon die Lampe aufgeschraubt hatte. Nach ein paar Minuten hatte sie das Gehäuse aus der Verankerung gelöst und reichte es Jonah.

»Hier ist noch ein Filter«, sagte sie. »Den nehm ich auch noch raus.« Sie klang jetzt nervös. Jonah hoffte, dass sie nichts überstürzte und dabei einen Fehler machte. Doch der Filter war im Nu ausgebaut, und plötzlich rief Jette aufgeregt: »Da ist ein Rohr! Und es kommt ein bisschen Licht herein! Aber das Rohr ist außen irgendwie zu. Vielleicht Lamellen. Ich versuch, sie wegzudrücken. Mein Arm passt durch.« Sie hantierte mit ihrem Arm in dem Rohr herum. »Jo!«, rief sie jubelnd. Aber er wusste es schon. Frische Luft wehte herein. »Hier ist ein Loch in der Wand!« Sie war begeistert. »Ich kann den Himmel sehen. Ich muss nur meinen Kopf schief legen. Es wird gerade dunkel. Und es ist bewölkt, aber nur ein bisschen. Ich sehe einen Vogel ...« Sie redete ohne Punkt und Komma. »Schnell, gib mir was zum Rauswerfen.«

Er reichte ihr seine kaputte Brille. »Das ist gut«, sagte sie anerkennend. Sie konnte sich von ihrem Ausguck kaum losreißen, doch irgendwann sprang sie hinunter und umarmte Jonah. Sie glühte fast.

»Hier, Jella, trink was«, sagte Jonah besorgt.

Sie nahm einen Schluck.

»Noch einen.«

»Später.«

»Nein, jetzt«, beharrte er. »Du musst trinken.«

Sie trank noch einen Schluck.

Dann kletterte sie wieder auf den Stuhl. »Jo, da ist schon ein Stern! Und ein Flugzeug. Wenn ich eine Sternschnuppe sehe, wünschen wir uns was, okay? Und riechst du das? Da hat jemand eine Wiese gemäht.« Sie war so fröhlich, als wären sie schon frei.

Irgendwann an diesem Abend legten sie sich schlafen und lauschten gemeinsam in die Stille, die keine mehr war.

Ein Hahn krähte. Um diese Zeit!, dachte Jonah. Seltsam. In der Ferne sprang ein Auto an. Das Gelächter von Menschen schallte durch die Nacht. Jonah zuckte zusammen. Sie mussten hier raus – und zwar schnell. Das Wichtigste war, dass sie sich irgendwie bemerkbar machten. Vielleicht konnten sie auch eine Fahne aus dem Loch hängen. Zum Beispiel mit Kleidern von ihnen an einem Stuhlbein.

»Weißt du, was wirklich gemein daran ist, dass du blind bist?«, riss Jette ihn aus seinen Überlegungen.

»Nein«, murmelte Jonah.

»Dass du mich nicht sehen kannst!«

Das ist ja wohl die Höhe, dachte er.

»Ich bin hübsch.«

»Ich weiß.«

»Ja, aber du siehst mich gar nicht. Für dich bin ich völlig unsichtbar. Ehrlich gesagt ist das für mich ziemlich ätzend.«

Da beugte er sich über sie und küsste sie. Sie hielt ihren Mund geschlossen und bewegte sich nicht. Ihre Lippen waren trocken und rissig, und sehr weich. Sie hatte rote Lippen, das spürte er. Sein Gesicht war ganz nah an ihrem, und ihr warmer Atem zog an ihm vorbei. Ihr Herz schlug laut. Er küsste sie noch einmal.

»Jo«, sie setzte sich auf, »ich trau mich nicht.«

Er war verblüfft. Hatte sie etwa noch nie einen Jungen geküsst?

»Du musst doch gar nichts machen«, sagte er. Etwas Klügeres fiel ihm in diesem Augenblick nicht ein, aber das war egal. Er wusste plötzlich, dass er genau das Richtige tat. »Komm, leg dich wieder hin.«

Er zog sie an sich und umfasste ihren Körper. Gesicht an Gesicht, Bauch an Bauch, Beine an Beinen, so blieben sie liegen. Sie war heiß und roch sehr nach Jette. Ihr Herz schlug direkt an dem seinen, und Jonah wartete, ob sich ihre Herzschläge angleichen würden. Aber die Herzen scherten sich nicht umeinander. Er hielt sie noch etwas stärker fest und stieß sich dann mit den Füßen leicht von der Wand ab, um mit ihr im Arm durch den Raum zu rollen. Aber natürlich war dafür nicht genug Platz, die nächste Wand war nur eine halbe Umdrehung entfernt. Jetzt lag sie auf ihm. Er fasste ihr ins Haar. Erst in die vollen Locken, dann an den Haaransatz. Er hielt sie fest. Und da beugte sie sich zu ihm hinab und küsste ihn. Länger, als er sie geküsst hatte. Sie gehört zu den Mädchen, die immer das letzte Wort haben, dachte er.

Sie richtete sich auf und sagte: »Ich seh dich ja gar nicht.«

»Ich dich auch nicht«, sagte Jonah.

Sie ging zu der Lampe, machte sie an und legte sich wieder zu ihm.

»Das ist viel zu hell«, sagte sie kurz darauf.

»Ja, find ich auch.«

Sie knipste die Lampe wieder aus.

Er küsste sie. Auf ihre Nase. Ihre Wangen. Auf die kleine Narbe am Arm, wo sie in jener Nacht am See gebissen worden war. Auf ihre Augen. Sehende Augen. Dann küsste sie ihn auch auf seine Augen. Es war ein Kuss, der Blinde wieder sehend macht. Also öffnete er seine Augen und erwartete, sehen zu können. Aber alles war dunkel wie immer.

»Du bist das Beste, was mir je passiert ist«, sagte er.

»Titanic?«, fragte sie belustigt. »Oder Silbermond?« Sie summte ein paar Takte eines Liedes, das er nicht kannte, hörte aber gleich wieder auf, weil sie die Melodie nicht halten konnte.

»Ich mein es ernst«, sagte er.

»Ohne mich wärst du jetzt nicht in diesem Verlies«, wandte sie ein. »Vielleicht sterben wir hier.«

»Ja, aber davor wollte ich eigentlich gar nicht mehr leben.«

»Jetzt wirst du vielleicht sterben.«

»Ich sterbe lieber, obwohl ich leben will, als dass ich lebe, obwohl ich sterben möchte.«

»Aha«, sagte sie und legte ihm die Hand auf den Mund. Plötzlich hielt sie inne und stützte sich auf.

»Was ist?«, fragte Jonah.

»Mir ist schwindelig.«

»Trink was.« Er suchte nach der Wasserflasche.

»Ist schon vorbei.«

Er reichte ihr die Flasche. »Mach schon.«

Sie trank zwei Schlucke.

»Mehr.«

Sie trank noch zwei.

»Mehr.«

Sie schüttelte den Kopf und stellte die Flasche weg. Dann legte sie ihren Kopf auf seinen Bauch und ließ ihre Hände unter seinem T-Shirt nach oben wandern. »Wozu sind eigentlich die da?«, fragte sie und stippte an seine Brustwarzen. Sie war frech. Aber dann fand er den Riss in ihrer Bluse, von dem sie gesprochen hatte. Eine aufgeplatzte Naht an der Seite. Mindestens fünfzehn Zentimeter lang. Und da legte er seine Finger hinein. Erst den Mittel- und Zeigefinger, dann die ganze Hand. Er fuhr sacht über die nackte Haut unter ihrer Bluse. Um ihren Bauchnabel herum hatte sich eine Gänsehaut gebildet. Sie sagte nichts mehr.

»Einen Vorteil hat es, dass wir hier sind«, flüsterte er.

»Ach ja? Und welchen?«, fragte Jette.

»Wir sind ganz allein.«

»Na toll.«

»Ich weiß noch einen«, sagte Jonah. »Wir werden nicht gestört.«

Er drehte sie auf den Rücken und beugte sich über sie. Er war stärker als sie. Es war ein schönes Gefühl, stärker zu sein. Er legte sich ganz auf sie und stützte sich so ab, dass sich ihre Körper etwas berührten. Von oben hätte man nur ihn gesehen. Jette war ganz unter ihm verschwunden. Er zeichnete mit seinen Fingern ihre Lippen nach. »Jo«, sagte sie unsicher. Das sollte heißen: Kannst du mich nicht rauslassen? Er verstand es sehr wohl, dachte aber nicht daran. Sie war unvorsichtig, öffnete den Mund, und er legte seinen Finger hinein. Das war verboten. Er wusste es. Er spürte ihre harten, glatten Zähne, die weiche, feuchte Haut im Innern ihrer Wangen. Nur ihre Zunge war verschwunden, die hatte sie versteckt. Plötzlich biss sie ihn in den Finger, und im gleichen Augenblick presste sie ihre Beine zusammen. Jonah blieb liegen und dachte nur: Hoffentlich macht sie das noch mal. Er ließ sie nicht mehr los. Und was jetzt im Einzelnen geschah, hätte er im Nachhinein nicht mehr sagen können. Sein Mund spürte ihren Körperformen nach. Seine Nase versuchte möglichst viel von dem Jette-Geruch nach Erde und Pfefferminz einzusaugen. Seine Hände flossen über ihren Körper. Sie drängte sich an ihn, bis fast alle Wölbungen ihrer Körper in irgendeiner Kuhle untergebracht waren. Sie wand sich unter seinen Berührungen und fasste ihn so an, als gehörte sein Körper ihr. Sie zählte seine Zehen und erwartete anscheinend ernsthaft, eine andere Zahl als zehn zu erhalten.

Irgendwann zog er endlich sein viel zu kleines T-Shirt aus und setzte sich ihr mit nacktem Oberkörper gegenüber.

»Und?«, sagte sie neckisch. »Wie viele Haare hast du auf der Brust?«

»Weiß nicht«, sagte er. »Kannst ja zählen.«

»Eins, zwei, drei, vier …«

Rechts von sich hörte Jonah ein leises Scharren.

»... neun, zehn, elf, zwölf«, zählte Jette. »Zwölf Stück!«

»Stimmt nicht«, sagte Jonah. »Das sind mehr. Du musst besser zählen. Komm näher ran.« Er nahm ihr Gesicht in beide Hände und drückte es an seine nackte Brust. Er spürte ihre Wimpern, die an seiner Haut vorbeistrichen. Ihre Nasenflügel, die sich blähten. Ihren warmen Atem. Sie öffnete ihren Mund und küsste ihn auf die Brust.

Das Scharren wurde lauter.

Sie drehte sich zur Seite.

»Jo, die Tür geht auf!«

Jetzt hörte er es auch. Die Tür schwang zur Seite.

»Du hast doch gesagt, uns stört hier niemand«, sagte sie vorwurfsvoll. Sie meinte es völlig ernst.

»Hallo?«, fragte eine Mädchenstimme von draußen.

»Klara!!«, rief Jette. Alle Freude der Welt lag in diesem Ausruf. So hatte er sie noch nie erlebt.

»Äh ...« Das Mädchen wirkte peinlich berührt. Die Situation war eindeutig.

»Was ist denn?«, fragte eine andere Mädchenstimme von außen.

»Charlie!« Wieder ein entzückter Ausruf von Jette.

»Sollen wir lieber ...«, sagte das erste Mädchen unsicher, »... später wiederkommen?«

»Nein, bloß nicht!« Jette lachte und löste sich scheinbar ohne jedes Bedauern aus seiner Umarmung. Sie ordnete kurz ihre Kleidung, und schon war sie draußen.

Freundinnen, dachte Jonah, na super. Ohne sich sonderlich zu beeilen, kroch er aus dem Verlies. Die Wärme im Tropenhaus schlug ihm wie eine Wand entgegen.

»Hey, Alter!« Da war auch Dukie. Er wirkte etwas verlegen und klopfte ihm gleich mehrmals auf die Schulter. Jonah wurde schummrig zumute, und er musste sich setzen. Jette hingegen schien topfit und total aufgedreht. Sie und ihre Freundinnen standen etwas abseits, unterhielten sich im Flüsterton, und hin und wieder hörte Jonah sogar ein unterdrücktes Lachen. Es fielen Wörter wie »Einraumappartement« und »modisches Event«. Jette spielte die Entführung herunter, was ihn irgendwie ärgerte.

Nicht weit entfernt hörte er das Rauschen der Berieselungsanlage und merkte, wie durstig er war. Dukie brachte ihm die letzte Sprudelflasche aus dem Verlies, und weil Jette nichts abhaben wollte, trank er sie aus. Die Mädchen erzählten Jette, wie sie sie gefunden hatten. Ob im Tropenhaus Licht sei, wollte Jonah wissen. »Ja, wir mussten unten eine Lampe anmachen«, sagte Dukie. »Wir haben leider nicht daran gedacht, Taschenlampen mitzubringen. Wir sollten schnell abhauen.«

»Jo«, sagte Jette und kam auf ihn zu, »das sind Klara und Charlie, meine Freundinnen.«

»Hallo«, sagte das Mädchen, das zuerst am Verlies gewesen war. Wahrscheinlich hielt sie ihm in diesem Moment die Hand hin, aber das war nicht sein Problem. Er war müde.

»Hallo«, sagte das andere Mädchen. Sie hatte eine hohe Stimme und war etwas zurückhaltend.

»Ich bin Jonah«, sagte er und drehte seinen Kopf freundlich in Richtung der Mädchen.

»Jo«, sprudelte Jette heraus, »Wim Tanner hat deinem Freund erzählt, dass er und der andere Entführer sich *im Tropenhaus* verletzt haben. Dein Freund hat sofort gecheckt, dass sie mit uns gekämpft haben müssen. Charlie und Klara haben dann mit ihm zusammen das ganze Tropenhaus nach uns abgesucht, aber nichts gefunden. Und dann hat dein Freund heimlich die Baupläne besorgt. Und auf denen war das Verlies tatsächlich eingezeichnet! Und zwar mit einem Knopf, der die Schiebetür von außen öffnet. Den haben die Entführer nie benutzt, als wir dabei waren. Der ist hier unter der Holzverkleidung versteckt! Was sagst du dazu? Und sie haben auch eine Leiter besorgt.«

Jonah nickte matt.

»Gehen wir!«, sagte Jette und stürmte zum Rand des Hochsitzes. »Wer hält die Leiter?«

»Ich«, sagte Dukie und folgte ihr.

Jonah machte ebenfalls ein paar Schritte in die Richtung.

»Komm«, sagte das Mädchen mit der hohen Stimme. »Ich führe dich.«

Jette war schon auf der Leiter. Jonah hörte das Knarren der Sprossen. Er machte sich Sorgen. Vorhin war ihr noch schwindelig gewesen, und jetzt flitzte sie die Leiter hinunter wie ein Eichhörnchen einen Stamm. Hoffentlich kam sie gut unten an.

»Ich geh als Nächster«, erklärte Jonah.

»Okay«, sagte Dukie.

Das Mädchen führte Jonahs Hand an die Leiter. »Schaffst du das?«, fragte sie.

Die Leiter reichte ihm bis zur Brust und schien nur an den Hochstand angelehnt zu sein. Hoffentlich hielt Dukie sie auch wirklich fest. Jonah fuhr mit den Händen über das Holz. Die Leiter wirkte stabil und hatte eine normale Größe. Entschlossen setzte er seinen Fuß auf die erste Sprosse. Verdammt, dachte er, ich hab meine Schuhe gar nicht angezogen. Er würde sie später holen. Auf der zweiten Sprosse wurde ihm schlecht. Er hielt kurz inne und atmete tief ein und aus. Dann ging es wieder. Der Abstieg dauerte ewig. Was alles noch schwerer machte, war, dass er dauernd seine zu weite Hose wieder hochziehen musste. Er versuchte, dabei keine allzu lächerliche Figur abzugeben. Die drei anderen warteten bestimmt oben und schauten ihm zu. Er spürte Jettes schnelle Schritte weit unten auf der

Leiter. Dann ihren Sprung auf den festen Boden. Sie hatte es geschafft. Schließlich war auch er fast unten angelangt.

Jette rief ihm vergnügt zu: »Hier ist ganz viel Wasser! Eine Dusche!« Sie hatte sich wohl unter eine Berieselungsanlage gestellt. Er hörte das platschende Geräusch ihrer Schritte auf dem nassen Untergrund. »Nur noch vier Stufen!«, rief sie ihm zu.

Er machte eine kurze Pause und hörte ein Geräusch, das nicht hierhergehörte. Schritte. Ihm wurde auf einmal eiskalt. »Renn weg!«, rief er Jette zu. Fast im selben Augenblick hörte er einen Schlag. Ein dumpfer Aufprall auf einem Körper. Jette gab einen undefinierbaren Laut von sich. Es klatschte, als ihr Körper auf dem nassen Boden aufschlug.

»Ist was?«, rief eines der Mädchen von oben. Dann gab jemand der Leiter einen Stoß, und sie kippte um. Er versuchte noch, von der Leiter abzuspringen, um möglichst auf den Füßen zu landen, doch er verlor den Halt und schlug hart mit der Seite auf dem Boden auf. Die Schritte entfernten sich. Sie waren jetzt schwerer. Der Mann trug eine Last.

Jonah war nun hellwach. Er spürte keinen Schmerz. Weder von dem Sturz noch von den Entbehrungen der vergangenen Tage. Er war jetzt ein Jäger. Ein blinder Jäger. Lautlos folgte er dem Geräusch der Schritte, indem er sich mit seinen Händen und Füßen vorwärtstastete. Beim Gehen hob er die Füße hoch in die Luft, damit sie sich nicht im Wurzelwerk verfingen, und setzte sie sacht auf dem unbekannten Boden auf. Wenn er auf ein Hindernis stieß, betastete er es und glitt an ihm vorbei. Seine ganze Aufmerksamkeit war auf das Geräusch vor ihm gerichtet. Es war Wim Tanner. Der leichte Geruch nach Fledermäusen machte jeden Zweifel unmöglich. Als der Mann die Tür zum Tropenhaus öffnete, duckte sich Jonah hinter einen Busch. Dann folgte er ihm.

Die Luft draußen schlug ihm kühl entgegen. Er registrierte es kaum. Wim Tanners Schritte knirschten auf dem Kiesweg. Er ging zum Parkplatz. Jonah lief ihm auf dem Grasstreifen neben dem Weg hinterher. Als Wim Tanner über den offenen Parkplatz ging, blieb er in sicherer Entfernung stehen. Dann wurden zwei schwere Autotüren geöffnet, wie sie an den Ladeflächen von Lieferwagen oder Lastern zu finden sind, und Jonah hörte, wie Wim Tanner keuchend ins Innere des Autos kletterte. Jetzt rannte Jonah los. Es war ein Lauf ins Nichts. Er hielt seine Arme weit vorgestreckt, erwartete aber dennoch, jeden Moment über einen Poller oder einen großen Stein zu stürzen. Aber nichts dergleichen geschah. Als das Auto nicht mehr weit weg sein konnte, verlangsamte er seinen Lauf. Er tastete sich vor und stieß tatsächlich auf einen Lieferwagen. Die Ladetüren standen immer noch offen. Wim Tanner war im Innern des Autos verschwunden und ächzte dort laut. Wahrscheinlich legte er Jette gerade auf dem Boden ab. Ob das Auto innen dunkel war? Stockdunkel?

Jonah kletterte geräuschlos in den Wagen hinein und zog die Tür schnell hinter sich zu. Er war jetzt mit Wim Tanner und Jette allein im Auto. Hoffentlich ist es dunkel und er kann nichts sehen, betete Jonah. Im Wagen war es still. Wim Tanner rührte sich nicht. Nur sein pfeifender Atem war zu hören. Er wartet ab, ob ich ein Geräusch mache, dachte Jonah. Damit er weiß, wo sein Gegner ist. Er sieht wirklich nichts! Sonst hätte er längst angegriffen. Aber wo war Jette? Warum hörte er sie nicht atmen? Plötzlich hörte Wim Tanners pfeifendes Atemgeräusch abrupt auf. Ob sich die Augen des Mannes bereits an die Dunkelheit gewöhnt hatten? Vielleicht fiel doch etwas Licht in den Laderaum? Und wenn Wim Tanner irgendwo eine Lampe hatte? Jonah blieb nicht viel Zeit. Er schlich auf Wim Tanner zu. Seine nackten

Füße verursachten keinerlei Geräusch. Es waren nur drei, vier Schritte, die ihn von dem Mann trennten. Jonah wusste genau, wo Wim Tanner stand – er konnte ihn riechen. Wie ein Hund bewegte er sich nach rechts und links schnüffelnd vorwärts, dem Geruch von Schweiß, Fledermäusen und Adrenalin folgend. Als Wim Tanner zum Greifen nahe vor ihm stand, blieb er stehen. Der Mann schien ihn nicht zu sehen. Er reagierte überhaupt nicht. Jonah hörte Wim Tanners Schlucken, das Knacken seines Kiefers, sogar einen leisen Furz. Aus dem Mund des Mannes drang der Geruch von Tomatensoße mit Oregano. Jonah hörte Wim Tanners Herz schlagen. Oder war es sein eigenes? Jonah schloss die Hand zur Faust und schlug zu. Er traf Wim Tanner seitlich am Hals. Das Gewebe war weich und sehnig. Der Mann taumelte zurück. Verdammt! Er hatte den Kehlkopf treffen wollen, doch das war nicht gelungen. Wim Tanner brüllte dennoch vor Schmerz auf und sank zu Boden. Dort blieb er röchelnd liegen. Jonah bückte sich, tastete nach dem Kopf des Mannes, hielt ihn mit einer Hand fest und schlug erneut zu. Wieder in den Hals. Auch diesmal traf er nicht genau den Kehlkopf. Aber unter seinem Schlag sprang eine Sehne weg. Er schlug noch ein drittes Mal zu. Und traf den Kiefer. Als er seine Faust dieses Mal zurückzog, war sie feucht und klebrig. Schnell fand er Jette, hob sie auf und kletterte mit ihr aus dem Wagen. Sie atmete. Er hievte sie sich über die Schultern. Jetzt musste er nur den Weg nach Hause finden.

Es gab einen kleinen unbefestigten Pfad, der über den Acker zur Villa führte. Er hatte alles im Kopf. Zuerst musste er links über den Parkplatz. Er ging los. Seine Hände, mit denen er Jette trug, fehlten ihm zum Tasten. Mit den Füßen suchte er nach der Einmündung des kleinen Weges und fand ihn. Jette war bei ihm. Er würde alles für sie tun. Er hatte das Gefühl, sie bis ans Ende der Welt tragen zu können. Ihr

Kopf lag auf seiner Brust und baumelte beim Gehen leicht hin und her. Wasser tropfte von ihren Haaren, und auch ihre Kleider waren von der Berieselungsanlage komplett durchnässt. Er versuchte, ihren Kopf festzuhalten, was ihm allerdings nicht gelang, weil er beide Arme brauchte, um sie überhaupt tragen zu können.

Sie kamen an den Teil des Ackers, auf dem sein Vater Kartoffeln anbauen ließ. Jonah hörte das leise Rauschen des Windes in den Stauden. Es roch nach frischem Laub. Ob die Pflanzen blühten? Sie dufteten leider nicht, wenn sie blühten. Als Blinder war ihm die Kartoffelblüte abhandengekommen. Was ihm in dieser Situation durch den Kopf ging! Verrückt. In Gedanken blickte er in ein weiß-gelbes Blütenmeer. Für ihn blühten sie jetzt. Er lachte leise. Niemand konnte ihm vorschreiben, was er sah. Nicht einmal die Wirklichkeit.

Dann durchzuckte es ihn. Ob er Dr. Saalfeld geradewegs in die Arme lief? Immerhin war es seine Villa, zu der er gerade ging. Jonah blieb stehen. Plötzlich fühlte er sich schutzlos auf dem einsamen Feld. Wahrscheinlich war seine Silhouette noch aus Hunderten Metern Entfernung zu sehen. War die Nacht dunkel oder hell? War es bewölkt, oder war der Himmel klar? Jonah fröstelte. Dabei war es nicht einmal richtig kalt. Aber warm war es auch nicht. Was war das überhaupt für ein Wetter? Die Welt um ihn herum begann sich zu drehen.

Jette war schwer, er packte sie kaum noch. Und seine Füße begannen jetzt zu schmerzen. Er war barfuß über Kies gelaufen, mit ihr auf den Schultern. Kleine und große Kieselsteine hatten sich in seine Fußsohlen gebohrt. Und in seiner rechten Ferse war ein pochender Schmerz. Vielleicht ein Dorn.

»Jella«, sagte er leise. »Du musst aufwachen.« Er legte sie behutsam in das Gras am Wegrand und setzte sich neben sie.

»Wach auf«, sagte er noch einmal und strich ihr eine Haarsträhne aus dem Gesicht. Sie hatte Fieber. Sogar unter ihrer nassen, kalten Kleidung spürte er, dass sie glühte. Plötzlich fingen seine Hände an zu brennen. Brennnesseln. Hier war alles voller Brennnesseln. Jette atmete ruhig weiter. Sie reagierte nicht. Dann begann ihr Bein zu zucken. Es war ganz steif und zuckte. Er strich hilflos mit seiner Hand über ihre Haut. Ich muss sie verstecken und dann Hilfe holen, dachte er. Aber wo gab es hier ein Versteck? Er würde sie ein paar Meter neben dem Weg auf den Boden legen. Im Dunkeln würde man sie nicht sehen. Hoffentlich holte sie sich nichts, wenn er sie hier in ihren nassen Klamotten liegen ließ. In der Ferne hörte er eine Sirene. Sie kam näher. Die Polizei, dachte er erleichtert. Dukie hatte sein Handy dabeigehabt. Na klar.

Neben ihm knackte ein Ast.

Dann traf ihn ein harter Schlag, und er rang nach Luft.

Noch ein Schlag.

Jonah wurde ohnmächtig.

Wim Tanner, der Jonah trotz zweier angebrochener Halswirbel gefolgt war, hob Jette auf, warf sie sich über die Schultern und wankte mit ihr über den Acker fort.

Dritter Teil

Wim Tanner feiert Geburtstag

Wim Tanner saß auf der Familienveranda der saalfeldschen Villa und schenkte gerade Getränke ein. In das erste Glas füllte er einen Lowland Scotch, in das zweite einen Straight Bourbon und in das dritte einen japanischen Single Malt. Mit Whiskeys kannte er sich aus. Und was er in der Hausbar im Esszimmer gefunden hatte, konnte sich sehen lassen.

Heute war sein Geburtstag. Sein fünfunddreißigster. »Bedien dich«, hatte Kai Saalfeld gesagt und war dann in sein Arbeitszimmer verschwunden.

Das erste Glas, das er eingeschenkt hatte, war für ihn selbst. Das zweite und dritte für fiktive Gäste. Ein altes Spiel von früher. Am Morgen hatte ein Lieferant sogar noch einen Kasten besten Mineralwassers aus den schottischen Highlands gebracht. Es war also alles da, was man für eine Whiskeyparty brauchte. Eine der Frauen musste das Wasser noch vor ihrer Abreise bestellt haben. Regelrecht überstürzt hatten sie alle das Haus verlassen. Mit Ausnahme von Carmen. Die war schon seit geraumer Zeit nicht mehr da gewesen. Einige Tage nach ihrer Aussage bei der Polizei hatte sie sich heulend krankgemeldet. Wim Tanner hatte den Anruf in der Villa zufällig entgegengenommen. Jetzt waren nur noch er selbst, Kai Saalfeld und das Mädchen in der Villa.

Der kleine Verandatisch wackelte etwas, und er legte eine winzige Nacktschnecke, die gerade an seinen Füßen entlangkroch, unter eines der Tischbeine. Das Möbelstück drückte sich tief in den schleimigen Körper des Tieres und hatte jetzt Halt.

Die Abendsonne fiel warm auf sein Gesicht, als Wim Tanner in den Garten blickte. Zugegeben, es war riskant gewesen, in die Villa zurückzukehren. Aber es hatte geklappt. Seine Verkleidung hatte standgehalten. Jetzt, wo alles gut gegangen war, fand er den Schachzug genial. Niemand vermutete ihn hier. Die Polizei hatte das Haus gerade nach Strich und Faden durchkämmt. Draußen vor den Toren hingegen suchten sie das ganze Land nach ihm ab. Nicht ohne Grund hatten sich legendäre Mafiagrößen immer wieder in ihren Heimatdörfern versteckt. Dort fanden sie Unterstützung bei ihren Familien, und wenn die Polizei einen Ort einmal gut durchsucht hatte, wurde sie nachlässig. Der Mafiakiller Bernardo Provenzano zum Beispiel hatte alle an der Nase herumgeführt. Vierzig Jahre lang hatte er unbehelligt im Untergrund gelebt. Erst dann war er festgenommen worden, und zwar in seinem Heimatdorf Corleone auf Sizilien. Wim Tanner hatte nicht vor, denselben Fehler wie Provenzano zu machen. Er würde nicht zu lange am selben Ort bleiben. Sein Plan war, sich ein neues Versteck zu suchen, sobald es draußen etwas ruhiger geworden war. Bis dahin konnte er das Mädchen gut in der Villa unterbringen. Verstecke gab es genug. Von Zimmern im Haus, die niemand mehr nutzte und die mit Gerümpel vollgestellt waren, bis hin zu geheimen Kellerverliesen, die er im Laufe der Jahre eigenhändig angelegt hatte. Keinen Ort kannte er so gut wie die Villa, keiner war so verlässlich. Offiziell war es natürlich Kai Saalfelds Haus, doch Wim Tanner hatte es über die Jahre auf seine Art in Besitz genommen. Hier, an diesem Ort, im Auge des Orkans, fühlte er sich sicher. Wim Tanner beglückwünschte sich selbst zu der gelungenen Rückkehr.

Als er mit einem neu gekauften Gebrauchtwagen zur Villa gefahren war, hatte er das Mädchen im Kofferraum versteckt. Die Zivilbeamten am Eingang hatten ihn noch nicht mal angehalten.

Er hatte sich als älterer, südländischer Mann verkleidet und gab sich als der neue Gärtner aus. Der alte war flüchtig, hatte die Polizei erzählt. Er grinste beim Gedanken daran, wie leicht er die Beamten hatte täuschen können. Das Mädchen hatte er von der Garage aus unbemerkt ins Haus bringen können, denn in der Garage befand sich ein Aufzug, der bis hinauf ins Dachgeschoss fuhr, wo sie nun angekettet war.

Wim Tanner blickte in eines der gefüllten Whiskeygläser. Sein geschminktes Gesicht spiegelte sich in der goldgelben Flüssigkeit. Ein Gefühl von Bitterkeit stieg in ihm hoch. Was für ein Aufwand, sich so zu verkleiden! Er hatte eine Rundumverwandlung hinter sich. Seine dichten Haare waren ausgedünnt und grau gefärbt. Außerdem trug er jetzt einen ungepflegten grauen Vollbart. Über dem rechten Ohr steckte ein Hörgerät, und eine Selbstbräunungscreme sorgte für den südländischen Teint. Die Augen waren rot unterlaufen, aber dafür hatte er nicht extra Hand anlegen müssen. Das war das Werk dieser Jette Lindner. Und die Halskrause, die er trug, hatte er dem behinderten Sohn der Mints zu verdanken.

Natürlich hatte Wim Tanner auch einen neuen Namen: Antonio Caño, Gärtner aus Andalusien. Ob er an Gesellschaft interessiert sei, hatte Kai Saalfeld vorhin noch gefragt und ihm, ohne eine Antwort abzuwarten, das Terrarium mit der Puffotter auf die Veranda gestellt. Eigentlich hatte Wim Tanner das Tier Kai Saalfeld zu dessen Geburtstag geschenkt. Aber in der Praxis war es nun doch eher seine Schlange geworden.

Das Tier war deutlich gewachsen, seitdem Wim Tanner es das letzte Mal gesehen hatte. Es lag träge in einer Ecke des Terrariums und rührte sich nicht. Als er an die Schlange herantrat, öffnete sie ihre zu Schlitzen verengten Augen und blinzelte ihn an. Dann rollte sie sich wieder zusammen und schlief weiter.

Das Einzige, wobei sie nicht nachlässig werden durften, war die Geschichte mit dem Abhören. Dem missratenen Sohn Saalfelds war durchaus zuzutrauen, dass er sie weiter belauschte. Vielleicht hatte auch die Polizei ein paar Wanzen versteckt. Am Nachmittag hatte er mit Kai Saalfeld ein längeres Gespräch gehabt. Sicherheitshalber hatten sie sich dabei auf eine Decke mitten auf der Wiese im Garten gesetzt und auch noch einen Kassettenrekorder angestellt. Sie hatten sich nicht einmal getraut, Stühle mitzunehmen. Wer wusste schon, wo der Bengel seine Mikros versteckt hatte? Aber schließlich waren sie keine Anfänger, daher hatten sie die Sache im Griff. Er hatte sich vorgenommen, im Haus möglichst nicht zu sprechen. Oder nur bei lauter Musik. Womöglich würden Alexander oder Jonah sonst noch seine Stimme erkennen.

Seit dem Gespräch mit Kai Saalfeld wusste er, dass sich vieles ändern würde, verdammt viel sogar, aber das war nicht unbedingt schlecht. Denn je länger er darüber nachdachte, desto klarer wurde ihm, dass er endlich die Chance bekam, die er immer haben wollte: Er war nun sein eigener Herr.

Wim Tanner ließ den Blick über den Garten schweifen, was mit der Halskrause, die er trug, gar nicht so einfach war. Sofort stieg wieder bodenlose Wut in ihm hoch. Er ballte seine Hände zu Fäusten, hielt es nicht mehr auf dem Stuhl aus und sprang auf. Er machte zwei Schritte in Richtung des Hauses, wo er das Mädchen im Dachgeschoss eingesperrt hatte, konnte sich dann aber doch noch beherrschen und setzte sich wieder. Ich darf die Kontrolle nicht verlieren, dachte er. Ich darf nichts Unüberlegtes tun.

Vor ihm lag der Garten mit seiner Blütenpracht da. Die Abendsonne ließ die Farben warm erstrahlen. Rot, Gelb,

Orange, Blau, wohin er blickte. Der Garten strahlte etwas Friedliches aus.

Wim Tanners Blick fiel auf das Päckchen am Boden. Das obligatorische Geburtstagspaket seiner Mutter. Er würde es später öffnen. Interessanter war der Brief, der neben ihm auf dem Verandatisch lag. Kai Saalfeld hatte ihm das Schreiben direkt nach seiner Ankunft gegeben. Es war unbemerkt in den Briefkasten der Villa eingeworfen worden. Es waren nur wenige Zeilen. Ein Unbekannter kündigte darin an, dass er Wim Tanner wegen des Falken, den er in jener Nacht am See getötet hatte, zur Rechenschaft ziehen würde. Außerdem verlangte er, dass er das Mädchen sofort freiließe. Das Ganze war mit »Ein reisender Königssohn« unterschrieben.

Der Brief war wirklich sonderbar. Wim Tanner wusste beim besten Willen nicht, was er davon halten sollte. Er war mit Computer auf weißem Papier geschrieben. Ohne Briefkopf. Eigentlich gab es nur zwei Erklärungen: Entweder war der Sohn der Mints völlig am Durchdrehen und drohte ihm. Vielleicht gab er sich als Königssohn aus, der Schneewittchen retten wollte. Nur lag Schneewittchen nicht in einem Glassarg, sondern saß unter einem Glasdach. Wahrscheinlich wusste der junge Mint durch die Abhöraktionen über den Falken Bescheid. Die zweite Möglichkeit: Norbert hatte den Brief geschrieben. Immerhin hieß er Norbert *Königssohn*. Irgendwie endeten seine Gedanken in dieser Sache immer wieder bei Norbert. So oder so würde er sich von dem anonymen Schreiben nicht beeindrucken lassen. Es war an der Zeit, wieder selbst den Takt vorzugeben.

In den letzten vier Tagen war er der Gejagte gewesen. Er hatte sich eigentlich nur kurz am Elend der Bälger weiden wollen. Einmal von außen an das Verlies klopfen, es kurz öffnen, ein »Hallo, wie geht's?« hineinschicken und dann wieder zurück ins Krankenbett düsen. Das war sein Plan gewesen, wenn auch ein ziemlich riskanter, denn er wusste, dass die Polizei ihn beschattete. Aber ein bisschen Spaß musste sein, und es war wirklich nicht schwer gewesen, unbemerkt an dem Aufpasser vor der Tür im Krankenhaus vorbeizukommen. Er hatte einfach gewartet, bis der Mann aufs Klo gegangen war. Der Beamte hatte zwar für diese Zeit die Tür von außen abgeschlossen, aber Wim Tanner hatte sie in null Komma nichts mit einem Draht geöffnet, war in aller Seelenruhe hinausspaziert und hatte sich ein Taxi genommen.

Aber die Gören waren nicht im Verlies gewesen. Am Ende hatte er unter großem Stress ein Auto knacken müssen und war in allerletzter Sekunde mit dem Mädchen abgehauen. Zuvor hatte der blinde Sohn der Mints ihn noch schwer am Hals verletzt. Die Schmerzen hatten ihn schier wahnsinnig gemacht. Weil er es nicht für ratsam gehalten hatte, in Deutschland einen Arzt aufzusuchen, war er mit dem gestohlenen Wagen über die Grenze nach Belgien gefahren. Zum Glück war er zu dem Zeitpunkt noch nicht zur Fahndung ausgeschrieben gewesen und wurde nicht kontrolliert.

In Brüssel hatte er sich über Nacht unter falschem Namen als Tourist in einem Krankenhaus behandeln lassen. Das Mädchen hatte er auf einem einsamen Parkplatz im Auto eingeschlossen. Sie war gar nicht wach geworden. Er hatte ihr extra noch ein Schlafmittel gespritzt. Früh am nächsten Morgen war er mit einem Mietwagen und einer neuen falschen Identität wieder nach Deutschland eingereist, das schlafende Mädchen im Kofferraum. Die folgenden drei Tage hatte er mit ihr in einem abgeschiedenen Haus verbracht. Die Immobilie hatte er vor einigen Jahren – ebenfalls unter falschem Namen – gekauft.

Erst heute Morgen hatte Kai Saalfeld mit ihm Kontakt aufgenommen und ihn wissen lassen, dass die Luft in der Villa rein sei. Die Polizei hatte das Haus gründlich durchsucht – und überhaupt nichts gefunden. Offenbar auch nichts, was Kai Saalfeld hätte belasten können. Dennoch stand es um Kai Saalfeld nicht gut. Die Polizei hatte ihm klargemacht, dass er als verdächtig galt. »Kann sein, dass sie mich nur deshalb nicht einlochen, weil sie Angst haben, dass ich das Mädchen irgendwo versteckt habe und es dann niemals gefunden wird. Bestimmt denkt die Polizei, dass ich sie früher oder später zu dem Versteck führe, wenn sie mich nur lange genug beschattet«, hatte er gemeint.

Ein richtig schwerer Schlag für Kai Saalfeld war allerdings die Reaktion von Stayermed gewesen. Das Unternehmen hatte ihn fristlos entlassen. Man könne sich niemanden an der Spitze leisten, gegen den polizeilich ermittelt werde, so die Begründung. Der Konzern hatte sich sogar geweigert, Kai Saalfeld die im Fall vorzeitigen Ausscheidens vertraglich zugesicherte Abfindung zu zahlen. Bei einer fristlosen Kündigung aufgrund von polizeilichen Ermittlungen sei das nicht nötig, hatte Aufsichtsratschef Berger süffisant erklärt.

Und das Unternehmen hatte noch einen Trumpf in der Hand gehabt: Stayermed wusste, dass Kai Saalfeld das entführte Mädchen als Gewinnerin des Schönheitswettbewerbs vorgesehen hatte. Der Polizei gegenüber hatte Kai Saalfeld aber immer behauptet, von dem Mädchen erstmals aus den Medien erfahren zu haben. Stayermed hatte Kai Saalfeld zu verstehen gegeben, dass sie diese Information an die Polizei weitergeben würden, wenn er die Modalitäten seines Ausscheidens aus der Firma nicht akzeptieren würde. Das war natürlich Erpressung, doch Saalfeld konnte nichts dagegen tun. Doch für ihn wurde es finanziell jetzt verdammt eng.

Wim Tanner war vorher gar nicht klar gewesen, dass Kai Saalfeld unter solch großem finanziellem Druck stand und auf sein Gehalt und die Bonuszahlungen angewiesen war, um das Tropenhaus bezahlen zu können.

Aber trotz all dieser Probleme war Kai Saalfeld weiterhin erstaunlich guter Dinge. Die Formel für die reine Haut hatte er immer noch nicht gefunden, aber das würde nicht mehr lange dauern, hatte er gesagt. In der Zeit, in der die Polizei das Haus durchkämmte, hatte Kai Saalfeld kaum arbeiten können. Aber jetzt wollte er wieder loslegen. Kai Saalfeld war es gelungen, seinen Computer bei Stayermed mitzunehmen und in der Villa zu verstecken. Außerdem hatte er angeblich bei Stayermed keine Datenspuren hinterlassen.

In der Presse wurde inzwischen freimütig über ein »Schönheits-Gen« spekuliert, das mit der Entführung von Jette Lindner zusammenhänge. Der Sohn des Kochs hatte natürlich alles ausgeplaudert. Aber auch das schien Kai Saalfeld kaum zu beunruhigen. »Ich bin der Einzige, der weiß, auf welchem Gen er suchen muss«, hatte er gesagt. »Die anderen haben keine Chance. Selbst wenn sie sich irgendwie ein paar Haare von dem Mädchen besorgen können.«

Kai Saalfeld war der festen Ansicht, dass der Aufsichtsrat wieder angekrochen käme, wenn er ihm signalisiere, dass er über besagten Code verfüge. »Es geht um zu viel Geld.« Außerdem behauptete er, dass die Polizei ihm nichts nachweisen könne, da er an alles gedacht habe. Vorsichtshalber habe er sogar die Bänder seines Sohnes entsorgt. Bislang hatte Dukie der Polizei offenbar keine Bänder ausgehändigt, und jetzt war es dafür zu spät. Kai Saalfeld war lieber auf Nummer sicher gegangen. Denn selbst wenn die Gespräche überspielt worden waren, hätte irgendein Tontechniker vielleicht noch etwas rekonstruieren können.

Jetzt aber endlich einen Schluck zum Entspannen, dachte Wim Tanner. Er hob das Glas mit dem Scotch. »Auf das nächste Lebensjahr«, sagte er und hob es in die Höhe. Die goldgelbe Flüssigkeit schwappte träge von einer Seite zur anderen und verströmte einen schwachen Duft nach Zitrone und Wiesenblumen. Er merkte, dass der neue Bart beim Trinken störte. Wieder stieg Wut in ihm hoch, doch als ihn der Branntwein von innen zu wärmen begann, beruhigte er sich ein wenig. Mit einem zweiten Schluck leerte er das Glas. Dann spülte er seinen Mund mit Wasser aus und nahm sich der Getränke seiner Gäste an.

Es hatte seine Vor- und Nachteile, allein zu feiern. Der Nachteil war: Es galt als nicht gesellschaftsfähig. Im besten Fall hielten einen die anderen für verkorkst. Aber der Vorteil war, dass man mit niemandem teilen musste. Wim Tanner hatte sich entschieden, nur den Vorteil zu sehen. Der letzte Geburtstag mit echten Gästen lag schon eine Ewigkeit zurück; es war sein siebter gewesen, und er hatte einen richtigen Kindergeburtstag gefeiert. Doch am Tag danach hatte ihm ein Klassenkamerad gesteckt, dass seine Mutter allen Kindern zwei Mark für ihr Kommen gegeben hatte. Seit diesem Tag hatte Wim Tanner nie wieder jemanden eingeladen.

Sein Blick fiel auf die Zeitungen, die auf der Bank neben der Verandatür lagen. Zuoberst eine Boulevardzeitung. Der Aufmacher war wie immer ein Foto des vermissten Mädchens. Jeden Tag tauchten neue Bilder von Jette Lindner auf. Inzwischen musste ihr gesamter Bekanntenkreis seine Fotos verkauft haben. Wim Tanner hatte keine Ahnung, was für die Bilder gezahlt wurde, aber die Zeitungen schienen sich um sie zu reißen. Mit der Schönheit und Tragik des Mädchens ließ sich Auflage machen. Auch von ihm war wahrscheinlich irgendwo in der Zeitung ein Foto. Allerdings das Fahndungsfoto. Und das würde garantiert niemand mit dem andalusischen Gärtner in Verbindung bringen, als der er sich jetzt ausgab.

Wim Tanner holte sich die Zeitung und sah, dass neben dem Bild von Jette Lindner noch ein zweites, kleineres abgedruckt war. Herr und Frau Saalfeld beim Tanzen. Mitten durch das Paar verlief ein Riss, womit die Redaktion die Trennung der beiden bekannt gab. Die Überschrift lautete: »Böser Verdacht«. Darunter stand:

Wie lange hält eine Frau zu ihrem Mann? Was weiß Frau Saalfeld, was der Polizei nicht bekannt ist? Tatsache ist, dass Nadine Saalfeld, geborene Hochstadt, nach 21 Ehejahren ihren Mann verlassen hat. Den gemeinsamen Sohn Alexander (16) nahm sie mit. Am Freitagnachmittag um 16.35 Uhr verließen die beiden in einem voll gepackten Coupé das Anwesen. *»Ich gehe für immer«*, sagte Frau Saalfeld einer Freundin, die nicht namentlich genannt werden möchte. Noch am selben Tag zogen auch die Eltern des befreiten Jungen, die bis dahin als Privatbedienstete bei Dr. Saalfeld beschäftigt gewesen waren, und das gesamte übrige Personal aus. Eine weitere Angestellte: *»Alle wollen nur noch weg. Es ist gruselig, sich vorzustellen, dass die jungen Leute hier auf dem Grundstück gefangen waren und dass man immer noch nicht weiß, was genau passiert ist.«* Um Dr. Kai Saalfeld, vor ein paar Tagen noch Topmanager und in der Gesellschaft gern gesehener Gartenmäzen, ist es still geworden. Hat das Glück ihn ohne eigene Schuld verlassen? Oder trägt er ein grausames Geheimnis in seinem Herzen?

Auf weibliche Hysterie ist Verlass, dachte Wim Tanner. Wie gut, dass alle weg waren. Sonst könnte er sich jetzt nicht hier aufhalten, irgendjemand hätte ihn bestimmt erkannt. Morgen würde er ein Versteck in der Villa herrichten, in dem das Mädchen länger bleiben konnte. Ich stell ihr auch die Schlange rein, dachte er. Vielleicht pariert sie dann endlich.

Er ging ins Esszimmer, um sich mit neuen Getränken zu versorgen. Bevor er mit den Gläsern wieder hinausging, drückte er noch auf die Fernbedienung der Stereoanlage. Ella Fitzgerald. Jazz. Die CD musste noch Frau Saalfeld eingelegt haben. Er stellte die Anlage laut, sodass die Musik bis weit in den Garten schallte. »Ihr habt ja gar nichts zum Sitzen«, sagte er entschuldigend in seine imaginäre Runde von Gästen. Eigentlich war er zu alt für solche Spielchen, aber sie holten ihn immer wieder ein. Er stellte zwei Stühle dazu.

Als Kind hatte er später zu seinen Geburtstagen immer zwei, drei fiktive Freunde eingeladen. »Rudi«, sagte Wim Tanner laut zu dem leeren Stuhl, »schenk doch mal ein.«

Rudi tat, wie ihm geheißen. Er war ein ehemaliger Arbeitskollege aus Klinikzeiten. Sie waren abends oft zusammen durch die Bars gezogen und hatten sich als junge Oberärzte ausgegeben. »Kumpel«, sagte Rudi und reichte ihm ein Glas, »du siehst so alt aus!« Er lachte wiehernd.

»Das kann ganz schnell gehen«, konterte Wim Tanner und trank das Glas in einem Zug aus.

»Auf dich, alter Sack«, sagte jetzt Ulf, ein ehemaliger Schulfreund, und erhob ebenfalls sein Glas. In Wim Tanners Fantasie tranken jetzt alle auf sein Wohl.

»Wenn ihr mir einen Wunsch erfüllen möchtet«, sagte Wim Tanner, »dann lasst uns auf meine Fledermaus anstoßen. Auf *mein Mädchen.*« Er leerte das dritte Glas. »Schluss jetzt!«, sagte er laut und schnippte mit den Fingern. Rudi und Ulf verschwanden. Wim Tanner hob das Päckchen auf, das immer noch auf dem Boden lag. »An den Jubilar« stand in großen Buchstaben auf dem Packpapier. Er hatte keine Lust, es zu öffnen, tat es aber trotzdem. Das

Erste, was er sah, war eine Unterhose mit einem gelb-rosa-hellblauen Wellenmuster. Der Mann sank ermattet auf den Stuhl zurück, und das halb geöffnete Päckchen fiel ihm aus den Händen.

Seit dem Vorfall im Stadion, den sich seine Mutter bei einem Bekannten auf YouTube angesehen hatte, schickte sie ihm regelmäßig Unterhosen. An jenem Tag hatte er eine ebensolche, von ihr geschenkte, Unterhose mit Wellenmotiven getragen, aber nur, weil er keine andere saubere mehr gehabt hatte. Es war eine Notsituation gewesen, in der er morgens nach eben dieser Unterhose gegriffen hatte. Aber seine Mutter hatte die Szene als öffentliche Liebesbekundung gegenüber ihren Unterhosen verstanden und kaufte seither sämtliche Bestände pastellfarbener Unterhosen mit Wellenmuster auf.

Sein Vater war ganz anders gewesen. Er war ihm nie zu nahe getreten. Er hatte ihn auch gelehrt, dass man Menschen nicht brauchte. Von Beruf war er Kammerjäger gewesen. Der beste weit und breit. Die Leute pflegten viel Geld zu zahlen, damit er sie von ihrem Ungeziefer befreite, aber wenn er ihr Haus wieder verlassen hatte und sie ihn nicht mehr brauchten, mieden sie ihn.

Sein Vater redete immer mit Pflanzen und unter seinen Händen gediehen sie, als sei ihnen jeder Tag ein Fest. Seinen Sohn weihte er in die Geheimnisse der Pflanzenwelt ein, doch anders als sein Vater hegte Wim Tanner die Pflanzen nicht aus Liebe. Wenn er sie goss, das Unkraut jätete oder die Triebe beschnitt, spürte er seine Macht. An den Pflanzen studierte er die Kunst der Manipulation, und das mit großem Erfolg. Seine »Blumen des Bösen« trugen die herrlichsten Blüten.

Wim Tanner gähnte. Er holte sich einen letzten Cutty Sark aus der Hausbar und trank. Die Sonne war hinter den Bäumen untergegangen, aber es würde noch lange hell sein. Die kleinen Buchsbäume unterhalb der Terrasse hatten einen neuen Schnitt nötig, stellte er fest. Und wie es wohl im Gewächshaus aussah? Es gab noch eine zweite Titanenwurz, die theoretisch ebenfalls blühen konnte.

Die Schlange war wach geworden. Wim Tanner ging zum Terrarium und betrachtete sie. Je größer sie wurde, desto deutlicher zeichneten sich die braunen Streifen auf ihrem Rücken ab. Sie glitt lautlos über den weichen Untergrund aus Holzspänen und trockenen Blättern und suchte nach etwas Essbarem. »Was möchtest du haben?«, fragte Wim Tanner. »Ein Mäuschen?«

Er ging in die Küche und fand in den Tiefen der Kühltruhe einen Zehnerpack toter Mäuse. Er nahm eine Maus heraus und taute sie in der Mikrowelle auf. Dann knotete er das Tier mit dem Schwanz an einem Bambusstock fest und ging zurück auf die Veranda.

Die Schlange glitt unruhig im Terrarium auf und ab. Ob Kai Saalfeld sie wohl zuverlässig fütterte?, fragte sich Wim Tanner. Jetzt, wo er wieder in der Villa war, würde er sich lieber selbst darum kümmern. Er nahm den Deckel ab und legte den Stock quer über das Terrarium, sodass die Maus im Inneren hin und her baumelte. Die Schlange legte sich auf die Lauer. Wim Tanner gab dem Stock einen kleinen Stups, und das Mäuschen pendelte nun stärker im Käfig herum. Plötzlich schnellte die Schlange in die Höhe und riss die Maus vom Stock. Mit ihrer Beute im Maul verkroch sie sich in einer Ecke, renkte sich gekonnt den Kiefer aus und verschlang die Mahlzeit durch ihren geweiteten Rachenraum. »Guten Appetit«, sagte Wim Tanner.

In der nächsten Zeit würde er endlich zeigen können, was in ihm steckte. Kai Saalfeld hatte ihm am Nachmittag gestanden, ihn nicht mehr bezahlen zu können. Vierzehn Jahre hatte er für ihn gearbeitet. Der Mann hatte ihn immerhin aus dem verhassten Krankenhaus herausgeholt. Aber er hatte ihn in den folgenden Jahren auch herumkommandiert. In der saalfeldschen Villa lag auch noch eine zweite Kündigung. Der Konzern beschäftigte ihn natürlich auch nicht als Chefgärtner weiter.

Kai Saalfeld hatte sich gewünscht, dass Wim Tanner wenigstens für ihn persönlich weiter als Gärtner arbeitete. Den Garten würde Kai Saalfeld als Letztes aufgeben, das war klar. Sie hatten einen Deal gemacht. Wim Tanner würde sich weiter um die Pflanzen kümmern, und dafür bekam er das Mädchen. Das bedeutete, dass er mit ihr machen konnte, was er wollte. Die einzige Bedingung war, dass Kai Saalfeld weiter Zugriff auf ihre Gene haben könnte.

Bisher hatte er das Mädchen immer als Kai Saalfelds Gefangene betrachtet. Jetzt war sie *seine* Gefangene. Und er wusste auch schon, welchen Nutzen er aus dieser neuen Situation ziehen würde. Er hatte nicht vor, das Mädchen sexuell zu missbrauchen. Zumindest nicht, wenn sie sich einigermaßen benahm. Sex war ein Einfallstor für Fehler, und er wollte seine Chance nicht leichtfertig verspielen. Stattdessen würde er das Mädchen zu Geld machen, zu einem Vermögen. Sie sollte das Startkapital für seine neue Existenz sein. Was die Fledermäuse betraf, hatte er ja einen Rückschlag verkraften müssen. Aber er hatte bereits einen Plan. Die Berichte in den Zeitungen hatten ihn darauf gebracht.

In der Villa gefangen

Im ersten Moment konnte Jette kaum etwas sehen. Gerade eben war sie noch im Dachgeschoss der Villa gewesen, in Dukies großem »Meereszimmer«, und jetzt saß sie im Erdgeschoss in diesem düsteren Gefängnis fest. Was mochte das hier sein, wo sie war? Der Raum war klein und sehr hoch. Fast wie ein Schacht. Von weit oben fiel schemenhaft etwas Licht herein. Es roch muffig und war kühl. Wieder spürte sie, wie müde sie war.

Hinter ihr schlug die Tür mit einem lauten Knall zu. Wim Tanner war gegangen. Oder sollte sie Señor Caño sagen? So hatte er sich ihr gegenüber in seiner neuen Verkleidung vorgestellt. Seine Erscheinung hatte etwas Fratzenhaftes gehabt, und sie hatte sich sehr erschreckt, als sie ihn zum ersten Mal so gesehen hatte. Jette hörte, wie er den Schlüssel im Schloss umdrehte. Kurz darauf fiel eine weitere Tür zu. Das musste die Rückwand des Garderobenschranks sein. Sie hatten das Gefängnis über die Garderobe im Erdgeschoss betreten.

Ein Gefühl der Einsamkeit überkam sie. Jette biss die Zähne zusammen. Sie konnte förmlich spüren, wie die Einsamkeit bis in die entlegensten Winkel ihres Körpers vordrang. Als hätte sie sich in die Blutbahn eingeschleust und ließe sich mit jedem Herzschlag tiefer in den Körper pumpen. Es war wie ein körperlicher Schmerz. Jette taumelte und stützte sich an einer Wand ab. Kalte Steine. Sie drückte ihre heiße Stirn gegen die kühle Fläche. Langsam ging es ihr wieder etwas besser. Als sie den Kopf hob, hatten sich ihre Augen an das Halbdunkel gewöhnt. Sie befand sich in einem Treppenhaus mit einer engen hohen Wendeltreppe. Von weit oben fiel Licht in den Schacht.

Noch so ein Gefängnis, dachte Jette müde. Wieder ein Ort, von dem niemand weiß, dass er überhaupt existiert. Sie blickte hoch. Die Treppe wand sich steil in die Höhe, und ihr wurde vom bloßen Hinsehen schwindelig. Ganz oben konnte sie ein buntes Glasdach erkennen, durch das Licht hereinkam. Ich sollte hochgehen, dachte sie. Dort oben ist es sicher heller und freundlicher. Aber dann sank sie ermattet auf der ersten Stufe nieder und blieb regungslos sitzen. Ihr Fußknöchel schmerzte. Hier hatte die Kette gerieben, mit der Wim Tanner sie im Dachgeschoss festgebunden hatte. An einem Bettpfosten. Sie hatte sich gerade noch hinlegen können.

Ein Sonnenstrahl glitt über ihr Bein. Jette schaute hoch. Der Strahl hatte den Weg bis hierher gefunden und brachte etwas Licht in die Dunkelheit des Treppenhauses. Das Mädchen stand auf und fasste nach dem Handlauf des Geländers. Ihre Hand versank in einer dicken Staubschicht, und eine Wolke feiner Staubpartikel stob auf. Ein zweiter Lichtstrahl bahnte sich seinen Weg und ließ die Staubkörner in den Farben des Glasdaches aufleuchten. Jette nieste. Die Wände des engen Treppenhauses verstärkten den Schall, und sie hielt sich erschreckt den Mund zu. Ohne das Geländer noch einmal zu berühren, machte sie sich an den Aufstieg.

Sie kam an zwei Treppenabsätzen vorbei. Auf dem ersten stand die Campingtoilette. Wim Tanner war in dieser Hinsicht zuverlässig. In dem kargen, von der Welt vergessenen Raum nahm sie sich allerdings eher wie ein modernes Kunstwerk aus statt wie ein Gebrauchsgegenstand. Wenn ich hier raus bin, verschrotte ich dieses Klo eigenhändig, schwor sich Jette.

Auf der nächsten Etage standen ein Tisch und zwei Stühle. Außerdem gab es einen Kasten Wasser und ein paar Lebensmittel. Auf beiden Ebenen befanden sich Türen – dicke massive Holztüren ohne Griffe, von denen Farbreste abblätterten. Der schmale Spalt zwischen Tür und Rahmen war mit Spachtelmasse ausgefüllt. Dasselbe galt für die Schlüssellöcher. Jette klopfte an die Türplatten. Das Geräusch erstarb auf der Oberfläche. Man hatte auf den anderen Seiten irgendetwas gegen die Türen gestellt. Vielleicht Schränke. Sie trat fest gegen die Türen, ohne dass diese auch nur einen Millimeter nachgaben.

Als Jette die oberste Etage erreichte, blieb sie verblüfft stehen. Vor ihr lag ein Ort von eigenartiger Schönheit, der nichts mit der Tristesse der unteren Stockwerke zu tun hatte. Boden und Wände waren wie überall aus Stein. Es gab auch wieder eine Tür. Über alles zog sich jedoch ein prächtiges buntes Glasdach. Es zeigte langstielige Pflanzen mit roten, gelben und lila Blüten, die sich geschmeidig umrankten. Einzelne Sonnenstrahlen, die sich ihren Weg durch den verhangenen Himmel bahnten, ließen das Fenster in immer neuen Farben aufleuchten, sodass es merkwürdig belebt wirkte. Während das Glasdach auf der einen Seite gut im Mauerwerk verankert war und die Bildmotive dort auch ihren Abschluss fanden, schien es auf der anderen Seite über das kleine Treppenhaus hinauszureichen. Natürlich, dachte Jette, das ist das Oberlicht aus der Eingangshalle. Sie hatte das Dachfenster vorhin gesehen, als Wim Tanner sie vom Dachgeschoss ins Erdgeschoss gebracht hatte. Das riesige Fenster ragte bis über das kleine versteckte Treppenhaus. Ohne den Blick von dem Schauspiel über ihrem Kopf abzuwenden, legte sie sich auf die Matratze, die auf dem Boden lag, und blickte zu dem Glasdach hoch.

Es gab rote turbanförmige Blüten, die zu nicken schienen, wenn die Sonne sich veränderte. Dann gelb gefüllte Blütenköpfe, die in einem Moment golden erstrahlten, im nächsten zu verwelken drohten. Die langen Stiele der Pflanzen waren gesäumt von schmalen Blättern. Ein Stängel direkt über ihrem Kopf hatte ein besonders kräftiges Grün, und Jette folgte seinen Windungen. Erst nahm er eine sanfte Kurve nach rechts, dann versteckte er sich hinter einer lila Blüte, tauchte wieder auf, traf auf eine andere Blume und wand sich an dieser bis zu ihrem gelben Köpfchen in die Höhe.

Unwillkürlich nahm Jette das Spiel mit ihren Händen auf. Ihre rechte Hand wanderte um ihren linken Arm, fuhr dann weiter zu ihrem Kopf und glitt durch die Haare. Jette, die gelbe Blume, Jonah, der schmale rankende Stiel. Als wäre er jetzt bei ihr, spürte sie seine Hände auf ihrem Kopf, wie er die Finger spreizte und unter ihre Haare schob. Aber dann fiel ihr auf, dass der Jonah-Stängel ja noch viel länger war und sich weiter über das Bild zog. Er ließ die gelbe Jette-Blume hinter sich zurück und bändelte kurz darauf mit einer dieser roten turbanförmigen Blütenblumen an. Jonah, flüsterte Jette. Plötzlich war ihr elend zumute.

Sie hatte solche Kopfschmerzen. Wieso holte sie niemand hier raus? Vor vier Tagen hatten die Sommerferien angefangen, und sie saß hier fest. Die Polizei schien auf ganzer Linie zu versagen. Klara, Charlie und Jonahs Freund hatten immerhin versucht, sie aus dem Tropenhaus zu befreien. Hoffentlich hatten sie alle fliehen können. Sie machte sich Sorgen um sie.

Seit elf Tagen war sie jetzt eingesperrt. Doch bis vor Kurzem war sie wenigstens nicht allein gewesen, sondern hatte Jonah bei sich gehabt. Und als er sie geküsst und berührt hatte, war einen Augenblick alles in Ordnung gewesen. Aber die letzten Tage in Gefangenschaft waren so einsam gewesen, dass sie sich manchmal gefragt hatte, ob sie jetzt wahnsinnig werde. Sie hatte das Gefühl, die Stille nicht mehr länger ertragen zu können. Auf eine unheimliche Art schien sie sich mehr und mehr aufzulösen. Bisweilen hatte sie den Eindruck, schon ganz durchlässig zu sein. Es fehlte nur noch, dass sie wie ein Gespenst vom Boden abhob.

Wer war sie? Die Schönste im ganzen Land, wie Charlie einmal gesagt hatte, als sie aus purem Spaß in einem Geschäft Hochzeitskleider anprobierten? Jonahs Freundin? Gute Frage. Und selbst, wenn ja, dann eine, die wie vom Erdboden verschluckt war. Existierte sie überhaupt noch?

Plötzlich sehnte sie sich furchtbar nach ihren Eltern. Am liebsten würde sie sich wie ein kleines Kind zusammenrollen und sich von ihrer Mutter in den Schlaf wiegen lassen. Was ihre Eltern wohl gerade machten? Sie waren bestimmt fast verrückt vor Sorge um sie. Ihre Mutter, die sie immer ausstattete, als würde sie auf Weltreise gehen, sobald sie auch nur für mehr als fünf Minuten das Haus verließ. Und ihr Vater, der sich über die übertriebene Fürsorge ihrer Mutter immer lustig machte, aber selbst völlig ausgerastet war, als sie einmal nachts den Bus verpasst hatte und zusammen mit Charlie nach Hause getrampt war. Nicht allein, sondern zusammen mit Charlie!

Doch jetzt waren weder Charlie noch Jonah noch ihre Eltern da. Sie war ganz allein. Ihr stiegen vor Verzweiflung die Tränen in die Augen.

»Heulsuse!« Das war Jonah. Manchmal kam er und redete mit ihr. Das hatte er schon ein paarmal gemacht, und sie war froh darüber. Begann sie verrückt zu werden?

»Was geht's dich an?«, sagte sie angriffslustig.

»Ich kümmere mich um dich.«

»Dann komm erst mal her.«

»Werd ich schon noch tun.«

»Lass dir nicht zu viel Zeit.«

»Ich geh nur noch bei der turbanförmigen Blüte vorbei.«

»Das findest du wohl witzig, was?«

Jette schaute böse vor sich hin. Die konnten sie alle mal. Dann würde sie sich halt selbst befreien. Sie blickte sich unschlüssig um. Die Tür war natürlich auch hier bestens abgesichert, aber so leicht gab sie sich nicht geschlagen. Sie nahm Anlauf und warf sich mit ihrer ganzen Kraft gegen das Holz. Wie ein Vögelchen, das eine Glastür nicht gesehen hat, sank sie benommen zu Boden. Die Tür hatte sich keinen Millimeter bewegt. Dafür loderte aber der Schmerz in ihrer rechten Seite wieder auf, wo Wim Tanners Schlag sie im Tropenhaus getroffen hatte.

»Das Glasdach.« Wieder Jonahs Stimme.

»Ja, und? Was ist damit?«

»Das ist doch geradezu eine Einladung abzuhauen. Wirf es kaputt.«

»Und dann?«

»Kletterst du raus.«

»Auf einem Sonnenstrahl, oder was?«

Stille.

»Jonah?«

Die Idee hatte zumindest Potenzial. Das musste Jette zugeben. Was ihr fehlte, war eine Leiter. Das Dach war in mindestens vier Metern Höhe. Sie hatte nur einen Tisch, Stühle, eine Toilette und eine Matratze zur Verfügung. Alles nicht hoch genug.

Jette strich mit den Händen über das Mauerwerk. Man müsste wie Spiderman die Wand hochgehen können, dachte sie. Die Steine waren alt. An einigen Stellen bröckelten die Kanten ab, und die Oberflächen waren zerfurcht. Eine schmutziggraue Patina hatte sich über das Gestein gelegt. Aber etwas irritierte sie. Jette strich erneut über die Fläche. Um einen Stein weiter unten, in der Nähe einer Ecke, fehlte der Mörtel. Sie bückte sich und versuchte, den Stein zu bewegen. Aber die Spalten zu beiden Seiten ließen kaum Platz für ihre Finger. Sie zog und schob und rüttelte so lange an dem Stein, bis er endlich nachgab und sie ihn herausziehen konnte. Er war schwer und hatte die Größe eines gebundenen Buches. Sie legte ihn vorsichtig auf den Boden.

Im Inneren der Öffnung war es dunkel. Jette konnte nichts erkennen. Vorsichtig legte sie ihre Hand in das schwarze Loch. Plötzlich fürchtete sie, von einer Schlange gebissen zu werden, und zog die Hand schnell wieder heraus. Angsthase, schalt sie sich und machte einen neuen Versuch. Sie tastete sich vorwärts, und auf einmal berührten ihre Hände eine metallene Oberfläche. In dem Loch war irgendetwas versteckt! Aufgeregt grub Jette ihre Hand tiefer in die Öffnung und zog schließlich eine kleine Schatulle hervor. Sie strich sie mit der Hand sauber, und zum Vorschein kamen feine, in das Metall geätzte Verzierungen – Kreise und geschwungene Linien. Die Schatulle hatte zu beiden Seiten kleine Griffe und mitten auf dem Deckel ein Schlüsselloch. Sie war abgeschlossen. Jette holte den dünnen Draht aus ihrer Hosentasche, mit dem sie schon die Lampe im Tropenhaus manipuliert hatte, und stocherte damit in dem Schlüsselloch herum. Sie bewegte ihr Werkzeug immer wieder hin und her, aber nichts passierte. Sie wollte gerade schon aufgeben, doch auf einmal sprang die Schatulle auf.

Das Kästchen war mit rotem Samt gefüttert, und drinnen lagen ein Foto, ein besticktes Taschentuch, ein zusammengefalteter Briefumschlag und eine winzige Dose. Jette nahm das Foto vorsichtig in die Hand. Es war vergilbt und hatte gezackte Ränder. Das Bild zeigte eine Frau mit einer weißen Schürze. Ein Dienstmädchen, dachte Jette. Die Frau blickte ernst und angestrengt in die Kamera. Sie war nicht mehr jung, hatte ein rundes Gesicht, eine hohe Stirn und helle krause Haare, die über ihrem Kopf zusammengebunden waren. Jette drehte das Foto um. *Rosa Mannscheid.*

8. Dezember 1921.[1] Das war Sütterlin, eine alte deutsche Schrift, nicht einfach zu lesen. In der Schule hatten sie einmal einen solchen Text entziffert. Jette erinnerte sich noch an das komische hochgezogene s.

Sie nahm die kleine Dose aus der Schatulle und öffnete sie. Jette brauchte eine Weile, bis sie begriff, was sie da vor sich hatte: abgeschnittene Haare von zwei Menschen. Die eine Strähne war blond und dick, das mussten die Haare der Frau auf dem Foto sein. Die andere war dunkel, dünn und nicht viel mehr als ein zarter Flaum. Jette faltete den Briefumschlag auseinander und öffnete ihn. Dann zog sie ein Stück Papier heraus, das nur wenige Zeilen enthielt:

Mein liebes Kind, meine liebe Katharina. Möge unser Herrgott Dich auf Deinem Lebensweg schützen und mir verzeihen. In Liebe, Mama.[2]

Mühsam entzifferte Jette Wort für Wort. Es dauerte lange, aber sie bekam es hin. Und dann wurde ihr klar, was sie hier gefunden hatte. In der Schatulle hatte eine Mutter vor vielen Jahren Erinnerungsstücke für ihre Tochter hinterlegt. Die Mutter musste das Kind zurückgelassen haben. Ob die Tochter noch lebte? Und wie alt sie wohl inzwischen war?

Jette packte die Erinnerungsstücke wieder in die Schatulle und schloss sie. Dann legte sie sich auf die Matratze. So etwas hatte sie jetzt wirklich nicht gebraucht. Sie versuchte, an nichts zu denken. Nicht daran, dass auch ihre Mutter sie als Baby verlassen hatte und sie noch nicht einmal wusste, wie sie aussah, welche Farbe ihre Haare hatten oder ob sie überhaupt noch lebte. Nicht daran, dass ihre Adoptiveltern,

[1] Rosa Mannscheid, 8. Dezember 1921.

[2] Mein liebes Kind, meine liebe Katharina. Möge unser Herrgott Dich auf Deinem Lebensweg schützen und mir verzeihen. In Liebe, Mama.

die für sie wie richtige Eltern waren, nicht wussten, wo sie selbst jetzt war. Nicht daran, dass sie ganz allein war. Jette blieb einfach liegen und wartete darauf, dass sie sich dem Leben wieder gewachsen fühlte.

»Besser?«, fragte Jonah nach einer langen Zeit.

Jette nickte.

Er strich ihr übers Gesicht. Seine Hände glitten über ihre Stirn, ihre Augen, die Nase, den Mund, die Wangen. »Da ist ja auch das Muttermal«, sagte er.

»Du meinst den Leberfleck?«

»Ich meine das Muttermal.«

Jette musste lachen. Jonah war echt eine Nervensäge. »Ich hab jetzt zu tun«, sagte sie und stand auf. Ihre Beine waren wie Pudding, aber sie trugen sie. Sie fühlte sich wie nach einem Zusammenstoß mit einem Ufo. Nicht ganz sicher darüber, was geschehen war, und bereit, sich über merkwürdige Folgen nicht zu wundern.

Sie hatte jetzt immerhin eine genauere Vorstellung von dem Ort, an dem sie sich befand. Wahrscheinlich war es ein Treppenhaus für Dienstboten, das heute nicht mehr benutzt wurde. Schon damals musste es ein unbeaufsichtigter Ort gewesen sein. Eine Mutter hatte hier ein wichtiges Geheimnis aufbewahrt. Vielleicht hatten noch andere Menschen Dinge in dem Treppenhaus versteckt, die ihr nützen konnten. Vielleicht ein Messer? Vielleicht gab es sogar einen Geheimgang nach draußen. In alten Häusern wie diesem war nichts ausgeschlossen. Sie machte sich an die Arbeit.

Es waren noch mehr Steine locker. Sechs, sieben, acht … Jetzt, da Jette wusste, wonach sie suchte, fielen ihr die Stellen ohne Mörtel sofort auf. Die losen Steine lagen alle nah beieinander. Sie nahm jeden einzelnen heraus, legte ihn auf den Boden und inspizierte das dahinterliegende Mauerwerk.

Keine weiteren Schatullen. Auch sonst war alles unauffällig. Die Lücken, die sich auftaten, reichten gerade für die Steine selbst. Jettes Finger schmerzten. Als sie nicht mehr konnte, holte sie sich eine Flasche Mineralwasser und setzte sich hin.

Jette betrachtete die Löcher in der Wand. Noch ein Schluck Wasser. Wieder ließ sie den Blick über die Wand schweifen. Die Löcher folgten einer klaren Anordnung, einem Muster. Sie lagen auf zwei senkrechten Linien. Wie zwei Wege von unten nach oben. Die eine Linie war rechts von einer Ecke, die andere links. Beide Bahnen hatten den gleichen Abstand zur Ecke, jeweils etwa zwanzig Zentimeter, und immer war jeder zweite Stein locker – Löcher, die nach oben führten.

Jette sprang auf. Ihr war heiß vor Aufregung. Vorsichtig setzte sie ihren rechten Fuß in die unterste Öffnung auf der rechten Seite. Der Platz reichte, um dem Fuß Halt zu geben. Sie kippte ihren Körper leicht nach vorn, bis sie sich an der Wand abstützen konnte. Dann hob sie ihren linken Fuß und setzte ihn in das Loch an der Wand gegenüber. Sie stand. Sie befand sich nur wenige Zentimeter über dem Boden, aber sie stand. Sie begann, sich hochzuarbeiten. Mit dem rechten Fuß ein Loch höher. Oberkörper nach vorn kippen und in der Ecke abstützen. Dann den linken Fuß … Sie hatte die Steine bis zu einer Höhe von etwa einem Meter herausgenommen. Bis dahin stieg sie hinauf und nahm die Steine darüber genauer in Augenschein; auch weiter oben fehlte der Mörtel: Sie hatte eine Treppe gefunden.

Die anderen Steine herauszunehmen war schwieriger, als Jette zunächst gedacht hatte. Sie musste höllisch aufpassen, das Gleichgewicht nicht zu verlieren. Je weiter sie mit ihrer Arbeit vorankam, desto weiter nach oben gelangte sie. Sie agierte wie eine Zirkusartistin. Mit den Füßen krallte sie sich in den Einbuchtungen fest, ihren Oberkörper lehnte sie gegen die Wand, mit den Händen schob sie vorsichtig die Steine aus den Löchern und warf sie unten auf die Matratze. Es dauerte lange. Wieso es diese Leiter wohl gab? War sie von Anfang an mitgebaut worden, als geheimer Fluchtweg für Notfälle?

Dann war es so weit. Mit einer Hand stützte sie sich an der Wand ab, mit der anderen berührte sie das Glasdach. Es war warm von der Sonne. Zu einer Treppe gehört auch eine Luke, oder?, dachte Jette. Und tatsächlich. Direkt über ihr war in das Glasdach ein kleines Fenster eingelassen. Ein richtiges Fenster mit Scharnier und Riegel. Der Architekt hatte es so unauffällig in die Bleiverglasung eingepasst, dass man es erst auf den zweiten Blick bemerkte. Alle Blumenornamente wurden auf dem Fenster unauffällig weitergeführt. Jette tastete nach dem Riegel, aber er ließ sich nicht bewegen. Das Metall war völlig verrostet. Sie drückte mit der Handfläche gegen das Fenster. Nichts. Das Fenster war wahrscheinlich seit Jahrzehnten nicht mehr geöffnet worden. Ich muss die Scheibe einwerfen, dachte Jette. Sie entschied sich zu warten, bis es dunkel wurde. Dann würde sie besser flüchten können. Sie musste nur aufpassen, dass sie beim Einwerfen nicht zu viel Lärm machte.

Weit unten schlug eine Tür. Jette hörte Schritte. Verdammt, durchfuhr es sie. Wim Tanner. Er durfte die Treppe auf keinen Fall sehen. Sie kletterte so schnell wie möglich hinunter. Den letzten Meter sprang sie. Auf der Wendeltreppe nahm sie zwei Stufen auf einmal und hielt sich dabei am Geländer fest, um nicht zu fallen. Sie versuchte, auf Wim Tanners Schritte zu lauschen, hörte aber nichts, bis die Schritte plötzlich ganz nah waren. Jette blieb so abrupt stehen, dass ihr der Schmerz in die Knie schoss. Sie wischte sich die Haare aus der Stirn, versuchte ein unschuldiges Gesicht zu machen und setzte langsam einen Fuß auf die nächste Stufe.

Da stand Wim Tanner vor ihr. Oder Señor Caño. Der Mann atmete schwer. Er hielt ein Terrarium in den Händen.

»Was ist denn das?«, fragte Jette automatisch und versuchte, nicht allzu sehr zu keuchen.

»Ein bisschen Gesellschaft«, sagte Wim Tanner und grinste boshaft.

»Eine Schlange?«

»Eine giftige Puffotter. Beißt gern.« Wim Tanner schnellte auf sie zu und machte »Tsssss«. »Sie ist noch ein Baby und schläft nicht gern allein. Ich stell sie dir ans Bett.« Mit diesen Worten drängte er sich an ihr vorbei und nahm Kurs auf das oberste Stockwerk. Jette erstarrte.

»Das würde ich nicht tun!«, rief sie ihm hinterher.

Wim Tanner ging weiter.

Jettes Gedanken rasten. Wie konnte sie ihn aufhalten? Einen Ohnmachtsanfall simulieren? Der Mann war schon außer Sichtweite.

»Das würde ich nicht tun!«, rief sie noch mal. »Auf dem Dach sind Tauben. Die Schlange wird sich zu Tode fürchten. Sie denkt, das sind Raubvögel, die sie gleich fressen.« Wim Tanner blieb stehen. »Immer in Todesangst!!!«, setzte Jette noch eins drauf. »Das können Sie der Schlange doch nicht antun!« Wieder Schritte. Wim Tanner kam zurück.

Jette setzte sich an den Tisch. Ihr war schlecht vor Aufregung.

Dann stand Wim Tanner wieder vor ihr, mit dem Terrarium in der Hand. Er stellte es auf den Tisch.

»Ich wusste gar nicht, dass du so einfühlsam bist«, sagte er grinsend. Wieder verzog sich sein Señor-Caño-Gesicht zu einer Fratze. »Schieb mal deinen Ärmel hoch.«

»Was?«

»Ärmel hoch«, sagte Wim Tanner. »Gleich wird's noch einfühlsamer.«

Er hielt eine Spritze in der Hand.

Jette rührte sich nicht.

Wim Tanner packte sie am Kinn, wie er es schon öfter getan hatte. »Such's dir aus«, herrschte er sie an. »Entweder du tust, was ich sage, oder ich kette dich wieder an.«

»Was ist das?«

»Wird's bald!«

»Was ist das?«, fragte sie wieder. Ihre Stimme bebte.

Wim Tanner deutete auf sein Hörgerät. »Wie bitte?«, fragte er hämisch. Ein Ausdruck brutaler Zufriedenheit lag auf seinem Gesicht. Er riss den Ärmel selbst hoch. Dann zog er eine kleine Hautfalte an ihrem Oberarm in die Höhe und stach mit der Spritze hinein. Es tat weh. Jette sah, wie eine helle Flüssigkeit aus der Spritze in ihren Körper floss. Als Wim Tanner fertig war, packte er seine Spritzutensilien ein und ging.

Jette blieb reglos sitzen und starrte die Schlange an. Das Tier kroch züngelnd umher. Was hatte ihr Wim Tanner gespritzt? Sie stand langsam auf und machte sich auf den Weg nach oben.

Es war spät geworden. Wim Tanner saß im Baumhaus am Gartenteich und schaute seinen Fledermäusen zu. Von dieser erhöhten Position aus konnte man die Tiere gut beobachten. Er hatte ihnen am Tropenhaus ein Flugloch gebaut, sodass sie jederzeit hinein und hinaus fliegen konnten. Wim Tanner wartete auf seinen neuen Liebling. Vielleicht hatte er eine würdige Nachfolgerin für sein Mädchen gefunden. Da kam sie! Sie flog schneller als die anderen, er hatte sie sofort erkannt. Hinter sich hörte Wim Tanner ein leises Klirren. Er drehte sich um, warf einen Blick auf die Villa, sah aber nichts Außergewöhnliches. Als er sich wieder seiner Fledermaus zuwenden wollte, war sie bereits in der Dunkelheit der Nacht verschwunden.

Dann gab es einen ohrenbetäubenden Lärm. Es klang, als sausten Eisbrocken aus großer Höhe zu Boden und zersplitterten in Tausenden von kleinen Teilchen. Oder Glasplatten. Es klirrte und krachte und prasselte. Dann wieder ein lautes Krachen. In Kai Saalfelds Zimmer ging das Licht an. Wim Tanner schaute gebannt zur Villa. An einer Seite des großen prächtigen Glasdaches klaffte ein Loch, das mit jedem Moment größer wurde. Die bereits herabhängenden Glasplatten rissen rechts und links alles mit sich in die Tiefe. Wie bei einem Dominospiel fiel nach und nach das gesamte Dach in sich zusammen. Es war alt und marode gewesen. Das schon. Aber irgendetwas musste es zum Einsturz gebracht haben. Wim Tanner sah, wie sich in der Nähe des Schornsteines eine Gestalt aufrichtete. Die Silhouette war gut zu erkennen. Vorsichtig balancierte das Mädchen über das Dach.

Eine schlimme Nachricht

Als Jonah durch die Tür in Annas Hinterzimmer trat, dachte er eine Sekunde lang, Jette wäre da. Alles war wie an jenem Nachmittag, als sie sich kennengelernt hatten. Er hätte schwören können, dass ein leichter Geruch von Himbeergeist in dem Raum hing.

Die Wanduhr tickte wie immer übertrieben laut vor sich hin. Und auch jetzt bewegte sich der Schaukelstuhl am Fenster mit einem leisen Knarren. An jenem Tag hatte ihn die Katze in Bewegung gehalten. Jetzt saß dort wahrscheinlich eines der Mädchen.

»Hallo«, sagte Jonah in das Zimmer hinein.

»Hi«, sagte Charlie.

»Dukie hat gerade angerufen«, sagte Klara. »Er hat was herausgefunden. Hat aber nicht gesagt, was. Er kommt, so schnell er kann.«

»Typisch Dukie«, murmelte Jonah. »Wenn er irgendwann mal direkt sagt, was Sache ist, werde ich mir ernsthaft Sorgen um ihn machen.«

Sie hatten jetzt bei Anna eine Art Hauptquartier. Er, Dukie, Klara und Charlie. Nachdem Wim Tanner Jette auf dem Acker mitgenommen hatte, war ihnen sofort klar gewesen, dass sie gemeinsam nach ihr suchen mussten. Daher hatten sie auch Annas Angebot, das Hinterzimmer des Kiosks als Treffpunkt zu nutzen, gleich angenommen. Hier kamen sie nun jeden Morgen zusammen, tauschten Informationen aus, besprachen das weitere Vorgehen und machten sich Mut. Da Sommerferien waren, konnten sie sich ganz auf die Suche konzentrieren.

Jette war inzwischen seit zwei Wochen verschwunden. Sechs Tage war sie mit Jonah im Tropenhaus eingesperrt gewesen. Acht lange Tage wurde sie nun an einem anderen Ort gefangen gehalten, allein, ohne Jonah. Sie war jetzt schon länger in der Gewalt von Wim Tanner, als Jonah sie kannte. Das war ihm heute Morgen beim Zähneputzen aufgefallen, und er hatte plötzlich eine unbändige Angst davor bekommen, dass er Jette womöglich niemals wiedersehen würde.

»Wir fangen am besten direkt mit der Lagebesprechung an«, sagte Jonah jetzt und setzte sich an den kleinen Tisch. »Wer weiß, wann Dukie hier auftaucht ...« Er wandte seinen Kopf zur Couch, wo er Klara vermutete. »Gibt's was Neues von der Polizei?«

Klara raschelte mit Papier. »Eine ganze Menge«, sagte sie und holte tief Luft.

Jonah war ihr dankbar. Sie akzeptierte, dass er das Tempo vorgab, und schien zu verstehen, dass er nicht anders konnte. Vom ersten Augenblick an, als er im Krankenhaus ohne Jette aufgewacht war, hatte er das Gefühl gehabt, voranstürmen zu müssen, sie mit aller Kraft finden zu müssen. Er hatte seine Aussage gemacht, sich einen Blindenstock besorgt und dann das Krankenhaus verlassen. Noch am selben Nachmittag hatten er und Dukie der Polizei beim Durchsuchen der Villa geholfen. In den folgenden Tagen hatte er ein Täterprofil von Wim Tanner erstellt. Und mit Hilfe von Charlie hatte er mehrere Lehrbücher über Ermittlungsarbeit gelesen und zahlreiche Fachartikel durchgearbeitet. Sie hatten nicht vor, sich nur auf die Polizei zu verlassen, und sich daher so viel Wissen wie möglich angeeignet. Was immer sie selbst leisten konnten, mussten sie tun. Darüber hinaus ging es aber auch darum, der Polizei klarzumachen, dass sie ihr Vorgehen sorgfältig verfolgten. Jonah hoffte, dass die Polizei dann besonders gründlich ermitteln würde. Vielleicht war das aber auch gar nicht mehr nötig. Es gab inzwischen ein neues Ermittlungsteam, das mit Hochdruck nach Jette suchte.

Was ihr eigenes »Ermittlungsteam« betraf, hatte Jonah jeden an der Stelle eingesetzt, wo er am nützlichsten war. Dukie hörte natürlich wieder die Villa ab. Allerdings hatte er damit bisher keinen Erfolg gehabt. Auf den Bändern war entweder gar nichts drauf gewesen oder nur Rauschen. Sehr ärgerlich war, dass Dukie die alten Bänder in der Villa zurückgelassen hatte und Dr. Saalfeld sie offenbar weggeschafft hatte. Womöglich hätte irgendein Tontechniker doch noch eines der alten Gespräche retten können. Nun waren die Beweise verschwunden.

Klara hatte die Aufgabe, sie mit allen erdenklichen Informationen aus dem Polizeipräsidium zu versorgen. Sie ließ sich fast täglich unter irgendwelchen Vorwänden Termine bei den ermittelnden Kommissaren geben, dehnte diese bis ins Unermessliche aus und sog in dieser Zeit alles, was sie aufschnappen konnte, in sich auf. Sie hatte auch keine Probleme mehr damit, vorgelassen zu werden. Seitdem der Polizeipräsident einen Rüffel vom Oberbürgermeister erhalten hatte, weil seine Leute den Ernst der Lage zu spät erkannt hatten, wurden potenzielle Zeugen geradezu hofiert.

Charlie, die Vierte im Bunde, war wie von Geisterhand sowieso immer zur richtigen Zeit am richtigen Ort. Und dann gab es seit Neuestem noch Benno Krawtschik, den Aufzugführer von Stayermed. Bis vor Kurzem hatte er den Vorstandsfahrstuhl bedient, war dann aber zum Kantinenaufzug strafversetzt worden. Benno Krawtschik hatte ihnen angeboten, sich mit seinem unerschöpflichen Krimiwissen nützlich zu machen. Einmal am Tag meldete er sich telefonisch, fragte nach dem neuesten Stand und besprach mit ihnen das weitere Vorgehen. Während Jonah die Telefonate anfangs als Zeitverschwendung empfand, wusste er sie inzwischen zu schätzen. Benno Krawtschik hatte exzellente Antennen für alles Auffällige und wusste erstaunlich gut über neue kriminaltechnische Errungenschaften Bescheid. Und auch ansonsten hatte er von vielen Dingen Ahnung. Er war es, der ihm erklärt hatte, warum das mit dem Strom im Tropenhaus nicht funktioniert hatte. »Noch nie was von Überspannungsschutz gehört?« Das Elektrikbuch war einfach zu alt gewesen.

Es gab nur eine Sache, über die Jonah mit niemandem sprach, während er Jette fieberhaft suchte: Er hatte nicht den Eindruck, dass es seine eigene Kraft war, die ihn antrieb. Die war vor langer Zeit unter einem Lastwagen geblieben. Jette war wie ein Komet in sein Leben gerast und riss ihn mit sich fort. Er bewegte sich in ihrem Kraftfeld, folgte ihrer Bahn. Manchmal kam er sich wie ein blinder Himmelsstern vor, der unversehens in das Energiefeld eines mächtigen Kometen geraten war und nun durchs Weltall geschleudert wurde.

»Am interessantesten ist vielleicht, dass diese Carmen ihre Aussage bei der Polizei zurückgezogen hat«, sagte Klara.

»Weiß ich schon«, antwortete Jonah schroff. »Brauchen wir nicht drüber zu reden.« Er spürte regelrecht, wie sich auf den Gesichtern der Mädchen Fragezeichen bildeten. »Sie hat mich angerufen und es mir erzählt.« Er hatte keine Lust, näher darauf einzugehen. Carmen! Ihm war gar nicht bewusst gewesen, wie sehr er sie gemocht hatte. Sie hatte sich bei ihm entschuldigt, aber er hatte ihr gesagt, sie solle sich zum Teufel scheren. Sie hatte ihm trotzdem von ihrem nichtsnutzigen Freund erzählt, der vor vielen Jahren einmal Geld bei Stayermed unterschlagen hatte und nur deshalb nicht aufgeflogen war, weil Dr. Saalfeld die Sache vertuscht hatte. Saalfeld habe sie erpresst, und was sie denn hätte tun sollen, heulte sie. Ihr Freund habe doch schon öfter im Gefängnis gesessen und würde es dort keinen weiteren Tag aushalten. Dr. Saalfeld hätte ihn wegen der Sache von damals doch noch angezeigt, wenn sie nicht ... Und außerdem habe Dr. Saalfeld ihr versprochen, dass er Jonah und dem Mädchen nichts tun würde und dass er sie schnell wieder freiließe.

»Der blonde Gangster hat übrigens gestanden«, fuhr Klara schließlich fort. »Er sagt, er habe seine Befehle von Wim Tanner erhalten. Dr. Saalfeld ist also wieder mal fein raus. Außerdem sucht die Polizei noch den Mann, der die Hebebühne bedient hat. Aber der Blonde sagt, er habe ihn nicht gekannt. Ansonsten habe ich noch jede Menge Kleinigkeiten.« Bei dem letzten Satz hatte sie fragend ihre Stimme gehoben.

»Sag schon«, forderte Charlie sie auf.

»Als ich beim Kommissar drin war, ist fast pausenlos die Tür aufgegangen, und irgendwelche Beamten haben von ihren ›Ermittlungserfolgen‹ berichtet.« Klara raschelte mit ihren Notizen. »Sie haben die Mutter gefunden, deren Kinderwagen ich auf die Straße gestoßen habe, als wir Wim Tanner verfolgt haben, um uns Jettes Blut wiederzuholen. Außerdem wissen sie inzwischen, bei welcher Mietwagenfirma er sich das Auto besorgt hat. Sie haben herausgefunden, wo Wim Tanner die Infobriefe für die Knochenmarkspende gedruckt hat. Sie haben das Mädchen gefunden, das Jette mit dem Roller ins Stadion gefahren hat. Außerdem haben sich die beiden Fußballfans gemeldet. Dann gibt es Kontakt zu einer Frau vom Jugendamt, mit der Jonah telefoniert hat. Sie entschuldigt sich, dass sie damals nicht weiterhelfen konnte. Jettes Daten waren bei der Umstellung auf Computer verloren gegangen. Außerdem hat die Polizei Blutproben im

Auto von dieser Carmen gefunden. Das sind die, die Jonah da versteckt hat ...«

Was für ein Wust von unbedeutenden Kleinigkeiten! Jonah schnürte es die Kehle zu. Von einer richtigen Spur schienen die Beamten meilenweit entfernt zu sein. Die Polizei hatte schon einmal versagt, als sie ihn und Jette im Affenhaus hätte suchen sollen. Und sie schienen aus ihren Fehlern nichts gelernt zu haben.

Der Polizeipräsident hatte direkt nach Jonahs Aussage eine Pressekonferenz einberufen und von »mehreren Hundertschaften junger Beamter«, »diversen Hundestaffeln« und »erfahrenen Polizeipsychologen« gesprochen, die alle zur Suche herangezogen würden. Es sei eigens eine »Soko Affenhaus« gegründet worden. Meine Güte, hatte Jonah gedacht, warum nicht gleich »Soko Tollhaus«? Der alte Kommissar war »wegen krasser Fehleinschätzung«, wie es in einem internen Papier der Polizei hieß, mit dem Klara eines Tages bei ihnen aufgetaucht war, von dem Fall abgezogen worden.

Als Klara mit ihrem Bericht fertig war, blieb es eine Weile still im Raum. Dann sagte Jonah: »Vielleicht ist Dukie ja tatsächlich auf etwas Wichtiges gestoßen.« Er versuchte, optimistisch zu klingen. »Wir brauchen eine Strategie«, murmelte er. »Einen Plan.« Wenn sie nur genauer wüssten, was eigentlich vor sich ging! Vor ein paar Tagen war nachts das prächtige Glasdach der Villa eingestürzt. Einfach so. Obwohl Jonah sich fragte, ob es wirklich *einfach so* eingestürzt war. Auch das hatte Klara von der Polizei erfahren. Die Beamten hatten in der Nacht einen Blick auf das Grundstück geworfen, waren aber wieder abgerückt, weil sie nichts Ungewöhnliches entdeckt hatten. Dukie war auch noch einmal vor Ort gewesen und hatte sich alles genau angeschaut. Auch er hatte nichts gefunden, was irgendwie auf Jette hingewiesen hätte. Sein Vater war nicht da gewesen, und den einzigen

Menschen, den er gesehen hatte, war der neue Gärtner, der in einer fernen Ecke des Gartens Unkraut zupfte.

Die Tür ging auf. Tee- und Kaffeegeruch zogen in das Zimmer. Anna kam herein. Ihren leichtfüßigen Schritten nach zu urteilen, hätte Jonah auf eine Achtzehnjährige getippt. Die alte Frau stellte ein Tablett mit duftenden Croissants vor ihm ab. Außerdem gab es Süßigkeiten. Für jeden das, was er am liebsten aß. »Kommt ihr zurecht?«, fragte Anna. Sie nickten. Jonah nahm sich ein Brausebonbon. Wie immer lagen die Bonbons rechts unten auf dem Tablett. Charlie riss das Papier ihres Eises auf. Sie aß zu jeder Tages- und Nachtzeit am liebsten Eis. Für Klara waren sicher Karamellbonbons dabei. Und für Dukie Lakritzfische.

Für Anna war es eine Frage der Persönlichkeit, welche Süßigkeit man am liebsten aß. Entsprechend umsichtig versorgte sie sie. Am Anfang hatten sie es noch komisch gefunden, sich den Bauch vollzuschlagen, während Jette gefangen war. Aber dann hatte Klara kategorisch erklärt: »Man kann Süßigkeiten essen *und* arbeiten.« Und dabei war es geblieben. Zudem hätten sie sich sowieso kaum wehren können. Sie hatten von Anna den eindeutigen Auftrag erhalten, ihr Jette zurückzubringen. Und Anna sah es als ihre Aufgabe an, ihnen die bestmöglichen Arbeitsbedingungen zu bieten. »Lasst euch nicht stören«, sagte sie und verließ das Zimmer.

»Nächstes Thema«, sagte Jonah und nahm einen Schluck Tee. »Was machen wir mit diesem Medienrummel? Einfach laufen lassen?«

»Es wird immer schlimmer«, gab Charlie zu bedenken, während sie in ihrem Schaukelstuhl mit dem Kaffee hantierte. Sie war die Einzige, die Kaffee trank.

»Jetzt gibt es Jette schon als Poster. Doppelseitig. Zum Herausnehmen. Hat mir Anna heute Morgen gegeben.«

Sie klopfte mit den Fingerknöcheln auf ein Papier in ihrer Hand.

Seit einigen Tagen spielte die Presse völlig verrückt. Anfangs hatten sich die Zeitungen noch mit Jettes offiziellem Vermisstenfoto zufriedengegeben. Aber dann hatte Jonah Jettes Eltern vorgeschlagen, auch ein paar private Fotos weiterzugeben. »Je mehr Leute wissen, wie sie aussieht, desto eher erkennt sie vielleicht jemand«, hatte er gesagt.

In kürzester Zeit war das Land süchtig gewesen nach immer mehr Jette-Fotos. Sie galt inzwischen als das schönste Mädchen im ganzen Land. Täglich tauchten neue Bilder von ihr auf. »Jette am Strand«, »Jette auf dem Fahrrad«, »Jette beim Einkaufen«. Wer immer irgendwann einmal ein Foto von ihr geschossen hatte, schien es in diesen Tagen für viel Geld zu verkaufen.

Die Journalisten legten täglich mit neuen Berichten über das »traurige Schneewittchen« nach, und dabei schien es niemanden zu stören, dass sie meistens gar keine neuen Informationen hatten. Sie rührten einfach aus den Zutaten »schönes Mädchen«, »Verbrechen«, »Geheimnis« und »Tragödie« immer neue Geschichten an.

Die Medien hatten begonnen, Jette als tragischen Popstar zu inszenieren, als fernes, melancholisches Idol. Eine Rolle, in der sie immer präsenter wurde und durch die sie die Jette aus Fleisch und Blut, die Jonah kannte, immer mehr zu verdrängen schien. Am Anfang hatten die anderen Jonah noch auf die Bilder aufmerksam gemacht. Aber seit einigen Tagen ließen sie es bleiben. Es war klar, dass er litt. Er wünschte sich die lebendige Jette zurück.

»Wir müssen uns überlegen, ob es Jette nützt oder schadet, dass überall Fotos von ihr gezeigt werden und alle über sie reden«, sagte Jonah. »Die Polizei könnte von der Presse schließlich auch Stillschweigen verlangen.«

»Auf jeden Fall darf es nicht passieren«, sagte Charlie, »dass sich Wim Tanner in die Enge getrieben fühlt und in einer Kurzschlussreaktion ...« Sie verstummte.

»Vielleicht sollten wir erst mal mit Jettes Eltern sprechen und sie fragen, wie sie das sehen«, sagte Klara.

Die Tür ging auf. »Hi«, sagte Dukie. Leichter Fischgeruch zog ins Zimmer. Jonah fühlte sich in das Dachgeschoss der saalfeldschen Villa versetzt. Inzwischen lebte Dukie allerdings mit seiner Mutter bei Verwandten und, soweit Jonah wusste, ganz ohne Seen- und Ozeanlandschaft. Dukie hatte sich in letzter Zeit sehr verändert. Das Verschrobene, Eigenbrötlerische, was er an sich gehabt hatte, war verschwunden, als hätte sich ein eingesperrter Geist gereckt und gestreckt und wäre frei ins Leben hinausgetreten.

Jonah hatte Dukie vor ein paar Tagen darauf angesprochen, und sein Kumpel hatte sehr überlegt geantwortet: »Ich wollte immer, dass mein Vater mich mag. Dass er sich um mich kümmert. Mit dem Abhören wollte ich ihm eigentlich nur ein weiteres Mal zeigen, was ich alles kann. So von hinten durchs Knie. Verstehst du? Als du dann Jette warnen wolltest, hatte ich Angst, dass alles auffliegt. Dass mich mein Vater rausschmeißt und alles verloren ist. Deshalb hab ich dir nicht geholfen. Aber als er euch dann entführt hat, war für mich auf einmal Schluss. Es war gar nicht schwierig. Ich bemühe mich nicht mehr um ihn. Es ist vorbei.«

Noch bevor Jonah etwas erwidern konnte, hatte Dukie den Ball zurückgespielt. »Und seit wann fährst du allein Straßenbahn?«, wollte er wissen.

Jetzt knackte Dukie mit den Fingerknöcheln. Ein Zeichen, dass er sich unwohl fühlte. »Ich habe eine gute und eine schlechte Nachricht«, sagte er launig. »Welche wollt ihr zuerst hören?«

»Die gute, um uns zu wappnen«, sagte Klara und stieg auf den lockeren Tonfall ein. »Die schlechte danach. Um die müssen wir uns sowieso länger kümmern.«

»Gute Wahl«, sagte Dukie. »Mmh, Lakritzfische ...«

»Dukie!!«, unterbrach ihn Jonah. »Mach schon!«

»Es gibt jemanden, der von Wim Tanner verlangt, dass er Jette freilässt!«, verkündete Dukie geheimnisvoll.

»Kenn ich mehrere«, sagte Jonah.

»Ich mein den Mann mit dem Falken!«

»Bitte, was?«, fragte Jonah perplex.

»Die Geschichte am See?«, fragte Klara.

»Ja«, sagte Dukie. »In der Villa ist ein anonymer Brief an Wim Tanner angekommen. Ich hab ihn in der Hausbar im Esszimmer gefunden. Eigentlich war ich nur auf der Suche nach einem guten Versteck für meine Mikros. Der Brief war geöffnet. Wahrscheinlich hat mein Vater ihn einfach aufgemacht. Ich hab den Brief mitgebracht. Ich les ihn euch vor. Es sind nur ein paar Zeilen.«

Sehr geehrter Herr Tanner!

Sie haben am 3. Juni vorsätzlich meinen Falken getötet. Ein solches Verbrechen bleibt nicht ungesühnt. Für den Moment verlange ich allerdings lediglich, dass Sie sofort das Mädchen freilassen. Ich weiß, wo sie ist. Halten Sie sich an meine Anweisungen.

Hochachtungsvoll

ein reisender Königssohn

»Was soll denn das?«, fragte Jonah. »Irgendein Absender?«

»Nein«, sagte Dukie.

»›Ein reisender Königssohn!‹ Was ist das denn für ein Spaßvogel?«

»Einer, der viel weiß«, sagte Dukie. »Der weiß, wo Jette ist. Der in der Nacht am See war. Der Wim Tanner droht.«

»Und warum befreit er Jette nicht?«

»Keine Ahnung. Vielleicht will er unerkannt bleiben?«

»Und was machen wir jetzt damit?«

»Nachdenken, Junge. Schmeiß dein Hirn an. Das sieht nach einem Verbündeten aus. Einem, der was bewegen kann.«

»*Mit* Absender wäre auch nicht schlecht gewesen«, sagte Jonah sarkastisch. Dann fügte er langsam hinzu: »Erinnert ihr euch an den Namen ›Norbert Königssohn‹? Den Mann, der behauptet hatte, dass er bei Jette als Baby diese Mutation entdeckt hatte?«

»*Königssohn* …«, wiederholte Charlie. »Klar!«

»Aber das macht die Sache nicht einfacher«, sagte Klara. »Der Mann ist schon seit Ewigkeiten verschwunden. Und warum sollte er so einen Brief schreiben? Wenn er es überhaupt ist.«

Sie schwiegen. Nur die Standuhr tickte unverdrossen weiter.

»Und die schlechte Nachricht?«, fragte Klara schließlich.

Jonah hörte, wie die Katze auf einen Stuhl sprang. Sie hatte sich die ganze Zeit noch nicht bemerkbar gemacht. Jetzt raschelte sie mit einem Stück Papier, das auf dem Stuhl lag, und ließ sich darauf nieder.

»Ich habe ein Gespräch zwischen meinem Vater und Wim Tanner aufnehmen können.«

»Du hast *was*?«, fragten Jonah und die Mädchen fast gleichzeitig.

»Warum sagst du das nicht gleich?«, herrschte Jonah ihn an. »Wo ist Wim Tanner denn?«

»Sie waren bei meinem Vater im Auto. Und hatten laute Musik an. War echt schwer, überhaupt etwas herauszufiltern. Die Aufnahme ist von gestern.«

»Und worüber reden die?«, fragte Klara.

»Ja, also ...«

»Dukie, los!«

»Hört's euch selbst an.« Dukie schaltete das Gerät an.

»Und?« Dr. Saalfelds Stimme. Gut erkennbar.

»Ich habe einen Kunden.« Wim Tanner.

»Gratuliere. War's schwierig?«

»Nein.«

»Was zahlt er?«

»Sechsstellig.«

»Nicht schlecht.«

»Ein Anfang.«

»Du willst öfter liefern?«

»So oft es geht.«

»Wer macht die Operationen?«

»Ich kenne einen Arzt, der nicht viel fragt, wenn das Geld stimmt.«

»Du lieferst nur die Eizellen?«

»Ja. Der Kunde ist dann für alles Weitere selbst verantwortlich. Seine eigene Frau ist unfruchtbar. Sie wollen es mit den Eizellen des Mädchens versuchen.«

»Na gut. Glaubst du eigentlich, dass die zweite Titanenwurz noch blüht?«

Dukie schaltete das Gerät aus.

»Mein Gott«, stieß Charlie hervor.

»Er will ihre Eizellen verkaufen«, flüsterte Klara.

»Kann man das denn so einfach?«, fragte Jonah fassungslos.

»Ganz so einfach wohl nicht«, sagte Charlie. Ihre Stimme zitterte. »Hast du ja gehört. Muss man herausoperieren.«

»Wer kauft so etwas denn?«, fragte Jonah verzweifelt.

»Es gibt für alles Käufer«, sagte Klara leise. »Jeder weiß, wie schön Jette ist. Überall sind ihre Bilder. Das war kostenlose Werbung für Wim Tanner. ›Jette‹ ist ja fast schon eine Marke. Wahrscheinlich musste er nur an den richtigen Stellen durchblicken lassen, zu was er in der Lage wäre ...«

»Und jetzt?«, fragte Jonah.

»Wir müssen sie schnell finden«, sagte Dukie. »Und wir sollten der Polizei sagen, dass mein Vater und Wim Tanner sich getroffen haben.«

Klara und Charlie sagten nichts. Die Katze miaute und sprang vom Stuhl.

Jonah fühlte sich so elend, dass er das Gefühl hatte, es nicht mehr auszuhalten. Braune flirrende Fetzen zogen vor seinen Augen vorüber. Jette war in den Händen von richtigen Verbrechern. Sie war nicht einfach nur eingesperrt, damit man ihr Blut untersuchen konnte, was ja schon schlimm genug war. Sie war in ernsthafter Gefahr. Und er hatte es so weit kommen lassen. Warum war er nicht direkt zur Polizei gegangen, als er im Dachgeschoss von den heimtückischen Plänen erfahren hatte? Warum hatte er Jette in jener Nacht nicht schnell genug auf dem dunklen weiten Acker versteckt? Warum hatte er ihren Eltern vorgeschlagen, noch mehr Fotos an die Presse zu geben?

»Ich geh zur Polizei«, sagte Dukie. »Charlie, kommst du mit?«

Wieso Charlie?, dachte Jonah.

»Lass uns lieber gehen«, sagte Klara und stand auf. An der Tür blieb Dukie noch einmal stehen, als wolle er noch etwas sagen. Aber offenbar fiel ihm nichts Passendes ein. Ohne ein weiteres Wort verließ er mit Klara den Raum.

»Weißt du«, sagte Charlie nach einer längeren Pause, »als Baby hat Jette einmal in der Nacht aufgehört zu atmen. Das war noch auf der Säuglingsstation. Genau in dem Moment ist ein Arzt in das Zimmer gekommen, der sich eigentlich nur in der Tür geirrt hatte. Er hat sie sofort beatmet, und es ist nichts passiert. Das hat sie mir mal erzählt. Als Dreijährige ist sie bei ihrer Oma aus dem Fenster gefallen. Zweiter Stock. Unten stand eine Schafherde. Sie hat sich nichts getan. Aber zwei Tiere hatten die Beine gebrochen. Der Schäfer musste die Beine schienen. Und mit sieben Jahren hat sie eine Handvoll Eibenbeeren gegessen. Auch da ist nichts passiert. Sie hat auf keinen einzigen Kern draufgebissen, denn das Giftige sind die Kerne. Und letzten Sommer hing sie mit ihrem Handkettchen unter Wasser an einer Pflanze fest. Das war am Baggersee. Sie hat gezogen und gezerrt und ist nicht losgekommen. Auf dem Grund lag an genau der Stelle eine Glasscherbe. Mit der hat sie die Pflanze abgeschnitten.«

»Warum erzählst du mir das?«, fragte Jonah.

»Jette hat einen Schutzengel«, sagte Charlie.

Jette im Erdloch

Es hatte wieder angefangen zu schneien, und Jette spürte, wie ihre Kräfte nachließen. Aber Jonah lief einfach weiter. Obwohl seine Füße tief im Schnee einsanken, wurde der Abstand zwischen ihnen größer. Jooonaaah!, versuchte sie zu rufen, brachte aber keinen Ton heraus. Die Schneeflocken kamen jetzt von allen Seiten. Langsam verblasste Jonahs Gestalt im Schneetreiben. In der Ferne hörte sie ein dumpfes Grollen, das immer lauter wurde. Es schien näher zu kommen. Riesige Schneemassen türmten sich auf einmal vor ihr auf. Dann schlugen sie über ihr zusammen, rissen sie mit sich fort, drückten auf ihren Körper, schoben sich in ihren Mund, in die Nase, in die Ohren.

Luft, dachte sie. Ich brauche Luft! Jette fuhr aus ihrem Albtraum hoch. Sie zitterte am ganzen Körper. Um sie herum war es dunkel. Sie legte ihre Hände auf ihr Gesicht – kein Schnee. Ich habe nur schlecht geträumt, versuchte Jette sich selbst zu beruhigen. In ihrem Kopf pochte es, und sie hatte Schüttelfrost. Sie atmete tief durch und zog die Knie an. Die Stoffdecke, die sie hatte, war viel zu dünn für das kalte Erdloch, in dem sie sich befand. Sie tastete nach der Kopflampe, die sie am Vorabend neben sich auf der Matratze abgelegt hatte. Wie dunkel es hier war! Gar nicht weiß wie in dem Traum, sondern ganz schwarz. Aber machte das einen Unterschied?

Bei ihrem Fluchtversuch aus der Villa war alles schiefgegangen. Das gesamte Glasdach war eingestürzt. Damit hatte sie nicht gerechnet. Sofort waren überall die Lichter angegangen. Der Lärm hatte anscheinend das ganze

Haus aufgeweckt. Jette hatte durch das offene Fenster in das Zimmer von Dukie einsteigen können und sich hinter einer Kommode versteckt. Weil es ihr zu gefährlich erschien, die Flucht durch den Garten direkt anzutreten, hatte sie erst mal abgewartet, in der Hoffnung, dass Wim Tanner die Suche nach ihr bald aufgeben oder ein Polizeibeamter das Zimmer betreten würde. Aber es war anders gekommen. Bereits nach wenigen Minuten war Wim Tanner in das Dachzimmer gepoltert, und seine Fledermaus hatte ihr Versteck aufgespürt. Während sie selbst die Fledermaus nicht aus den Augen gelassen hatte, aus Angst, von ihr gebissen zu werden, hatte Wim Tanner ihr einen stechend riechenden Wattebausch ins Gesicht gedrückt. In diesem Erdloch war sie irgendwann wieder aufgewacht. Sie hatte keine Ahnung, wie viel Zeit seitdem vergangen war.

Wo war bloß die Kopflampe? Rechts von ihr hörte sie ein leises Piepsen. Die Mäusebabys. Sie hatte sie gestern hier gefunden und ihnen mit einem Handtuch auf ihrer Matratze ein Nest gebaut. Jette sah es als einen Freundschaftsbeweis an, dass die Mäusemutter ihr die fünf Mäusekinder ins Bett gelegt hatte. Jette hatte die Mäusemutter Niko getauft. Sie war eine kleine braune Wühlmaus, die ihr vor ein paar Tagen vorsichtig die Hand geleckt hatte, als sie wieder einmal reglos auf der Matratze vor sich hin gedämmert hatte. Jette hatte begonnen, sie zu füttern. Das Tier fraß alles. Brot, Reis, Zwieback. Was sie eben hier unten hatte. Behutsam strich Jette über die dünnen nackten Körper im Nest. Wie warm sie waren. Die Mäusemutter war wahrscheinlich irgendwo in ihrem weit verzweigten Gangsystem unter der Erde unterwegs. Vor zwei Tagen war sie mit einem Stück Mohrrübe im Maul aufgetaucht und hatte es auf die Matratze gelegt. Gemüse aus einem Garten: Nikos Gänge führten in die Freiheit.

Die Lampe lag neben dem Mäusenest. Jette schaltete sie an. Die Umrisse ihres Gefängnisses traten schemenhaft aus der Dunkelheit hervor. Sie befand sich in einem Erdloch, anders konnte man es nicht nennen. Es war ein Loch mit einem Erdboden und Erdwänden. In jeder Ecke stand ein Betonpfeiler, und auf diesen Pfeilern ruhte eine Decke aus Beton, die das Mädchen davor schützte, von herabstürzender Erde verschüttet zu werden. Der gesamte Raum war nur wenige Quadratmeter groß, ein Loch unter Tage, das ein Bagger geschaufelt hatte. Drei Dinge hatte Jette zur Verfügung: einen Lattenrost mit Matratze, die verhasste Campingtoilette und seit gestern einen kleinen Tisch. Wenn Jette sich auf die Zehenspitzen stellte und die Arme hob, konnte sie die Decke berühren. In der Mitte der Decke gab es eine große Luke. Aber sie wurde selten geöffnet.

Jette blickte auf die Armbanduhr. Es war kurz nach sieben. Draußen war es sicher schon hell. Jedes Mal, wenn sie auf die Uhr schaute, hoffte sie, dass sie noch funktionierte; bislang hielt die Batterie zum Glück.

Die Uhr hatte ein Ziffernblatt mit Zahlen von eins bis zwölf. Bisher hatte Jette die Abendstunden noch nicht mit den Morgenstunden verwechselt – soweit sie das einschätzen konnte. Sie versuchte, im Rhythmus zu bleiben und nur nachts zu schlafen. Die gemeinsame Zeitrechnung erschien ihr als die einzige Verbindung zu den Menschen draußen. Ansonsten fühlte sie sich von der restlichen Welt völlig abgeschnitten.

Sie fror erbärmlich, aber mehr zum Anziehen hatte sie nicht. Wim Tanner hatte ihr ein paar Sachen mitgebracht: ein T-Shirt, einen Pullover und eine Strumpfhose. Aber keine richtige lange Hose. Sie trug immer noch den Hosenrock, den sie schon im Tropenhaus angehabt hatte. Jette zog sich die Decke über den Kopf, um es etwas wärmer zu haben.

Die Kopflampe leuchtete die Betthöhle hell aus. Unter der Matratze spürte sie die harte Form der Schatulle. Sie hatte sie bei der Flucht aus dem Treppenhaus mitgenommen und hier versteckt. Es war eigentlich ein Wunder, dass Wim Tanner das Kästchen nicht gefunden hatte. Sie hatte es sich mit einem Stück Stoff um den Bauch gebunden, bevor sie den Fluchtversuch durch das Glasdach gewagt hatte, und als sie in dem Verlies unter der Erde aufgewacht war, war die Schatulle immer noch an derselben Stelle gewesen.

Die ersten Tage in dem neuen Gefängnis waren am schlimmsten gewesen. Sie hatte das Gefühl gehabt, lebendig begraben zu sein – in einer unterirdischen Grabstätte an einem unbekannten Ort. Es hatte Momente gegeben, in denen sich die Erdwände scheinbar auf sie zubewegten.

Sie hatte Platzangst bekommen und das Gefühl gehabt zu ersticken. Aber anders als in dem Verlies im Affenhaus hatte sie bisher weder vor Wut und Verzweiflung an die Wand getrommelt noch geweint. Sie war in eine Art Angststarre verfallen und hatte viele Stunden reglos und apathisch auf der Matratze zugebracht. Sie konnte sich einfach nicht an die Dunkelheit gewöhnen. Diese Schwärze, die sich auch mit ihrer Kopflampe kaum vertreiben ließ. Dann die Feuchtigkeit und der Geruch nach Moder. Und erst die Stille. Die Töne und Geräusche der Außenwelt waren wie ausgeschaltet. Außer dem leisen Summen eines Gebläses an der Decke war nichts zu hören. Erst als Niko aufgetaucht war, war es ein bisschen besser geworden.

Jette ging die Luft unter der Decke aus. Sie steckte ihren Kopf wieder hervor. Ihr Blick fiel auf die Striche, die sie am Kopfende der Matratze mit einem kleinen Löffel in den Boden gekratzt hatte. Vier gerade Linien nebeneinander und eine fünfte quer darüber. Ihre Armbanduhr hatte leider keine Datumsanzeige, daher versuchte sie auf diese Weise die

Tage zu zählen, die sie in diesem Kerker bereits eingesperrt war. Sie fügte einen weiteren Strich hinzu. Plötzlich hielt sie inne. Hatte sie heute nicht schon einen Strich gezogen? Nein, dachte sie. Heute ist der sechste Tag. Das ist schon richtig, versicherte sie sich selbst. Oder hatte sie etwa schon jegliches Zeitgefühl verloren? Die Dinge müssen ihre Reihenfolge behalten, dachte sie. Sonst löst sich alles auf. Ob sie noch die einzelnen Stationen ihrer Entführung zusammenbrachte? Erst das Affenhaus. Dann das Haus auf dem Land. Dann das kleine Treppenhaus. Jetzt das Erdloch. Das Leben, das sie vor ihrer Gefangenschaft geführt hatte, kam ihr inzwischen so weit weg vor, dass sie sich manchmal fragte, ob sie es sich vielleicht nur eingebildet hatte.

Das Gefühl, wie Jonah in dem Schneetreiben einfach weitergegangen war und sie allein zurückgelassen hatte, steckte ihr immer noch in den Knochen. Es war so echt gewesen, als hätte sie es wirklich erlebt. Warum träumte sie so etwas? Sie wusste doch, dass Jonah zu ihr hielt und sie niemals im Stich lassen würde. Und seit gestern wusste sie auch, dass er frei war. Sie hatte es in der Zeitung gelesen, die Wim Tanner aus Versehen hier unten liegen gelassen hatte. Er hatte sie nur kurz auf der Matratze ablegen wollen, aber Jette hatte in einem unbemerkten Augenblick schnell ihre Decke über die Zeitung geworfen, und Wim Tanner hatte sie dann anscheinend vergessen.

Gleich auf der ersten Seite prangte ein großes Fahndungsplakat nach Wim Tanner. Und in dem darunterstehenden Artikel wurde Jonah zitiert. Wo er jetzt wohl war und was er gerade machte? Das letzte Mal hatte sie ihn auf der Leiter im Tropenhaus gesehen. Es kam ihr vor, als wäre das schon ewig her.

Allerdings stand in dem Artikel noch mehr. Es gab einen ungeheuerlichen Verdacht. Die Polizei schloss nicht aus, dass Wim Tanner Eizellen von ihr entnehmen und verkaufen wollte. Da sie so außergewöhnlich schön sei, so der Journalist, sei es durchaus denkbar, dass kinderlose Paare für ihre Eizellen tief in die Tasche greifen würden. Die Zeitung hatte sogar ein Schaubild abgedruckt, welche medizinischen Schritte im Einzelnen dafür nötig wären. Erst müsse man das Wachstum der Eizellen durch eine Hormonbehandlung anregen, dann die Eizellen operativ entnehmen, sie mit dem Samen des Mannes befruchten und sie anschließend der neuen Mutter in die Gebärmutter einsetzen.

Jette hatte zunächst an einen Scherz geglaubt. Aber der Artikel klang ganz ernsthaft. Und dann hatte sie an die Spritzen denken müssen, die Wim Tanner ihr täglich verabreichte. Alles ergab auf einmal einen Sinn. Jetzt, da sie zu wissen meinte, was er mit ihr vorhatte, hatte sie das Gefühl, dass ihre Brüste spannten, und ihr war klar geworden, dass Wim Tanner sogar über ihren Zyklus Bescheid wusste.

Als ihr diese Dinge durch den Kopf gegangen waren, war ihr plötzlich ganz anders geworden. Sie hatte auch an das Küken denken müssen, dem sie vor langer Zeit einmal über die Straße geholfen hatte. Das Küken hatte nicht gemerkt, dass sie auf es aufpasste. Ob es auch jemanden gab, der schützend die Hand über sie hielt? An jenem Tag hatte sie für die beiden Tiere Schicksal gespielt – und diese für sie. Denn ohne die Enten hätte Jonah sie nie gefunden! Sie hätte bis heute nicht gewusst, dass es ihn überhaupt gab.

Sie blickte dem Strahl ihrer Kopflampe nach. Er warf einen hellen Lichtkegel an die Wand. Die Abdrücke, die die Baggerschaufel beim Ausheben der Erde hinterlassen hatte, waren gut zu erkennen. Die Wand sah aus wie eine klaffende Wunde. Wurzeln waren gekappt und Erdgänge von Tieren aufgerissen worden. Mit Sicherheit auch die Gänge ihrer kleinen Wühlmaus. Die Wurzeln kamen alle von der linken Seite, nichts wuchs direkt über ihr. Jette hatte darüber nachgedacht und war zu dem Schluss gekommen, dass man sie wahrscheinlich unter einer betonierten Fläche gefangen hielt. Dafür sprach auch die betonierte Decke, die sich erdrückend dicht über ihr befand. Ob sie irgendwo unter der saalfeldschen Villa war? Manchmal schien sich Wim Tanner bei ihr zu verstecken. Dann kletterte er mit einem kleinen Campingstuhl in der Hand in das Erdloch hinab und hörte mit seinem iPod Musik, ohne sie zu beachten. Irgendwann klopfte es dann dreimal an der Luke, und Wim Tanner kletterte wieder hinaus.

Jettes Hand juckte. Sie hatte zwei Stiche. Mücken? Vielleicht eher Flöhe, dachte sie. Etwa von Niko? Jette sah auf die Uhr. Es war halb neun geworden. Selbst hier vertrödle ich noch meine Zeit, dachte sie. Dabei musste sie funktionieren und an ihrer Flucht arbeiten. Diszipliniert. Sie durfte sich keine Schwäche erlauben. Vor zwei Tagen war ihr das noch einmal klar geworden. Da hatte sich Wim Tanner selbst überboten. Er hatte die Luke geöffnet, ihr einen Knochen zugeworfen und in seltener Beredsamkeit gesagt: »Das ist das, was von deiner Mutter übrig ist. Dachte, das interessiert dich. Hat sich Kai Saalfeld für seine Forschungen besorgt.« Und damit war er wieder abgezogen. Sie hatte den Knochen aufgehoben. Es hingen Fleischreste dran, und er roch nach Oregano. Es war eindeutig ein Rest vom Mittagessen gewesen, doch sie war trotzdem geschockt gewesen und hatte den Knochen schließlich in einer Ecke begraben. In diesem Augenblick war ihr bewusst geworden, dass das, was hier geschah, womöglich über ihre Kräfte gehen würde. Sie hatte eine unsichtbare Grenze passiert und befand sich in einer Welt, in der die Gesetze des Lebens, so wie sie sie kannte, nicht mehr galten. Deshalb sagte sie sich immer wieder, dass sie stark bleiben musste, redete sich ein, dass alles gut werden würde, solange sie nur funktionierte.

Sie gähnte. Es fühlte sich gut an, brachte irgendwie ein Stück Normalität in diesen unterirdischen Kerker. Doch sie durfte jetzt nicht schlafen, durfte nicht die ganze Zeit nur herumliegen. Sie musste körperlich fit bleiben, wenn sie aus diesem Loch herauskommen wollte.

Jette stand auf, zog die Lampe um ihren Kopf enger und machte ein paar Kniebeugen. Dann dehnte sie ihre Arm- und Beinmuskeln und sprang ein paarmal in die Luft. Auf dem Tisch stand noch das Waschwasser. Es war braun vor Schmutz, aber besser als nichts. Sie wusch sich kurz das Gesicht und die Hände. Dann trank sie ein paar Schlucke Mineralwasser. Hunger hatte sie keinen. Wenn sie jetzt einen Apfel hätte, wäre es etwas anderes. Aber auf die alten trockenen Brötchen, die noch da waren, hatte sie keine Lust. Was würde sie für einen Apfel geben!

An die Arbeit, sagte sie leise zu sich selbst. Der kleine Tisch war als Nächstes an der Reihe. Sie hatte ihn sich noch nicht genauer angeschaut. Vielleicht konnte er ihr irgendwie helfen, aus dem Gefängnis herauszukommen. Sie räumte ihn erst mal leer und blickte ihn dann prüfend an. Er bestand aus einer Spanplatte und vier metallenen Beinen. Sie drehte ihn um. Die Beine waren an der Tischplatte festgeschraubt. Vielleicht konnte sie ein Bein abmachen? Sie rüttelte etwas an einem der Beine. Es wackelte. Sie stemmte sich mit ihrem Fuß gegen die Tischplatte und zog mit aller Kraft. Einmal. Zweimal. Plötzlich flog sie mit dem Bein in der Hand an die Wand. Mühsam rappelte sie sich wieder auf und hielt das Metallstück hoffnungsvoll hoch. Jetzt besaß sie ein Werkzeug. Einen Meißel.

Von einer Holzverstrebung an der Wand nahm sie ein Handtuch ab. Ein Loch kam zum Vorschein, das Jette mit einem Löffel gegraben hatte. Doch dafür war es bereits recht groß. Es sollte ein Gang in die Freiheit werden, und das neue Werkzeug würde ihr dabei helfen. Das Loch reichte bereits vom Boden bis zu ihren Knien und war ein paar Zentimeter tief. Das ausgeräumte Erdgut hatte sie gleichmäßig unter ihrer Matratze verteilt. Die Erde war wie zusammengepresst, Lehmboden, der es einem nicht leicht machte. Jette suchte den Raum nach einem Stein zum Schlagen ab.

Sie kam jetzt schneller voran. Fast jeder Schlag war ein Erfolg. Die Erde löste sich in großen Stücken. Aber sie musste aufpassen, dass sie sich nicht auf die Finger haute. Sie hämmerte, schaufelte und klopfte unermüdlich weiter, und das Loch wurde zusehends größer. Die zähe Erde und die Wurzeln haben auch ihr Gutes, dachte sie. Sie sorgen für Festigkeit. So konnte sie einen stabilen Gang bauen und musste keine Angst haben, dass sie bei einem Fluchtversuch verschüttet wurde. Ihr schauderte kurz bei der Vorstellung, lebendig in diesem Gang begraben zu werden. Doch dann schüttelte sie diesen Gedanken ab und grub weiter. Eigentlich war es nur eine Frage der Zeit, bis sie oben ankommen würde, sagte sie sich. Sie machte es genauso wie die Wühlmaus, nur eine Nummer größer. Jette grub in die Richtung, aus der die Wurzeln kamen. Dort müsste sie nach oben durchstoßen können. Sie keuchte inzwischen vor Anstrengung. Irgendwann war das Loch eine Armlänge tief, sodass sie zum Weiterarbeiten hineinkriechen musste.

An ihrer Hand bildete sich schon eine Druckstelle. Sie zog sich das T-Shirt unter ihrem Pullover aus und umwickelte sie damit. Eine Blase konnte sie jetzt nicht brauchen. Aber wenigstens wurde ihr beim Arbeiten warm. Plötzlich rutschte ihr der Meißel beim Schlagen ab. Er war auf eine feste Oberfläche gestoßen. Jette schlug erneut zu. Wieder rutschte er mit einem klirrenden Geräusch ab. Sie wischte die Erde beiseite. Ein großer Stein kam zum Vorschein. Sie versuchte es etwas weiter rechts. Aber auch dort Fehlanzeige. Sie wischte so viel Erde wie möglich weg – zum Vorschein kam ein Fels. Sie war auf eine Felswand gestoßen. Hier geht es nicht weiter, dachte sie verzweifelt.

Jette spürte, wie die Kraft sie verließ. Sie floss einfach aus ihr heraus. Wie Saft aus einer umgefallenen Flasche. Das Mädchen war unfähig, sich zu rühren. Der Fels vor ihr hatte eine helle, beigefarbene Maserung und kleine Vorsprünge und Einbuchtungen. An einer Stelle zeichneten sich die Umrisse eines Schneckenhauses ab. Jette passte genau in die Höhle hinein, die sie gegraben hatte. Sie fühlte sich merkwürdig geborgen. Die schwarze Erde schmiegte sich eng an sie. Wie lange dauert es, bis man selbst zu einem Abdruck wird?, fragte sie sich.

Sie war nass geschwitzt, und jetzt, wo sie sich nicht mehr bewegte, begann sie zu frieren. Die Kälte drang nun in sie ein, betäubte sie. Sie kauerte sich noch enger zusammen und steckte ihre Hände in die Taschen. Sie versuchte, an Jonah zu denken. Versuchte, sich an sein Gesicht zu erinnern. An seine schmale Nase. Das kräftige Kinn. Die Sonnenbrille. Die beiden langen schmalen Narben. Aber die einzelnen Teile fügten sich nicht zu einem Ganzen zusammen. Einzelne Erinnerungsfetzen tanzten auf ihrer Netzhaut auf und ab. Plötzlich wusste sie, was es bedeutete, dass Jonah in dem Traum im Schneetreiben einfach weitergegangen war. Das war nicht der echte Jonah gewesen, sondern nur die Erinnerung an ihn. Die Erinnerung an ihn hatte begonnen zu verblassen. »Wie schnell das geht«, flüsterte sie.

Ihre Hand stieß auf einen kleinen Gegenstand in der Hosentasche. Sie nahm ihn heraus. Es war ein silberner Knopf. Von einer Jeans. Der Knopf von Jonah, dachte sie. Den er mir zugeworfen hat, als wir im Affenhaus auf Wim Tanner gewartet haben. Sie hielt den Knopf fest in der Hand und blieb eine Weile einfach da liegen. Schließlich spannte sie ihre Muskeln und schälte sich aus der engen Umhausung. Dann robbte sie auf allen vieren zur Matratze und kroch unter die Decke. Auf einmal kitzelte sie etwas an den Zehen. Niko war da. Die Maus war am Fußende unter die Decke geschlüpft und lief über Jettes Füße. Die Mäusebabys piepsten.

»Hey, deine Kinder haben Hunger«, sagte Jette.

Sie blickte auf die Uhr. Es war halb drei. Eine letzte Möglichkeit hatte sie noch. Sie konnte versuchen, mit Wim Tanner zu reden. Ihn davon überzeugen, dass er sie freilassen musste. Sie stand auf, aß ein Brötchen, trank etwas Wasser und benutzte die Toilette, die beim Abziehen ein gespenstisches Geräusch machte. Dann schob sie die ausgehobene Erde in das Loch zurück und setzte das Tischbein wieder ein. Wim Tanner musste bald kommen. Ihre tägliche Spritze war überfällig. Ihr Bein juckte. Zwei neue Stiche.

Und da wurde die Luke auch schon geöffnet. Helles Licht fiel durch die Öffnung, und Jette schloss geblendet die Augen. Sie hörte, wie die Strickleiter hinuntergeworfen wurde. Schnell warf sie die Decke über das Nest mit den Mäusen. Wim Tanner würde sie ohne mit der Wimper zu zucken an die Schlange verfüttern.

Der Mann kletterte mit einer Zigarette in der Hand die Leiter hinab.

»Das ist ein Nichtraucherzimmer!«, fauchte Jette.

Wim Tanner sah sie spöttisch an. Er trat einen Schritt auf sie zu und blies ihr den Rauch ins Gesicht. Jette rührte sich nicht. Ihr Blick wanderte über sein Gesicht, und sie sah seine gelben schiefen Zähne und seine geröteten Augen. Warum hatte sie ihn so unfreundlich begrüßt?, ärgerte sie sich über sich selbst. Schließlich hatte sie sich ja vorgenommen, mit ihm zu reden, und da war es bestimmt nicht gerade förderlich, ihn wegen einer Zigarette anzumotzen. Wim Tanner trug immer noch seine Señor-Caño-Verkleidung.

»Deinen Arm!«, bellte er. Er warf die halb gerauchte Zigarette auf den Boden und zog eine Spritze aus seiner Hosentasche. Die Zigarette brannte auf dem Boden weiter.

Jette blickte durch die geöffnete Luke nach oben. Über dem Erdloch lag ein Raum; es war künstliches Licht, das in das Loch hereinfiel. Aber mehr konnte sie nicht erkennen. Wim Tanner schob ihren Ärmel hoch und stach mit der Spritze zu – einfach irgendwohin, so erschien es ihr. Es hatte etwas Schlampiges an sich, wie er die helle Flüssigkeit in ihren Körper drückte. Gleich würde er wieder gehen. Sie musste es jetzt versuchen.

»Herr Tanner«, sagte sie flehend, »bitte lassen Sie mich frei.«

»Du kannst also auch ›bitte‹ sagen«, zischte er.

»Ich habe Ihnen doch nichts getan.«

Er lachte grimmig und zeigte auf seine roten Augen. Dann auf seinen Hals.

»Ach ja, und die Ameisen.« Seine Stimme hatte etwas Anzügliches. »Etwas leichtsinnig, nicht wahr?«

»Wenn Ihrer Tochter so etwas passieren würde, würden Sie das wollen?« Jette wollte nicht so schnell aufgeben, doch Wim Tanner ignorierte die Frage. Seelenruhig packte er die Spritze ein. Jette drückte ihren Finger auf den Einstich. Die Zigarette brannte immer noch. Grauer Qualm stieg nach oben. Wim Tanner wandte sich von ihr ab und begann, die Vorräte zu prüfen. »Braucht das Goldeselchen noch etwas Futter?«, fragte er und lachte über seinen eigenen Witz.

»Ich werde Anspruch auf die Kinder erheben«, sagte Jette plötzlich.

»Du weißt Bescheid?« Er klang überrascht.

»Ihre Kunden werden die Kinder nicht behalten können.«

»Du wirst gar keinen Anspruch erheben«, blaffte Wim Tanner.

»Dann eben meine Eltern.«

»Weißt du, wie viele Kinder jedes Jahr geboren werden?« Er trat näher an sie heran. »Viele Millionen! Also viel Spaß beim Suchen!« Er lachte wieder, als hätte er gerade einen guten Witz gemacht, dann drehte er sich um und kletterte an der Strickleiter aus dem Verlies. »Morgen geht's los!«, rief er ihr von oben zu. »Stell dich drauf ein!« Damit warf er die Luke zu.

Jette stand auf, drückte die Zigarettenkippe aus und nahm die Decke von dem Nest mit den Mäusen.

Endlich eine Spur

Charlie lag auf dem Sofa ihrer Oma in der Küche. Hier konnte sie am besten schlafen. Nachts gehörte die Küche ihr. Sie musste sie mit niemandem teilen. Ansonsten gab es in der Wohnung nur noch das Schlafzimmer ihrer Großmutter und das Wohnzimmer, in dem sich ihre Mutter und ihre kleine Schwester eingerichtet hatten. Die Küche war nicht schlecht. Die Dinge, die einen hier umgaben, hatten einen besonderen Zauber. Da war die Keksdose oben auf dem Schrank, die die Besuche bei ihrer Großmutter seit ihrer frühesten Kindheit begleitete. Oder die gusseisernen Kellen in den Schubladen, die so unregelmäßig gefertigt waren, als hätte der Schmied von nebenan ihre Herstellung übernommen. Und natürlich die Uhren an der Wand, die sich mit ihrem lauten Ticken dafür zu rechtfertigen schienen, dass sie schon seit Langem nur noch ihrem eigenen Rhythmus folgten.

Das Beste an der Küche aber war das Sofa. Es war groß und weich und hatte ein verschwenderisches Blumenmuster. Zur Lehne hin war es etwas abschüssig, sodass man über kurz oder lang in einer Kuhle zu liegen kam. Wenn man nicht schlafen konnte, ließ man am besten die Hand in den Spalt zwischen Lehne und Sitzpolster gleiten. In der Ritze befanden sich allerlei Dinge, die im Laufe der Zeit dorthin gerutscht waren, ohne dass es jemand bemerkt hatte.

Jetzt beförderte Charlie ein zusammengeknülltes Stück Zeitungspapier an die Oberfläche und strich es glatt. Im Halbdunkel des Zimmers war schwer etwas zu erkennen. Aber ihre Großmutter hatte ein paar Passagen im Text angestrichen. Es ging um Zwangsräumungen. Na super, dachte

Charlie. Die wohlige Atmosphäre war dahin. Gereizt drehte sie die Zeitungsseite um. Todesanzeigen. Auch nicht besser.

Sie stand auf und knipste das Licht an. Vielleicht sollte sie ein paar Kekse essen? Sie holte die Dose vom Schrank und stellte sie auf den Tisch. Sie musste an die Villa von Dukie denken. Wie groß das Haus war. Und wie klein diese Wohnung hier. In der Keksdose waren frische Makronen, die ihre Großmutter vor ein paar Tagen gebacken hatte. Sie gab sich viel Mühe, damit sie sich bei ihr wohlfühlten. Während Charlie ihren Gedanken nachhing, arbeitete irgendetwas in ihr. Etwas hatte ihre Aufmerksamkeit erregt. Aber was?

Sie legte sich wieder hin und stöberte noch ein bisschen in der Sofaspalte. Sie beförderte ein unbeschädigtes Portionsdöschen mit Kaffeesahne zutage, eine silberne Perle und einen alten Eisstil. Dann knipste sie das Licht wieder an. Der Zeitungsausschnitt. Die Todesanzeigen. Das war es!

Eine gewisse Elvira Königssohn war gestorben. Und als einziger Trauernder hatte ein Mann namens Norbert Königssohn unterschrieben. Es gab sogar eine Traueradresse, in einem Viertel am Stadtrand. Die Anzeige war erst drei Wochen alt. Ob der Mann *ihr* Norbert Königssohn war? So häufig war der Name schließlich nicht. Sie mussten die Adresse zumindest überprüfen. Charlie holte ihr Handy aus dem Rucksack und wählte Jonahs Nummer.

Sie waren sofort aufgebrochen, und alle hatten mitkommen wollen. Jonah, Dukie, Charlie und Klara. Jetzt standen sie vor dem Haus, einem unscheinbaren Mehrfamilienhaus mit einem kleinen Vorgarten. Es war schon spät am Abend, aber hinter einigen Fenstern brannte noch Licht. Der Name der verstorbenen Dame stand noch am Klingelschild.

Klara klingelte. Keine Reaktion. Sie versuchte es noch einmal. Aber alles blieb ruhig. »Alle Klingeln gleichzeitig?«, fragte sie. Jonah nickte. Einen Augenblick später ging der Türsummer. Jonah drückte auf.

»Ja?«, rief eine Frau von oben.

»Entschuldigen Sie bitte die späte Störung«, antwortete Klara. »Wir möchten nur etwas in den Briefkasten werfen.« Sie schlichen leise die Treppe hinauf. Die Wohnung lag im dritten Stock. Dort klingelte Klara noch einmal. Wieder nichts. Ihnen blieb nichts anderes übrig, als die Tür aufzubrechen. Jonah hatte für den Fall extra Werkzeug mitgenommen. Ein Brecheisen, eine Zange, einen Schraubenzieher, einen Hammer und ein Tuch, das man unter den Hammer legen konnte, um das Geräusch der Schläge zu dämpfen. »Darf ich mal?«, flüsterte Klara und schob ihn zur Seite. Dann machte sie sich am Schloss zu schaffen, und nach kurzer Zeit schwang die Tür auf.

»Wie hast du das denn gemacht?«, fragte Jonah verblüfft.

Klara nuschelte etwas vor sich hin, das klang wie »einen Dietrich besorgt«, aber keiner der anderen fragte weiter nach.

Jonah war angespannt. Sie mussten endlich etwas finden, was sie irgendwie weiterbrachte. Seit zehn Tagen gab es keinerlei Lebenszeichen mehr von Jette. Wobei er sogar den Einsturz des Glasdaches als Lebenszeichen gewertet hatte. Sein Gefühl sagte Jonah, dass Jette noch in der Villa war. Aber was konnte man mit »seinem Gefühl« schon anfangen? Nachdem sie der Polizei gesagt hatten, dass Dr. Saalfeld und Wim Tanner sich getroffen hatten, hatte die Polizei die Villa noch ein weiteres Mal durchsucht. Die Beamten hatten das ganze Haus auf den Kopf gestellt, sämtliche Schränke und Schubladen durchwühlt, Möbel verrückt, Wände abgeklopft und sogar Radargeräte eingesetzt, mit denen sie Hohlräume hinter Wänden orten konnten. Aber sie hatten nichts gefunden. Keine Spur von Jette.

Jonah schloss die Tür hinter ihnen. Er hörte, wie jemand auf den Lichtschalter im Flur drückte. Hoffentlich fiel das Licht draußen nicht auf. Aber wahrscheinlich wären ihre Taschenlampen von außen viel verdächtiger. Vielleicht hätten sie doch bis morgen warten sollen, wenn es hell war?

In der Wohnung roch es muffig. Ein Hauch von Altdamenparfüm lag in der Luft. »Sie haben noch nichts ausgeräumt«, sagte Klara erleichtert.

Jonah tastete sich vorsichtig voran. Der Flur war lang. Vier Türen gingen von ihm ab. Es gab ein Schlafzimmer, eine Küche, ein Wohnzimmer und ein Bad. Wie lange das dauert, bis ich mich orientiert habe!, dachte er.

»Kommt mal her!«, rief Klara leise. Sie war im Wohnzimmer. »Hier, das Fotoalbum«, sagte sie, als alle den Raum betreten hatten. »Guckt mal!«

»Ist er das?«, fragte Dukie.

»Ich denk schon«, sagte Klara. »Steht Norbert drunter.« Sie blätterte weiter.

»Da!«, rief Charlie.

»Das ist unser Mann!«, sagte Dukie.

»Was ist denn da drauf?«, fragte Jonah ungeduldig.

»Norbert im weißen Kittel in einem Labor. Los! Weitersuchen!«

Wieder war es Klara, die etwas fand. Diesmal kam ihre Stimme aus dem Schlafzimmer. »Seht euch das mal an! Noch ein Album. Mit Postkarten aus aller Welt. In den ersten Jahren hat er sich noch Fred genannt. Aber es ist immer die gleiche Handschrift. Und später hat er mit Norbert unterschrieben. Aus Bangladesch ... Singapur ... Ghana ... Argentinien. Und in letzter Zeit nur noch aus dem Schwarzwald! Und hier ...«, sagte Klara triumphierend, » ... eine Adresse!« Im Zimmer war es andächtig still. »Am Forstenbach 6. Der Ort heißt Hohenfeld. Er lädt seine Mutter ein, ihn zu besuchen. Er ist dort Leiter in einem Heim für schwer erziehbare Jugendliche. Er schreibt, sie soll nach einem Norbert Küster fragen.« Klara blätterte weiter. Dann ihre fassungslose Stimme: »Guckt mal, was er hier schreibt: Er hat Falken!«

Eine lange Flucht geht zu Ende

Jonah hatte sich zurückgelehnt und lauschte dem monotonen Rattern des Zuges. Er war müde. Kein Wunder. Er hatte in der letzten Nacht nicht geschlafen. Es war einfach zu aufregend gewesen in der Wohnung der alten Dame, und er hatte sich danach stundenlang unruhig im Bett gewälzt und kein Auge zubekommen.

Charlie stand schon seit Längerem am Fenster und ließ sich den Fahrtwind um die Nase wehen. Hin und wieder sagte sie Sätze wie: »Da ist ein Feld mit ganz vielen Tulpen.« Oder: »Diese Schwarzwaldhäuser sehen lustig aus.« Aber auch ihre Stimme klang etwas schwach.

Der Waggon wurde mit Wucht zur Seite gedrückt, und es ratterte laut. Jonah schrak hoch. Ein anderer Zug kam ihnen entgegen.

Es war das erste Mal, dass er Eisenbahn fuhr, seitdem er nicht mehr sehen konnte. Es war gewöhnungsbedürftig. Aber auch mit dem Autofahren hatte er erst wieder klarkommen müssen. Man wusste nicht so recht, was mit einem geschah und wie man all diese Geräusche einordnen sollte. Waren sie jetzt in einen Tunnel gefahren? Ein leichter Druck hatte sich auf seine Ohren gelegt, und die Luft, die von draußen hereinkam, war merklich kühler geworden.

»Meinst du, dass Norbert Königssohn *wirklich* weiß, wo Jette ist?«, fragte Charlie.

Jonah nickte.

»Und warum befreit er sie dann nicht?«

»Das werde ich ihn auch gleich fragen«, sagte Jonah grimmig.

Sie hatten ihr Kommen natürlich nicht angekündigt. Norbert Königssohn sollte sich weiter unentdeckt wähnen, damit sie den Überraschungseffekt auf ihrer Seite haben würden. Er sollte keine Zeit haben, sich Ausflüchte zu überlegen. Wenn sie ihm erst mal gegenüberstanden, würde Charlie kein unruhiger Blick, keine Geste des Mannes entgehen. Und Jonah wollte genau auf die Stimme des Mannes achten. Sie würden ihm sein Geheimnis entreißen.

»Ich hoffe nur, dass er auch da ist«, sagte Jonah. Er musste laut gegen den Fahrtwind ansprechen. »Dann wird er uns schon sagen, was er weiß.« Seine Stimme hatte einen ungewöhnlich aggressiven Unterton.

»Wir werden ihn auf jeden Fall tüchtig in die Mangel nehmen«, sagte Charlie besänftigend und schloss das Fenster. Sie setzte sich neben ihn.

»Du brauchst nicht mit mir zu reden wie mit einem kranken Dackel.«

»Besser wie mit einem kranken Kampfhund? Was willst du tun, wenn er nichts sagt? Ihn anfallen?«

»Wir sperren ihn ein. Lassen ihn verhungern. Verdursten. Bis er redet.«

»Du meinst es ernst.«

»Weißt du, was sie jetzt vielleicht gerade mit Jette machen?«, entgegnete Jonah.

Er hatte Angst um Jette. Eine beißende, kalte Angst, die immer da war, in jeder Sekunde, ihn manchmal aber regelrecht ansprang, wie ein Raubtier sein Opfer. In diesen Momenten hörte er auf zu atmen und versuchte, mit seinen Händen seinen Nacken und seinen Bauch vor dem Angriff zu schützen.

Er nannte sie auch nicht mehr Jella, sondern nur noch Jette. Der Name, den er ihr einst gegeben hatte, machte ihm jetzt Angst. Er erschien ihm bei Weitem nicht so bodenständig und robust wie Jette. Eine Jella konnte der Wind wegwehen. Der Name war nicht viel mehr als ein Hauch. Wie hatte er ihr diesen Namen geben können?

Der Zug fuhr langsamer. »Komm«, sagte Charlie. »Wir müssen aussteigen.«

Jonah zog sich seine Jeansjacke über und griff nach seinem Rucksack. Er ließ sich die Zeit ansagen. Es war halb elf. An der Tür hatte sich eine Schlange gebildet. »Wanderer«, erklärte Charlie.

Jetzt hielt der Zug mit kreischenden Bremsen. Die Türen wurden geöffnet, und Jonah trat hinaus ins Freie. Die Luft roch frisch und würzig. Spazierstöcke klapperten auf dem Bahnsteig. Leute unterhielten sich, lachten. Eine Gruppe suchte nach einem fehlenden Teilnehmer. Es herrschte ein freundliches buntes Treiben. Wenn ich all das doch nur sehen könnte, dachte Jonah kurz. Dann war der Gedanke wieder verflogen. Das Gute an neuen Problemen ist, dachte er, dass man die alten vergisst. Er hatte schon lange nicht mehr darüber nachgedacht, dass er blind war. Er hatte zu viel zu tun. Er musste Jette finden.

Charlie griff nach seiner Hand, und sie gingen auf den Vorplatz. In der Sonne war es warm. Die Blätter der Bäume rauschten im Wind. Ein Auto fuhr vorbei. In der Ferne läutete eine Kirchturmglocke. »Es ist schön hier«, sagte Charlie. »Aber ich sehe keine Taxis.« Sie kramte einen Plan hervor, den sie sich von dem Ort besorgt hatte. »Ich glaube, es ist nicht weit«, sagte sie. »Das Haus liegt am Waldrand. Wir gehen einfach zu Fuß.«

Sie liefen schnell. Jonah hatte sich bei Charlie untergehakt. Wenn er mit ihr unterwegs war, nahm er seinen Stock gar nicht erst mit.

Bereits nach ein paar Minuten erreichten sie einen kleinen Waldweg. »Da lang«, sagte Charlie. Sie dirigierte ihn mit sanftem Druck vorbei an Steinen, Wurzeln und anderen Unebenheiten. Mit ihr an der Seite könnte ich sogar rennen, dachte Jonah. Dann musste er an Jette denken. Wie er das erste Mal seine Hand steif auf ihre Schulter gelegt hatte und sich von ihr führen ließ. Das war, als sie ihn unter dem Baum angesprochen hatte. Und später dann, wie sie ihn im Affenhaus immer an die Hand genommen hatte. Bei Jette musste man selbst auf Unebenheiten achten, doch er wäre jetzt gern mit ihr an der Hand über eine Wurzel gestolpert. »Verdammt!«, würde sie zerknirscht sagen. »Ich pass jetzt wirklich auf.«

»Hier stinkt's«, platzte Charlie in seine Gedanken hinein.

»Nach Vögeln«, antwortete Jonah zufrieden. »Sind wir da?«

»Ich glaube schon. Da vorn ist ein Haus. Und daneben stehen Käfige.« Charlie schüttelte sich. »In dem Käfig dahinten sitzt ein ziemlich dunkler Geselle. Mit krummem Schnabel. Aber sonst sehe ich niemanden.«

»Hallo?«, rief ein junger Mann aus Richtung des Hauses. »Kann ich euch helfen?«

»Wir möchten Herrn Küster sprechen!«, rief Charlie.

»Geht zu den Volieren durch. Dort ist er.«

»Der meint die Käfige«, stellte Charlie fest. »Er ist also wirklich da.«

Sie gingen noch ein Stück weiter und hörten bald ein beruhigendes »Ja-mein-Freund-kri-kri-kri-ein-bisschen-fliegen?-kri-kri-kri …« Eine Männerstimme mittleren Alters. Dann kräftiges Flügelschlagen.

»Hallo?«, rief Charlie.

Ein ungehaltenes »Augenblick!« war die Antwort. Dann freundlicher: »Ich komm gleich raus.« Kurz darauf fiel eine Tür ins Schloss, und Schritte näherten sich.

»Da ist der Mann«, flüsterte Charlie. »Er hat einen Vogel bei sich. Sitzt auf seiner Hand. Das Vieh hat irgendwas auf den Augen. Man sieht nur den Schnabel. Sieht ziemlich gruselig aus.«

»Was kann ich für euch tun?«, fragte der Mann, der auf einmal vor ihnen stand.

»Sind Sie Herr Küster?«, fragte Jonah.

»So ist es«, antwortete der Mann. Er klang arglos. Freundlich.

»Wir möchten mit Ihnen reden«, sagte Jonah. Für einen Augenblick fühlte er sich bereits am Ziel angelangt.

»Kein Problem«, antwortete der Mann. »Wenn ich den Falken dabei fliegen lassen kann? Später wird's zu heiß.«

Jonah zuckte mit den Schultern. Ihm fiel auf, dass der Mann *ihm* direkt geantwortet hatte. Er hatte in seine Richtung gesprochen. Die meisten Leute wandten sich an Charlie, Klara oder Dukie. Aber vielleicht hatte der Mann auch noch gar nicht bemerkt, dass er blind war.

»Geht schon mal zur Wiese durch, dort entlang«, sagte der Mann. »Muss mir nur noch einen neuen Handschuh holen. Den alten hat der Kamerad hier zerbissen.« Er ging mit schnellen Schritten davon. Der Mann hatte etwas Lässiges an sich. Und wirkte gleichzeitig bestimmt.

Ein paar Minuten später stand er wieder neben ihnen. Jonah hatte das Gesicht des Mannes vor Augen. Ein heller Typ mit blonden dichten Haaren, nachlässig rasiert, ohne Brille. So würde er sich an ihn erinnern.

Am Anfang hatte es ihn noch verunsichert und gestört, dass er nie wusste, ob die Bilder, die sich in seinem Kopf bildeten, mit der Wirklichkeit übereinstimmten. Aber irgendwann hatte er sich gedacht, scheiß drauf. Norbert Königssohn war für ihn eben blond. Sollten die anderen ihn doch braun, rot oder mit grün gepunkteten Haaren sehen.

Ihm war es egal. »Worum geht's denn?«, fragte der Mann jetzt neugierig.

»Wir wollen wissen, wo Jette ist«, begann Charlie ohne Umschweife.

»Wer ist denn Jette?«, fragte der Mann.

»Sie kennen sie«, sagte Charlie. »Außerdem haben Sie ja sicher alles in der Zeitung gelesen.«

»Bedaure«, sagte der Mann. »Ich lese kaum noch Zeitungen.« Er lachte etwas.

»Vielleicht hilft Ihnen der Name Lina Sandwey auf die Sprünge«, sagte Jonah barsch.

Irgendetwas fiel zu Boden. Der Vogel kreischte laut auf. Der Mann bückte sich. Er brauchte ewig, um sich wieder aufzurichten. »Entschuldigung«, murmelte er. »Die Tasche mit dem Fleisch.«

»Und?«, fragte Jonah drängend.

»Woher wisst ihr ...?«

»Wo ist sie?«, fiel Jonah ihm ins Wort.

Der Mann schwieg. Er atmete schwer. Dann stieß er hervor: »Ich muss den Vogel fliegen lassen.« Er hantierte an dem Tier herum. »So, jetzt kannst du wieder sehen«, murmelte er. »Noch die Riemen an den Füßen ... Und los geht's!« Mit lautem Flügelschlagen erhob sich der Vogel in die Luft.

»Herr Königssohn, wo ist sie?«, wiederholte Charlie.

»Wer seid ihr?«

»Wo ist sie?«

»Sie ... ist ... tot«, stotterte der Mann. »Wisst ihr das denn nicht?«

»Das kann nicht sein«, sagte Jonah tonlos. Er spürte, dass Charlie an seinem Arm zitterte. Tot, dachte er. Und noch während das Wort durch seinen Kopf fuhr, stellte er das Atmen ein. Es war keine bewusste Entscheidung. Er hörte einfach auf zu atmen. Er wusste nicht, ob es stimmte, was der Mann gesagt hatte. Aber solange er nicht atmete, konnte Jette nicht wirklich tot sein. Aus irgendeinem Grund hatte er den Eindruck, dass ohne seinen nächsten Atemzug etwas so Ungeheuerliches nicht vollendet werden konnte.

»Was ist passiert?«, flüsterte Charlie.

Der Mann sagte nichts.

»Was ist passiert?«, wiederholte sie.

»Wer seid ihr? Warum wollt ihr das wissen?«, stieß der Mann gepresst hervor.

»Was ist passiert?« Charlie brüllte jetzt.

Aber der Mann redete immer noch nicht.

»Bitte«, sagte Charlie etwas beherrschter. »Erzählen Sie es uns. Wir sind ihre Freunde.«

»Ihre Freunde?«, fragte der Mann. »Aber sie ist doch tot. Wie ...« Dann schluchzte er auf.

»Bitte«, wiederholte Charlie.

»Es war meine Schuld«, sagte der Mann gepresst. »Ich habe es noch nie jemandem erzählt.«

»Dann tun Sie es jetzt«, verlangte Charlie.

»Ich habe damals auf der Krankenstation gearbeitet, auf der sie geboren wurde«, begann er stockend. »Ich hatte dort ein Labor und machte klinische Studien. Ich war kein Arzt, sondern Biologe. Humangenetik. Ich arbeitete an meiner Doktorarbeit. Sie war das schönste Baby, das wir je gesehen hatten. Mit einer ganz außergewöhnlichen Haut. Straff, glänzend, makellos, keine einzige Unebenheit. Nichts Verschrumpeltes. Ich habe sie direkt nach der Geburt zu Gesicht bekommen, und sie sah nicht aus, als hätte sie neun Monate in Fruchtwasser gelegen, sondern als wäre sie direkt vom Himmel gefallen.«

Jonah wunderte sich, wie ruhig sein Körper war, seit er aufgehört hatte zu atmen. Er erinnerte sich an eine Geschichte, in der ein Mann sich nicht nach seiner Liebsten umdrehen darf, weil diese sonst zu Stein wird. Der Mann drehte sich um. Er selbst würde diesen Fehler nicht machen. Er hielt weiter die Luft an.

»Ich war ehrgeizig«, erzählte der Mann neben ihm weiter. »Ich hatte bereits als Student bei der Entschlüsselung des NF1-Gens mitgewirkt. Das Gen wird euch nichts sagen. Es hat etwas mit der Haut zu tun. Ich wollte mich um ein Stipendium bei einem amerikanischen Spitzenforscher bewerben. Die Studien, die ich in der Klinik machte, waren meine Visitenkarte. Ich sah in dem Baby die Chance meines Lebens. Wenn es eine genetische Veranlagung für seine perfekte Haut hatte und ich sie finden würde! Ich wäre auf der Stelle berühmt gewesen.«

Der Mann sprach nicht weiter. Seine Gedanken schienen ihn wegzutragen. Charlie räusperte sich. Noch einmal, diesmal lauter.

»Die Ärzte auf der Station«, nahm der Mann den Faden wieder auf, »nahmen dem Baby viel Blut ab, um es zu untersuchen. Die Mutter war drogenabhängig gewesen, und man musste mehr Vorsorgeuntersuchungen machen als üblich. Doch von dem Blut blieb immer etwas übrig, und ich holte es mir, obwohl das nicht erlaubt war. Aber niemand fragte danach. Das Kind hatte tatsächlich auffallend viele Mutationen auf dem NF1-Gen. Ich hoffte, *die eine* zu finden. Oder das Set an Mutationen. Ich wurde immer besessener von der Idee. Ich arbeitete rund um die Uhr. Ich wandte neue statistische Methoden an, las in kürzester Zeit Hunderte von Fachaufsätzen, kaufte für viel Geld neue Labortechnik. Und fand nichts.« Der Mann schwieg wieder.

»Jonah, alles in Ordnung?«, fragte Charlie auf einmal.

Er nickte.

»Du musst atmen«, sagte sie.

Er nickte wieder, aber es ging nicht.

»Sie ist nicht tot«, sagte Charlie. »Er erzählt von früher.«

Jonah nickte. Sie ist nicht tot, wiederholte er in Gedanken Charlies Worte. Und dann endlich kam sein Atem wieder. Er keuchte und holte tief Luft.

»Und dann?«, fragte er. »Wie ging es dann weiter?«

Der Mann schwieg wieder. Er setzte zum Reden an, aber die Silben erstarben ihm auf den Lippen. »Ich sollte den Vogel rufen«, sagte er schließlich. »Es ist ein Trainingsflug. Er muss lernen zu gehorchen.« Er stieß ein lautes »Hoy, hoy, hoy!« aus.

»Erzählen Sie bitte weiter«, bat Charlie.

»Ich hatte lange gearbeitet«, fuhr der Mann stockend fort. »Mir eine Pizza bestellt, aber vergessen, sie zu essen. Als ich in der Nacht endlich nach Hause gehen wollte, warf ich wie immer noch einen Blick in das Buch mit den Entlassungen vom nächsten Tag. Und da stand der Name des Babys. Es war ein Schock für mich. Irgendwie hatte ich damit gerechnet, dass sie noch länger auf der Station bleiben würde. Doch jetzt entschied ich, mir auf der Stelle Blut auf Vorrat zu holen. Natürlich hatte ich schon etwas Blut zur Seite geschafft, aber es war möglich, dass ich das Baby nie wiedersehen würde. Sicher war sicher.«

Das Glöckchen näherte sich. Mit lautem Flügelschlagen landete der Vogel auf seinem Herrn. »Gut gemacht!«, lobte der Mann müde. Jonah hörte, wie die Schnallen einer Tasche geöffnet wurden. Fleischgeruch stieg in seine Nase. Der Vogel gab ein aufgeregtes Krik-krik-krik-krik-krik von sich und flatterte wild mit den Flügeln. Dann war es still. Schließlich sagte der Mann: »Flieg noch mal, Junge!« Und der Falke erhob sich erneut in die Lüfte.

»Sie lag zusammen mit anderen Babys in einem Zimmer«, redete der Mann unaufgefordert weiter. »Als Erstes habe ich ein paar Haare von ihrem Kopf abgeschnitten. Das war schon mal sichere DNA. Aber für meine Untersuchungen war Blut praktischer. Die Ärzte hatten ihr sowieso eine Kanüle in den Handrücken gelegt, weil sie ihr öfter Blut abnahmen. Ich musste nicht neu stechen. Am Anfang klappte alles. Ich füllte eine Spritze mit Blut, dann eine zweite. Sie wachte nicht auf. Aus irgendeinem Grund dachte ich, dass ich noch mehr brauchte. Bei der dritten Spritze machte sie plötzlich die Augen auf, sah mich an – und hörte auf zu atmen.« Der Mann rang um Fassung. »Ich habe sie geschüttelt und ihren Namen gerufen. Aber sie hat nicht mehr geatmet. Ihre Lippen haben sich verfärbt, und sie lief schon blau an. Ich hatte zu viel Blut abgenommen. Der Kreislauf war kollabiert. Und dann bin ich aus dem Zimmer gerannt. Ich bin einfach weggelaufen. Fünfzehn Jahre habe ich mich gefragt, warum ich keine Hilfe geholt habe.«

»Sie ist damals nicht gestorben«, sagte Charlie. »Ein Arzt hat sie wiederbelebt. Er hatte sich eigentlich nur in der Tür geirrt, aber gleich gesehen, was los war. Ihr ist nichts passiert. Sie kennt die Geschichte von ihren Eltern. Der Arzt dachte, er hätte sie vor dem plötzlichen Kindstod gerettet.«

»Sie ist nicht gestorben?«, fragte der Mann ungläubig.

»Nein.«

»Das kann nicht sein. Sie war tot.«

»War sie nicht«, sagte Charlie.

»Doch.«

»Nein. Haben Sie denn nie nachgefragt?«

»Ich war mir so sicher«, sagte der Mann langsam. »Ich bin aus dem Krankenhaus gerannt. Durch die Straßen geirrt. Irgendwann bin ich nach Hause gegangen, habe meinen Pass geholt und mich in ein Flugzeug gesetzt. Ich hatte einen Menschen getötet. Ein Baby. Und das nur aus beruflichem Ehrgeiz. Ich konnte es nicht fassen. Bis zu diesem Moment war alles in meinem Leben rundgelaufen. Ich hatte immer Erfolg gehabt. Und jetzt war ich auf einmal auf der Flucht. Weniger vor der Polizei als vor mir selbst. Ich stand vor dem Nichts. Wisst ihr, ich habe meinen Beruf sehr geliebt. In der darauffolgenden Zeit litt ich sehr, und es dauerte Jahre, bis es mir wieder besser ging. Ich habe dann versucht, etwas Neues zu machen, etwas ganz anderes, und das hier ist ein Ergebnis davon.« Er machte eine ausholende Geste mit dem Arm, mit der er wohl das Heim für die Jugendlichen und die Vogelzucht meinte. Dann sprach er weiter: »Ich versuche jetzt, Menschen zu retten. Und das Baby ist wirklich nicht gestorben?«

»Aber Sie müssen doch den Brief geschrieben haben«, unterbrach ihn Jonah. Er zog das anonyme Schreiben an Wim Tanner aus seiner Jeansjacke. Der Mann nahm den Brief, las ihn und gab ihn ihm zurück.

»Nein«, sagte er, »der ist nicht von mir.«

»Aber Sie heißen doch ›Königssohn‹. Und der Absender des Briefes ist ›Ein reisender Königssohn‹. Und Sie waren doch auch immer unterwegs.«

»Aber ich habe den Brief nicht geschrieben.«

»Das kann doch kein Zufall sein«, sagte Jonah. »Wollen Sie damit sagen, dass Sie Jette nie wieder gesehen haben?«

»Ja«, sagte der Mann.

»Und wer hat dann den Brief geschrieben?«

»Ich weiß es nicht.«

»Und die Falken?«, sagte Jonah wütend. »Streiten Sie auch ab, dass Sie Falken haben?«

»Nein, ich habe Falken.«

»Und warum, bitte schön?«

»Ich kenn mich mit ihnen aus«, sagte der Mann. »Mein Vater war Förster. Und für die Jugendlichen hier sind sie genau das Richtige. Sie richten sie zum Jagen ab. Das gefällt den jungen Leuten. Aber sie müssen auch geduldig sein. Und zuverlässig. Den Tieren regelmäßig Futter geben. Ich habe hier Jugendliche, die das erste Mal seit Langem wieder eine Beziehung aufbauen. Manche auch überhaupt das erste Mal. Zugegeben, zu einem Falken. Aber immerhin. Mit Hingabe. Und Liebe.«

»Ihre Liebe interessiert mich einen Scheiß«, sagte Jonah. Ihm wurde schlecht. Sie waren in einer Sackgasse gelandet. Wieder einmal. Wo sollten sie Jette noch suchen? Die Zeit lief ihnen davon. Jeder Tag, der verging, bedeutete einen Tag mehr für sie in Gefangenschaft. Wer wusste, wie es ihr inzwischen ging? Ihr Besuch war völlig umsonst gewesen. Sie waren mal eben durchs ganze Land gereist, um irgendeinem verkappten Wissenschaftler mitzuteilen, dass das, was er meinte, vor fünfzehn Jahren angerichtet zu haben, gar nicht so war. Als ob sie nichts anderes zu tun hätten.

»Essen!«, rief eine Jungenstimme aus der Ferne.

»Gleich!«, antwortete der Mann neben ihnen. Dann fragte er wieder: »Sie ist wirklich nicht tot? Ich verstehe das nicht. Sie hat die ganze Zeit über gelebt? Ich habe wegen eines Irrtums … Ich meine, es ist gut, was ich hier gemacht habe, aber …«

»Kennen Sie Dr. Saalfeld und Wim Tanner?«, fragte Charlie.

»Sie waren damals beide auf der Station«, antwortete der Mann, noch ganz in seinen eigenen Gedanken versunken.

»Die beiden haben Jette entführt«, sagte Charlie. »Deswegen sind wir hier. Haben Sie eine Idee, wo sie sie versteckt haben könnten?«

»Nein«, sagte der Mann. »Ich habe sie seit damals nicht mehr gesehen. Aber warum haben sie sie entführt?«

»Dr. Saalfeld sucht die genetische Mutation, die Sie damals entdeckt haben. Aber …« Charlie hielt inne und sagte langsam: »Sie haben ja gar nicht erzählt, dass Sie die Mutation gefunden haben.«

»Hab ich auch nicht«, sagte der Mann.

»Aber Dr. Saalfeld hat doch Notizen von Ihnen entdeckt, in denen steht, dass Sie die Mutation gefunden haben«, sagte Charlie. »Er ist davon überzeugt, dass es stimmt, was Sie geschrieben haben. Deshalb hat er Jette entführen lassen. Er wollte ihr heimlich Blut abnehmen. Niemand sollte wissen, von wem das Blut mit der Mutation stammte. So wollte er sichergehen, dass er sein Wissen für sich allein haben würde. Aber wenn ich Sie richtig verstehe, gibt es diese Mutation gar nicht?«

»Verdammt«, sagte der Mann. »Ich kann mir denken, was er gefunden hat. Mein Gott, das darf doch alles nicht wahr sein. Dann bin ich auch noch daran schuld …«

»Woran sind Sie schuld?«, fragte Jonah.

»Ich …«

»Wieso?«, brüllte Jonah.

»Ich … habe einen solchen Zettel … geschrieben.«

»Geht es vielleicht etwas genauer?«, zischte Jonah.

»Bevor ich in der Nacht zu dem Baby ging, war ich wie im Wahn«, presste der Mann hervor. »Ich hatte mir vorgestellt, dass ich das Rätsel gelöst hätte. Ich saß an meinem Schreibtisch und stellte mir vor, Wissenschaftler aus aller Welt riefen an und gratulierten mir. Ich hob richtig den Hörer ab.« Der Mann lachte freudlos. »Ich nahm auch Papier und einen Stift zur Hand und fing mit dem entscheidenden Fachaufsatz an: ›Ich habe heute auf dem NF1-Gen des neugeborenen Kindes Lina Sandwey eine genetische Mutation entdeckt, die ihr eine perfekte Haut beschert …‹ Das Papier habe ich dann wohl auf dem Tisch liegen lassen.«

»Es war nur ein Wunsch«, sagte Charlie langsam.

»*Nur* ein Wunsch«, bestätigte der Mann bitter.

»Sie müssen Dr. Saalfeld sagen, dass es die Mutation nicht gibt. Dann hat er keinen Grund mehr, Jette gefangen zu halten«, sagte Charlie.

»Bist du dir sicher, dass das eine gute Idee ist?« Der Mann überlegte. »Vielleicht hat er dann auch keinen Grund mehr, eure Freundin am Leben zu lassen. Wenn er sie wirklich entführt hat, wird sie reden, wenn er sie gehen lässt.«

Jonah hätte dem Mann am liebsten die Gurgel umgedreht. Wie er es einfach so aussprach, dass Jette getötet werden könnte. Jonah achtete immer peinlich genau darauf, dass seine Gedanken *vor* diesem Punkt stehen blieben. Er liebte Jette. Und dennoch konnte er sie mit seiner Liebe nicht schützen. Er konnte keinen Schutzschild um sie ziehen. Irgendetwas musste bei der Schöpfung gründlich schiefgegangen sein. Es musste nur irgendein Idiot kommen, mit seinem Messer in Jettes Körper stoßen, und sie wäre für immer tot.

»Essen!«, rief wieder jemand vom Haus, diesmal etwas ungeduldiger. Statt einer Antwort schickte der Mann ein »Hoy, hoy, hoy!« in den Himmel. Dann fragte er: »Wollt ihr zum Essen bleiben?«

Jonah schüttelte den Kopf. »Danke, aber wir müssen Jette finden«, sagte er. »Wir haben keine Zeit.«

»Wo wollt ihr sie denn suchen?«

»Überall.«

»Man sollte schon wissen, wo man sucht«, sagte der Mann.

»Danke für den schlauen Ratschlag«, antwortete Jonah böse.

»Wisst ihr denn wenigstens, *wie* ihr am besten vorgeht?«

»Wir kommen schon zurecht«, grummelte Jonah.

»Ist Kai Saalfeld eigentlich immer noch besessen von seinen Gärten?«, fragte Norbert Königssohn.

»So kann man es sagen«, erwiderte Jonah müde.

In der Ferne hörte er das Glöckchen des Falken. Das Klingeln wurde lauter. Das Tier kam zurück.

»Guter Junge«, lobte der Mann, als es gelandet war. »Bleibt zum Essen«, sagte er. »Vielleicht kann ich euch doch noch helfen.« Und dann fügte er immer noch ungläubig hinzu: »Und sie ist wirklich nicht gestorben?«

Chance und Risiko

Jonah lag im Bett und konnte nicht schlafen. Er musste daran denken, was Norbert Königssohn ihnen erzählt hatte. Es gebe eine gewisse Chance, Dr. Saalfeld dazu zu bringen, Jette *einfach so* freizulassen, hatte er gesagt. Man müsse nur ein bisschen Schicksal spielen. Das war der Part, den sie zu übernehmen hätten.

»Wenn man am Ziel ist, kann man großzügig sein«, hatte Norbert Königssohn gesagt. »Und zum Beispiel ein entführtes Mädchen freilassen.« Es ginge darum, Dr. Saalfelds Hunger zu stillen. Und er, Norbert Königssohn, wisse, was dafür nötig sei. Dr. Saalfeld habe es ihm einst selbst erzählt. Eines Tages, als sie gemeinsam auf der Station arbeiteten, hatte er die Sache wie nebenbei erwähnt. Ohne ins Detail zu gehen. Doch Norbert Königssohn hatte die Worte zu deuten gewusst.

Aber war die Idee wirklich gut? War sie nicht zu riskant? Was würde passieren, wenn der ehemalige Biologe sich geirrt hatte? Wenn es Dr. Saalfeld doch um etwas anderes ging? Immerhin waren die Ratschläge eines Norbert Königssohns mit Vorsicht zu genießen. Der Mann war fünfzehn Jahre lang ohne wirklichen Grund durch die Welt geirrt. Aber selbst wenn er recht hatte – würde es ihnen überhaupt gelingen, Schicksal zu spielen? Und würde Dr. Saalfeld Jette tatsächlich freilassen? Oder würde er ganz anders reagieren, als Königssohn dachte?

Jonah zog die Decke höher. Ihm war kalt. Draußen zwitscherte ein Vogel. Ob es schon hell war? Er hatte noch kein Auge zugetan.

Siebzig zu dreißig Prozent, dass Dr. Saalfeld Jette freilässt, hatte Norbert Königssohn gesagt – sofern sie seinem Vorschlag folgten. Und was war mit den übrigen dreißig Prozent? Wenn das Experiment aus dem Ruder lief und Dr. Saalfeld ausrastete? Wenn sie eine zerstörerische Kettenreaktion in Gang setzten? »Und wie hoch schätzt ihr die Chance ein, eure Freundin zu finden, wenn ihr wie bisher weitersucht?«, hatte Norbert Königssohn sie gefragt. Sie hatten nicht geantwortet.

Manchmal muss man ein Risiko eingehen, dachte Jonah. Dann hat man wenigstens *die Chance* zu gewinnen. Sonst verliert man von vornherein. Obwohl, überlegte er, vielleicht kann man auch ohne Risiko gewinnen. Er fasste sich an den Kopf. Ich kann nicht mehr klar denken, dachte er. Oder denke ich klar, und die Dinge sind eben so kompliziert? Und was ist, wenn man ein Risiko eingeht und verliert?

Feuer

Kai Saalfeld stand auf der Veranda vor seinem Arbeitszimmer und blickte in den dunklen Garten. Die Laternen vorn bei den Buchsbäumen waren soeben angegangen. Im Schein der hellen Lampen warfen die Bäumchen lange Schatten. Er hatte die Pflanzen gestern erst gestutzt. Auch die Rosen in dem Beet daneben waren in dem Lichtschein gut zu erkennen. Kai Saalfeld sah zur Straße. Die Linden an der Einfahrt bewegten sich sacht und würdevoll im Wind, als nickten sie dem Gast bereits zu, den er erwartete. Der Garten hat auch im Dunklen seinen Charme, dachte er und ging in sein Arbeitszimmer zurück, um sich nachzuschenken.

Bald war es so weit. Der Mann, der ihn besuchen würde, saß wahrscheinlich schon im Taxi. Vor zwei Tagen hatte ihn der Mann aus Amerika angerufen. Ein unerwarteter Anruf. Ob er ihn besuchen dürfe, hatte er gefragt. Kai Saalfeld hatte ja gesagt.

Schade, dass die Titanenwurz nicht mehr blüht, dachte er jetzt. Aber der Mann aus Amerika würde auch so staunen. Die Bezeichnung gefiel ihm: »Mann aus Amerika«. Er würde ihm natürlich das neue Tropenhaus zeigen.

Kai Saalfeld nahm sich eine zweite Whiskeyflasche. In der Bar seines Arbeitszimmers hatte er die wirklich guten Tropfen stehen. Und die waren nur für ihn. Selbst Wim Tanner musste mit der Bar des Esszimmers im Familienflügel vorliebnehmen. Heute war er allerdings ausgegangen. Gezwungenermaßen. Kai Saalfeld hatte von ihm verlangt, die Villa zumindest für ein paar Stunden zu verlassen. Niemand sollte das Wiedersehen stören. Wim Tanner hatte geflucht, sich dann aber gefügt. Die Zivilbeamten am Eingang hatten ihn nicht angehalten. Er richtete sich immer noch jeden Morgen sorgfältig als andalusischer Gärtner her, fürchtete jedoch, dass seine Verkleidung irgendwann auffliegen könnte, und hatte daher inzwischen konkrete Pläne, die Villa zu verlassen.

Wie ruhig das Haus war, dachte Kai Saalfeld. Ganz anders als früher. Innerhalb von drei Wochen hatte sich sein Leben dramatisch verändert. Es war in sich zusammengestürzt wie ein Kartenhaus. Er hatte seinen Job verloren, seine Frau, seinen Sohn. Und die genetische Mutation, die er Tag und Nacht gesucht hatte, war unauffindbar geblieben.

Aber in diesem Moment störte ihn das alles erstaunlich wenig. Er fühlte sich am Ziel, denn eine große Last war von ihm abgefallen. Der permanente Drang, immer größere Gärten bauen zu müssen, war weg. Mit dem heutigen Tag hatten die Gärten ihre Funktion erfüllt. Das alles hatte auch einen sehr praktischen Vorteil: Er würde nicht mehr so viel Geld verdienen müssen.

Das einzige Problem war eigentlich nur noch das Mädchen. Am einfachsten wäre es, sie freizulassen, überlegte er. Es war nicht klug, sich mit einem Mord zu belasten, und wäre es auch nur als Mitwisser.

Wenn Wim etwas Geld mit dem Mädchen verdient hatte, konnten sie sie an einer unbelebten Straße aus dem Auto steigen lassen. So einfach war das. Er selbst würde dann allerdings untertauchen müssen, denn sobald das Mädchen wieder da war, würde man versuchen, ihn zu verhaften. Da war er sich sicher. Der Kommissar hatte ihm bereits gesagt, dass er ihm nachweisen könne, dass er Wim Tanner bei seiner Flucht unterstützt hatte. Offenbar hatte die Polizei ein Gespräch im Auto mitgeschnitten. Aber ihn hielt hier sowieso nichts mehr, und ausreichend »Fluchtgeld« besaß er auch. Für einen ordentlichen Neuanfang würde es jedenfalls reichen.

Wie der Mann wohl aussah? Kai Saalfeld hatte sich vorgenommen, ihm keine Vorwürfe machen. Es war alles so lange her … Als er gerade erneut das Glas ansetzte, klingelte es an der Tür.

Sie saßen zu viert im Baumhaus. Jonah, Charlie, Dukie und Klara. Es war verdammt eng, denn das Baumhaus war eigentlich nur für zwei Personen ausgelegt. Jonah und Dukie hatten es einst zusammen mit Jonahs Vater gebaut. Sie hatten dafür Jonahs Lieblingsbaum ausgewählt, einen alten Apfelbaum, dessen Äpfel stets als Erste reif waren. Auch jetzt roch der ganze Baum nach Äpfeln. Jonah streckte seine Hand aus und bekam einen zu fassen. Er riss ihn ab. Es war ein ziemlich kleiner Apfel. Jonah stopfte ihn in seine Hosentasche.

»Er ist längst im Haus!«, sagte Klara ungeduldig. Dukie schwieg. Er tippte unverdrossen auf seinen Armaturen herum, die er irgendwie auch noch in dem Baumhaus untergebracht hatte. Er hatte ihnen versprochen, dass sie jedes Wort, das in der Villa fiel, mithören könnten. Aber bislang hörten sie gar nichts.

In den Zweigen raschelte es. Vielleicht ein Eichhörnchen. Dann blubberte es. Einer der Koi-Karpfen, dachte Jonah. Das Baumhaus lag direkt neben dem kleinen Teich mit den Zierfischen. Kurz darauf raschelte es in einem Busch. Ein Vogel. Ein Apfel fiel zu Boden. Wie laut die Geräusche nachts waren.

Es war komisch, hier zu sein. Alles an dem Ort war bedeutungsvoll. Die Nachtluft schien erfüllt mit den Gespenstern der Vergangenheit – und der Gegenwart. Zweimal war Jonah seit der Flucht aus dem Tropenhaus noch in der Villa gewesen. Beide Male, um Dukie und der Polizei beim Durchsuchen des Grundstücks zu helfen. Und jedes Mal hatte er das Gefühl gehabt, dass Jette ganz nah war. Genau wie jetzt. Er spürte ihre Existenz an diesem Ort.

»Schön hast du's hier.« Die Stimme eines alten Mannes schallte plötzlich aus einem der Lautsprecher. Der Mann sprach mit amerikanischem Akzent.

»Hm«, antwortete Dr. Saalfeld.

Es ging los. Jonah beugte sich zu dem Lautsprecher vor.

»Wie alt ... bist du, boy?« Der Mann sprach ein Mischmasch aus Deutsch und Englisch.

»Das fragt man normalerweise ein Kind«, sagte Dr. Saalfeld. Er lachte, doch es klang nicht froh.

»Entschuldige bitte«, bat der Mann.

»Sechsundvierzig Jahre«, sagte Dr. Saalfeld.

Dann war es still.

»Etwas zäh, die Unterhaltung«, sagte Charlie in die Stille hinein.

»Wie ist er denn so?«, fragte Dukie. Seine Stimme klang ungewohnt zaghaft.

»Nett ...«, sagte Charlie. Sie hatte den Mann mit dem Taxi vom Flughafen abgeholt. Er sollte nicht auf die Idee kommen, noch im letzten Moment zu kneifen. Kurz vor der Villa war sie aus dem Taxi gestiegen, damit Dr. Saalfeld sie nicht sah, und dann vor wenigen Minuten zu den anderen ins Baumhaus geklettert. »Er ist alt«, sagte sie. »Siebzig oder achtzig Jahre. Und der Flug hat ihn angestrengt.«

Norbert Königssohn hatte nur drei Tage benötigt, um den Mann zu finden. Keine Frage, er wusste, wie man Vermisste sucht. Das jahrelange Untertauchen hatte ihn zu einem Experten für echte und falsche Spuren gemacht.

Dukie hatte den Mann in Amerika dann angerufen. Ihm konnte er eine Bitte am wenigsten abschlagen. Er war schließlich sein Großvater. »Du musst schnell kommen«, hatte Dukie gesagt, »und dir die Gärten zeigen lassen. Bewundere sie. Mehr ist eigentlich gar nicht nötig. Aber es ist sehr wichtig. Mein Vater hat ein Mädchen gekidnappt. Wir hoffen, dass er sie dann freilässt.« Dukie hatte einige Zeit gebraucht, um dem Mann am anderen Ende der Leitung die Zusammenhänge zu erklären. Aber dann hatte der sich tatsächlich bereit erklärt, über den Ozean zu fliegen.

»*Warum bist du gekommen?*«, fragte Dr. Saalfeld.

»*Wie geht es deiner Mutter?*«, antwortete der Mann ausweichend.

»*Sie ist tot. Wieso bist du hier?*«

»*I read about you in the newspaper.*«

»*Worüber?*«

»*Eine Entführung.*«

»*So.*«

»*Hast du etwas damit zu tun?*«

»*Was geht's dich an?*«

»*Nothing*«, sagte der Mann. Und dann, sehr leise: »*I'm sorry ...*«

»*Du siehst anders aus, als ich dich in Erinnerung hatte.*« Dr. Saalfelds Stimme.

»*Älter. Like an old man.*«

»*Ja, alt.*«

Pause.

»*Warum bist du nicht wiedergekommen?*« Kai Saalfelds Stimme klang tiefer als sonst.

Jonah fühlte sich auf einmal unwohl. Dr. Saalfeld war für ihn immer »der Hausherr« gewesen. Der Arbeitgeber seiner Eltern. Jetzt erlebte er ihn in einer ganz anderen Rolle. Sehr privat.

»Ich wollte immer wiederkommen.«

»Du hast nicht einmal geschrieben.«

»Ich wollte es immer. Aber ich bin kein großer Schreiber. Und irgendwann war es zu spät.«

Dr. Saalfeld lachte bitter.

Wieder Stille. Dann das Geräusch eines rückenden Stuhles.

»Ich zeig dir den Garten«, sagte Dr. Saalfeld.

»Okay«, stimmte der alte Mann zu.

Dukie tippte eilig auf seinen Tasten herum. »Sie gehen raus«, sagte Klara ungeduldig. »Hast du alle Mikrofone angeschaltet?« Dukie antwortete nicht. »Sag doch was«, drängelte Klara. Jonah grinste. Klara war auch nicht unfehlbar. Zu meinen, man könne Dukie ansprechen, während er seine Geräte justierte, war ein echter Anfängerfehler.

»Stell dich hierhin«, hörten sie Dr. Saalfeld sagen. *»Hier hast du den besten Blick.«*

»Sie sind auf der Veranda«, flüsterte Dukie.

»Das ist mein kleines Reich«, sprach er weiter. *»Es ist dunkel, aber einiges kannst du trotzdem sehen. Da vorn stehen die Buchsbäume. Ich schneide sie immer selbst. Die beiden ganz rechts sind ›Dame‹ und ›König‹ aus einem Schachspiel. Erkennst du die Figuren? Es hat lange gedauert, bis die Bäume so groß waren, wie ich sie haben*

wollte. Und daneben, auch noch im Licht der Laternen, sind die Rosen. Man sieht es jetzt nicht. Aber sie haben lavendelfarbene Blüten! Und duften wunderbar zart. Ich versuche, auch türkisfarbene Rosen zu züchten. Aber das ist sehr schwierig. Auf den kleinen Wegen liegt übrigens nicht einfach nur Kies. Das ist Marmorsplitt aus Verona. Pfirsichfarben. In der Morgen- und Abendsonne glänzt er wie Honig. Die Wasserlandschaft ...«

»Es ist ein herrlicher Garten. Wunderschön!«, unterbrach der alte Mann den Vortrag. *»Könntest du mir einen Stuhl bringen? Der Flug war lang.«*

»Aber im Sitzen kannst du das alles doch gar nicht sehen«, antwortete Dr. Saalfeld und redete weiter: *»Zum Beispiel das Treibhaus dahinten: Dort züchte ich Titanenwurze! Die Pflanzen haben die größten Blüten, die es überhaupt gibt. Aber das weißt du sicher. Vor ein paar Tagen hat eine geblüht. Das gelingt nur wenigen. Ich habe einen Mitarbeiter, der sich sehr gut auskennt. Wenn die Blumen blühen, dann riechen sie ... nach Aas. Offen gesagt, sie stinken ganz schön. Das lockt Fliegen und anderes Kleinvieh an. Die Blume ernährt sich von dem Geschmeiß. Jeder hat eben seine eigene Methode zu überleben. Die Tiere verwechseln die Blume mit einem toten Kadaver, und schwups! rutschen sie in den Kelch hinein ...«*

»Kai, bitte, ich muss mich setzen«, wiederholte der alte Mann seinen Wunsch nach einem Stuhl. Er klang jetzt schwächer als noch vor ein paar Minuten.

»Was dir aber den Atem rauben wird«, dozierte Dr. Saalfeld weiter, *»ist mein Tropenhaus. So etwas hast du noch nicht gesehen! Ein echtes Tropenhaus! Die Pflanzen kommen aus Borneo. Ich habe die Bäume in der Erde gelassen und das Ganze parzellenweise verschiffen lassen. Wir mussten dafür mehrere Containerschiffe chartern*

und haben auf den Schiffen riesige Gewächshäuser aufgestellt ...«

»Kai ...«, unterbrach der alte Mann ihn wieder. Dann waren zwei, drei unsichere Schritte zu hören.

»Du bleibst hier«, sagte Dr. Saalfeld scharf.

»Ich kann nicht mehr.« Noch ein Schritt. Dann gab der alte Herr ein schmerzverzerrtes *»Aaah«* von sich.

»Was ich sagen wollte«, erzählte Dr. Saalfeld ungerührt weiter. *»Nasenaffen! Ich habe echte Nasenaffen mitgebracht ...«*

»Bitte, lass mich gehen!«

»Was passiert denn da?«, fragte Jonah. »Dukie, hast du ihm nicht gesagt, dass er sich den Garten zeigen lassen muss? Dafür ist er doch da.«

»Er kann nicht mehr«, antwortete Dukie besorgt. »Das hört man doch. Er ist halt alt. Hat einen Langstreckenflug hinter sich.«

»Kai, please stop«, flüsterte der alte Mann.

»Du schaust dir den Garten jetzt an!«, befahl Dr. Saalfeld. Seine Stimme klang kalt und herzlos.

»Warum machst du das?«, fragte der alte Mann.

»Du hast es doch so gewollt!«

»Was hab ich gewollt?«

»Erinnerst du dich nicht?«

»Woran?«

»›Pass mir auf den Gemüsegarten auf‹«, sagte Dr. Saalfeld, als äffe er jemanden nach. *»Das hast du gesagt, als du gegangen bist. Und: ›Du kriegst das hin. Wenn ich wiederkomme, steht hier ein Prachtgarten. Dann ernten wir zusammen.‹«*

»Kann sein, dass ich das gesagt habe.«

»Aber du bist nicht wiedergekommen. Ich habe die Salatköpfe in der Erde gelassen, bis sie verfault sind. Und im nächsten Jahr habe ich neu ausgesät. Und du bist wieder nicht gekommen.«

Der alte Mann sagte nichts.

»Ich dachte …« Dr. Saalfelds Stimme brach. *»Ich dachte, dass ich den Garten vielleicht nicht gut genug gepflegt hätte. Ich war sieben Jahre alt. Ich wusste es nicht besser.«*

»Bitte …«

»Ich habe jedes Jahr versucht, es besser zu machen. Als du noch da warst, warst du so …« Dr. Saalfeld suchte nach dem richtigen Wort. *»… nett zu mir. Wir waren immer in dem Garten. Diesem Schrebergarten. Du hast mir alles gezeigt. Du hast gesagt, dass die Tomaten ein Dach brauchen, weil sie den Regen nicht mögen. Du hast mir gezeigt, wie tief man die Kartoffeln setzen muss. Und überall hattest du Blumen. Und du hast immer gelacht. Warum bist du gegangen? Wenn du mich wenigstens geschlagen hättest. Dann wäre es nicht so schlimm gewesen. Aber dass du da warst und dann gegangen bist …«* Blanker Schmerz sprach aus Dr. Saalfelds Stimme. *»Und irgendwann war ich erwachsen. Aber das mit den Gärten hat nicht aufgehört. Ich konnte nichts dagegen machen. Du hattest ja gesagt, dass du wiederkommst!«* Dann sagte er auf einmal in einem schneidenden Tonfall: *»Hier siehst du den Garten. Ich schenke ihn dir.«*

»Du musst mir nichts schenken«, flüsterte der alte Mann.

»Ich habe hart dafür gearbeitet. Bin Manager geworden, habe einen Konzern geleitet, ein Mädchen entführt. Und du sagst, du willst den Garten nicht?«

»Kai …«

»Du meinst, alles war umsonst?«

»Ich bitte dich.«

Der alte Mann schrie auf. Vielleicht hatte Dr. Saalfeld ihn zu Boden gestoßen. Schritte in Richtung Haus waren zu hören. Dann blieb es erst mal still.

»Was ist denn da los?«, fragte Jonah unruhig.

»Alles in Ordnung, Dukie?« Das war Charlie.

»Könnt ihr irgendwas sehen?«, fragte Jonah.

»Was willst du mit dem Kanister?«, rief plötzlich der alte Mann. Er klang erschrocken. *»Stop it! No gasoline!«*

Sie kletterten in Windeseile das Baumhaus hinunter. Jonah als Letzter.

»Das dahinten ist doch Feuer!«, stieß Klara entgeistert hervor.

Dann Charlies alarmierte Stimme: »Ja, die Pflanzen auf der Terrasse brennen. Verdammt, der Vorhang von der Terrassentür: Der bauscht sich nach draußen … Der hat Feuer gefangen!«

»Los!«, rief Dukie und rannte zur Villa. Charlie lief ihm hinterher.

Klara zog ihr Handy aus der Hosentasche und rief die Feuerwehr an. »Fünfzehn Minuten?«, schrie sie. »Geht das nicht schneller? Ein Großeinsatz am anderen Ende der Stadt?«

»Sag ihnen, dass Menschen in der Villa sind!«, schrie Jonah.

Als Klara aufgelegt hatte, sagte sie: »Du gehst zur Einfahrt und wartest dort auf uns, okay? Ich helf löschen.« Sie wollte losrennen, aber Jonah hielt sie am Arm fest.

»Jette ist da drin«, sagte er.

»Jonah«, antwortete sie, »wir haben alles abgesucht.« Es sollte überzeugend klingen, aber er konnte ihre Angst spüren. Dann war auch sie fort.

Jonah blieb unschlüssig stehen und drückte auf die Zeitansage seiner Uhr. Es war 22.44 Uhr. Vor elf war mit der Feuerwehr nicht zu rechnen. Die Villa würde wie Zunder brennen, wenn sich das Feuer erst einmal ausgebreitet hatte. Diese verdammten Louis-quinze-Möbel. Trockeneres Holz gab es wahrscheinlich gar nicht. Dann das Holzparkett in den Zimmern sowie die vertäfelte Eingangshalle. Und Klara sagte ihm, er solle zum Tor gehen und dort warten! Sie hatte sie ja wohl nicht mehr alle. Er überquerte den Rasen, erreichte den Zufahrtsweg zur Villa – und lief, so schnell er konnte, auf das Haus zu.

Im nächsten Moment roch er dann den Rauch. Es war, als hätte ihm jemand einen Schlag versetzt. Es brannte wirklich. Seitdem er blind war, blieben die Dinge, die er nicht sehen konnte, bisweilen mit einer merkwürdigen Unwirklichkeit behaftet. Aber jetzt war auch ihm klar, dass es tatsächlich brannte. Scheiße, Königssohn, dachte Jonah. Dein Plan hat's ja voll gebracht. Benzingeruch stieg ihm in die Nase, Dr. Saalfeld versuchte offenbar, große Teile des Gartens abzufackeln. Und auch das Haus hatte schon Feuer gefangen.

Jonah riss seinen Schlüsselbund aus der Hosentasche und steckte ihn ins Schloss. Auch in der Villa roch es bereits nach Rauch. Hastig durchquerte er die Halle und öffnete die Tür zu dem kleinen Flur, an dessen Ende Dr. Saalfelds Arbeitszimmer lag. Hier war der Rauch noch deutlicher zu riechen. Jonah betrat den Flur. Die Tür zur Halle fiel laut hinter ihm zu. Es war eine selbst schließende Tür. Dr. Saalfeld hatte sie vor ewiger Zeit einbauen lassen, weil das Personal die Tür nach seinem Geschmack zu häufig offen stehen ließ.

Jonah ging schnell zum Arbeitszimmer durch. Auch diese Tür war geschlossen. Als er seine Hand an die Türplatte legte, merkte er, dass sie warm war. Dahinter knisterte und knackte es. Das Feuer schien sich im Zimmer ausgebreitet zu haben. Er hörte die Rufe der anderen. Sie versuchten zu löschen. Wenn sie den Schlauch von der Veranda genommen hatten, dann konnten sie es auch gleich sein lassen. Auf dem hatte es noch nie richtig Druck gegeben.

Er tastete sich eilig zurück in die Eingangshalle und rief laut: »Jette?!« Statt einer Antwort klingelte sein Handy. Er zog es aus der Hosentasche. Es war Benno Krawtschik.

»Hab keine Zeit«, sagte Jonah.

»Ich muss dir was sagen.«

»Später.« Er legte auf.

»Jette?«, fragte Jonah wieder in die Stille hinein. Er ging ein paar Stufen die breite Wendeltreppe hinauf, dann blieb er stehen. Wo hatten sie noch nicht gesucht? Was hatten sie übersehen?

Das Handy klingelte wieder. Entnervt ging Jonah dran.

»Bist du in der Villa?«, fragte Benno, noch bevor Jonah ihn wieder wegdrücken konnte.

»Ja.«

»Brennt es?«

»Woher weißt du das?«

»Polizeifunk. Ist die Feuerwehr schon da?«

»Nein.«

»Jonah, wenn sie kommt, musst du den Leuten sagen, dass sie unbedingt im Heizungskeller nachschauen müssen! Hast du verstanden? Im Heizungskeller! Vielleicht haben sie deine Freundin dort versteckt.«

»Wie kommst du denn darauf?«, fragte Jonah. Er versuchte, ruhig zu bleiben. Er durfte jetzt keine Zeit mit falschen Fährten verlieren.

»Carmen ist bei mir ...«, sagte Benno vorsichtig.

Jonah schwieg.

»Sie hat sich die ganze Zeit über den Kopf zermartert, wo deine Freundin sein könnte. Und ihr ist etwas Seltsames aufgefallen. Am letzten Tag, als sie noch in der Villa war, ist ein Heizkessel geliefert worden. Die Leute haben bei ihr in der Küche noch einen Kaffee getrunken, und da hat Carmen mitbekommen, wie sie sich darüber gewundert haben, dass sie den neuen Heizkessel nicht anschließen sollten. Und dass es überhaupt keinen Grund gab, einen neuen zu liefern. Denn der alte, der im Keller stand, war noch tipptopp.«

»Dafür kann es viele Erklärungen geben«, sagte Jonah.

»Zum Beispiel, dass der neue Kessel nicht zum Heizen da ist, sondern etwas verdecken soll«, sprach Benno weiter. »Vielleicht eine Tür. Heizkessel sind sauschwer. Man kann sie nicht einfach wegschieben.«

»Gibt es denn da unten eine Tür?«

»Carmen kann sich an keine Tür erinnern. Aber das muss nichts heißen.«

»Die Polizei hat das Haus durchsucht.«

»Die Feuerwehr sollte trotzdem ...«

»Ich geh jetzt selber nachsehen.«

»Du?«, fragte Benno entsetzt. »Jonah, mach das nicht. Du kannst den Kessel sowieso nicht allein bewegen. Warte wenigstens auf uns. Wir sind auf dem Weg.«

Jetzt erst bemerkte Jonah das Motorengeräusch im Hintergrund. »Benno, ich leg jetzt auf.«

»Warte!«, brüllte Benno ihm ins Ohr. »Wo genau brennt es denn?«

»Im Arbeitszimmer.«

»Ist die Tür zum Arbeitszimmer zu?«

»Ja.«

»Hol schnell ein paar Eimer Wasser und schütte sie gegen die Tür. Dann hält sie länger. Und leg nasse Handtücher auf den Boden an den Türspalt, damit der Rauch nicht durchkommt. Der Rauch ist das Gefährliche! Du darfst ihn nicht einatmen. Ich meine diese dicken schwarzen Brandwolken. Verstehst du? Da ist alles Mögliche drin. Verbranntes Plastik, verdampfte Lösungsmittel, Kohlenmonoxid. Alles hochtoxisch. Die Wolken sind tödlich. Ein paar Atemzüge reichen. Zur Not krabbelst du unter dem Rauch durch. Der Rauch ist oben. Manchmal hat man unten noch Luft …«

»Benno, ich leg jetzt auf.«

»Halt!«, schrie Benno ihm ins Ohr. »Du hast ab jetzt drei Minuten. Maximal vier. Versprich mir, dass du dann wieder draußen bist! Wenn du Pech hast, brennt die ganze Villa in null Komma nichts. Was? Augenblick … Carmen sagt, du sollst nicht allein in den Keller gehen. Er liegt direkt unter dem Arbeitszimmer. Ganz nah dran am Feuer. Die Kellertür ist in dem kleinen Flur. Kannst du jemanden mitnehmen?«

»Ja«, sagte Jonah, um das Gespräch endlich zu beenden.

»Scheiße!!«, brüllte Benno ihm noch ins Ohr. »Das ist ja ein *Gas*-Kessel! Hab ich gar nicht dran gedacht. Junge, der kann dir um die Ohren fliegen …«

Jonah drückte die Auflegentaste.

Er rannte wieder los. Jeder Meter in der Villa war ihm vertraut. In der Küche füllte er in Windeseile einen Topf mit Wasser, trug ihn durch die große Eingangshalle, öffnete die Tür zum kleinen Flur und schüttete das Wasser gegen die Tür des brennenden Zimmers. Dann lief er zurück, griff sich einen Stapel Geschirrtücher und hielt sie unter den laufenden Wasserhahn. Zwei nasse Tücher band er sich um die Oberschenkel. Vielleicht würde er sie noch brauchen. Mit den anderen in der Hand rannte er wieder los und legte sie an den Türspalt.

Er öffnete die Kellertür. Da war der Lichtschalter. Er machte ihn an. Licht für Jette. Er lief die Treppe hinunter und drückte dabei auf seine Uhr. 22.49 Uhr. Noch mindestens zehn Minuten, bis die Feuerwehr da sein würde.

»Jette?«, rief er laut in den Heizungskeller hinein. Seine Stimme hallte dumpf nach. Aber außer dem leisen Brummen des Kessels war nichts zu hören. Jonah tastete sich voran. Da war der alte Kessel, der noch arbeitete und das Geräusch machte. Der neue stand direkt daneben. Jonah ließ seine Hand über die glatte Oberfläche gleiten. Sie war leicht gewölbt und aus kühlem Stahl. Es gab ein paar Regler, mehrere Knöpfe und eine spielkartengroße Öffnung ins Innere. Wahrscheinlich brannte an dieser Stelle die Gasflamme, wenn man den Kessel in Betrieb nahm. Jonah presste seinen Mund an die Öffnung und fragte: »Jette?« Der Schall wurde im Innern des zylindrischen Körpers hin und her geworfen. Jonah klopfte mit den Fingerknöcheln an die Oberfläche. Es hallte nach. Der Kessel schien leer zu sein.

Das Gerät lehnte nicht direkt an der Wand. Es war genug Platz, um die Mauer dahinter abzutasten. Eilig fuhr Jonah mit seiner Hand über die Steinziegel. Er prüfte erst den oberen Bereich, dann den unteren. Aber er konnte nichts Auffälliges entdecken. Dann klopfte er die Wand ab. Das Geräusch erstarb auf der Oberfläche. Die Mauer schien massiv zu sein.

Er blieb ratlos vor dem Kessel stehen. Aus einem Impuls heraus wollte er sich wieder die Zeit ansagen lassen. Aber dann fragte er sich, warum. Verzweiflung packte ihn. Jette!, schrie sein Herz. Er sah sie vor sich, wie sie von einer großen Welle weggerissen wurde, und er konnte sie nicht festhalten, konnte sie nicht retten. Erschöpft sank er auf den Boden und blieb dort sitzen.

Das Handy klingelte schon wieder. Benno wollte wissen, wo er sei. Jonah hatte noch nie einen Menschen so fluchen hören. Dann wurde die Verbindung unterbrochen. Erstaunlich, dass man hier überhaupt telefonieren konnte, dachte Jonah. Und jetzt? Er hatte keine Idee mehr. »Du hast verloren, Alter«, sagte er leise. Er stand auf, schleppte sich die Treppe hoch und öffnete die Kellertür.

Sofort warf er sie wieder zu und hustete. Der Rauch hatte den Flur erreicht. Aber mit einem nassen Tuch vor dem Gesicht würde er wohl noch durchkommen. Heiß war es nicht gewesen. Das Feuer schien sich noch nicht durch die Tür des Arbeitszimmers gefressen zu haben.

Andererseits konnte ihn niemand zwingen hinauszulaufen. Das war das Gute im Leben. Bestimmte Entscheidungen konnte man selbst treffen. Er lief die Treppe wieder hinunter. Jetzt, beim zweiten Mal, erschien ihm das Kellergewölbe wie eine Gruft, in der man die Toten beerdigt. Er betrat wieder den Raum mit den Heizkesseln und stellte sich vor den neuen. Er umfasste den Kessel mit beiden Händen, als wolle er ihn umarmen. Wie eine stählerne Geliebte.

Erneut strich er mit den Händen über die glatte Oberfläche, legte sein heißes Gesicht an den kühlen Stahl, fuhr mit den Fingern in die kleine Öffnung hinein und bekam im Innern einen Hebel zu fassen. Er drückte das Ding nach oben. Dann nach unten. Mit einem leisen Pling schwang der Kessel auf. Seine Vorderseite öffnete sich wie eine Tür. Jonah streckte seine Hände ins Innere. Es war leer. Er tastete sich weiter und kam sich vor wie in einer Rakete. Fehlte nur noch, dass man ihn ins Weltall schoss. Auf dem Boden lag etwas. Eine Strickleiter. Er schob sie beiseite und tastete sich weiter. Der Kessel hatte keinen eigenen Boden. Jemand musste ihn herausgenommen haben. Unter ihm war der Kellerboden – mit einer Luke. Sie war durch ein Vorhängeschloss gesichert. Jonah tastete die Innenwände des Kessels ab. Da war der Haken mit dem Schlüssel. Er sperrte die Luke auf.

»Jette?«, fragte er in die Tiefe.

Keine Antwort.

Aber sie war da.

Er hörte sie atmen.

Es gab zwei Haken, an denen man die Strickleiter aufhängen konnte. Jonah arbeitete schnell und konzentriert. Die Zeit lief wieder. Vorsichtig stieg er hinunter.

»Jette?«, fragte er.

»Ja?«

Sie lag auf einer Matratze.

Er setzte sich neben sie und legte seine Hand auf ihr Gesicht. Sie war heiß und verschwitzt. Ihr Atem ging schnell.

»Wir müssen gehen.«

»Ja.«

Er nahm ihre Hand. Sie war voller Pusteln. »Ich helfe dir.«

Aber sie konnte nicht aufstehen.

Er zog sie hoch und stellte sie an die Wand. Sie taumelte. »Ich trage dich«, sagte er. »Halt dich an meinem Rücken fest. Schnell.« Er bückte sich und stand mit ihr auf dem Rücken wieder auf. Sie trug immer noch den Hosenrock und klammerte sich an ihm fest wie ein Affenbaby. »Nicht am Hals«, sagte Jonah röchelnd. Er kletterte mit ihr zusammen die Leiter hoch. Sie riss nicht. Aber die Öffnung oben war zu klein, um gemeinsam hindurchzuklettern.

»Du zuerst«, sagte Jonah, doch sie rührte sich nicht. »Du musst allein weiterklettern. Über mich drüber, beeil dich«, befahl er. Aber Jette reagierte nicht. »Was brauchst du, damit du durch die Luke klettern kannst?«, fragte er.

»Brausebonbons«, sagte sie schwach.

Jonah griff in seine Jackentasche, zog zwei Brausebonbons hervor und gab sie ihr. Es war nicht einfach, mit ihr auf dem Rücken.

»Woher hast du die?«, wimmerte sie. Dann kamen langsam und umständlich mehrere Sätze auf einmal. »Ich hab nicht gedacht, dass du Brausebonbons dabeihast, denn dann hätte ich etwas anderes gesagt. Ich kann nämlich nicht klettern. Ich hab keine Kraft mehr.« Und mit diesen Worten ließ sie Jonah los und hievte sich durch die Luke auf den Boden über ihr. Er musste sie noch von der Öffnung wegstoßen. Kurz darauf hatte auch er es geschafft.

Sie kauerte ihm gegenüber auf dem Boden.

»Ich hab dich gesucht«, sagte er leise.

»Und gefunden«, sagte sie. Es klang matt und elend.

Jonah war zum Heulen zumute. Was hatten sie mit ihr gemacht? Er traute sich nicht zu fragen.

»Es geht mir gut«, sagte sie, als hätte sie seine Gedanken erraten.

»Das merkt man«, versuchte er zu scherzen.

»Nein, wirklich«, sagte sie schwach. »Es ist nichts passiert. Ich hab Windpocken bekommen. Deshalb konnten sie mich nicht operieren.«

»Er hat nicht …?«

»Nein.«

»Und du hast was? Windpocken?«

»Kennst du das nicht? Das mit den Pusteln. Die so jucken.«

»Windpocken!«, jubelte Jonah. »Natürlich! Man musste im richtigen Augenblick Windpocken bekommen. Das war es!« Am liebsten hätte er vor Freude getanzt. Aber dann erinnerte er sich an das Feuer über ihnen. »Das Arbeitszimmer brennt«, erklärte er. »Wir müssen hier raus.«

Er schob sie die Kellertreppe hoch. Sie kamen nur langsam voran. Jede Stufe schien sie anzustrengen. Der Rauch war jetzt auch schon hier unten zu riechen. »Nicht aufmachen«, sagte er, als sie vor der Kellertür standen. Er legte seine

Hand an die Tür. Die Temperatur war normal. Ob es im Flur schon brannte? Qualm biss in seinen Augen. Jette zog ihn von der Tür weg. »Durch das Schlüsselloch kommt Rauch«, sagte sie.

Sollten sie warten, bis die Feuerwehr kam? Es war 22.59 Uhr. Eigentlich müsste sie jeden Moment eintreffen, und Benno hatte der Leitstelle mit Sicherheit gesagt, wo sie waren. Die Feuerwehr würde sie hier rausholen. Aber hatten sie noch so lange Zeit?

»Jo«, sagte Jette, »da oben kommt auch Rauch rein. Durch den Spalt über der Tür. Schwarzer Rauch. Er sammelt sich an der Decke.«

»Mach mal kurz die Tür auf«, sagte Jonah. »Aber nur kurz. Und schau, ob wir noch durchkommen. Rechts ist das Arbeitszimmer. Dort brennt es. Wir müssen nach links. Da ist die Tür zur Eingangshalle.«

Jette öffnete die Tür. Jonah merkte, wie er automatisch die Luft anhielt. Sie warf die Tür schnell wieder zu.

»Ich glaube, es geht noch«, sagte sie zögernd und hustete. Jonah spürte den Rauch, der hereingekommen war. Er brannte in der Kehle. »An der Decke hängen schwarze Rauchschwaden. Es ist warm, aber nicht heiß. Feuer hab ich keins gesehen.«

Jonah knotete die feuchten Lappen ab, die an seinen Beinen befestigt waren, und gab ihr einen. »Nichts wie raus hier!«, sagte er. »Halt den Lappen vors Gesicht. Und atme bloß nicht den schwarzen Rauch ein! Das ist Gift. Davon stirbt man. Du führst uns, okay? Lauf schnell! Nach links. Die Tür zur großen Halle ist wahrscheinlich zu. Die schließt immer von selbst. Du musst sie aufmachen. Dann haben wir es geschafft. Es sind nur ein paar Meter.«

Jette öffnete die Tür und nahm seine Hand. Sofort begannen seine Augen zu brennen. Er drückte das feuchte Tuch fest auf sein Gesicht und versuchte, möglichst flach zu atmen. Der Rauch reizte trotzdem seinen Hals. Er musste husten. Inzwischen konnte man das Feuer im Arbeitszimmer hören. Es knackte und prasselte. Irgendetwas fiel zu Boden.

»Schneller«, sagte Jonah hinter seinem Tuch. Jette wirkte unsicher. Sie ging langsam. Einmal wankte sie kurz. Nach den ersten Schritten rief sie auf einmal bestürzt: »Jonah, ich hab was vergessen! Warte kurz!« Und dann lief sie zurück.

Das darf doch nicht wahr sein, dachte Jonah. Er riss sich das Tuch vom Gesicht und brüllte: »Jette!« Sofort musste er stark husten und drückte sich den Stoff wieder aufs Gesicht. Jette öffnete die Kellertür. Er hörte, wie sie die Treppe hinunterlief. Was wollte sie da unten bloß noch? »Jette!«, schrie er unter seinem Tuch. Und hustete.

Er war allein. Wut stieg in ihm hoch. Was sollte das? Was war das für eine bescheuerte Aktion? Jette Lindner hatte eindeutig nicht mehr alle Tassen im Schrank. Wo gab es denn so was? In Lebensgefahr noch irgendetwas erledigen! Und einen Blinden allein im Flur zurücklassen! Nicht mal sagen, was man vorhatte. Jonah Mint, befahl er sich, bleib ruhig. Aber es war zu spät. Er fing an zu heulen.

Das Feuer wurde jetzt sekündlich lauter. Wieder fiel etwas mit einem dumpfen Schlag zu Boden. Dann ein plötzlicher Knall. Jonah fuhr erschrocken zusammen. Scherben klirrten. Es knisterte und zischte. Dann eine kleine Verpuffung. Und es wurde warm. Das bildete er sich nicht ein. Es wurde sogar heiß. Das Feuer kam näher.

Er musste allein weitergehen. Mit jedem weiteren Moment, der verging, konnte es zu spät sein. Der Rauch schnürte ihm bereits die Kehle zu. Das Haus wirkte fremd. Es war zu einem bedrohlichen Wesen mutiert. Wo waren die geschäftigen Schritte der Menschen, die hier normalerweise lebten?

Das Klappern des Geschirrs? Das Lachen und Scherzen der Angestellten? Er durfte nicht länger warten. Und doch rührte er sich nicht vom Fleck.

Und dann kam der Rauch. Eine warme Wolke, die von oben auf ihn herabsank. Ein furchtbarer Hustenanfall packte ihn. Er würgte und rang nach Luft. Er sank zu Boden. Hustete. Wartete, dass er sich übergab. Hustete immer weiter. Und merkte, dass die Luft am Boden noch einigermaßen gut war. Das war es, was Benno gemeint hatte. Kriechen, hatte er gesagt. Da ging die Kellertür auf.

»Auf den Boden!«, rief Jonah. »Hock dich hin!«

»Hab ich schon«, antwortete Jette mit klarer Stimme.

»Was hast du gemacht?«, fragte er wütend.

»Ein Kästchen geholt«, antwortete sie mit einem Lächeln in der Stimme. Sie kroch auf ihn zu. In der Hand hielt sie irgendetwas, das beim Krabbeln hart auf den Boden aufsetzte. »Jetzt müssen wir aber wirklich raus«, sagte sie. »Der Rauch senkt sich immer mehr nach unten.«

Sie war bei ihm angelangt und berührte leicht seine Hand. Ihre Stimmung stand in einem merkwürdigen Gegensatz zu der Situation, in der sie sich befanden. Woher nahm sie plötzlich diese Energie? Gerade war sie noch halbtot gewesen. Wie schön es war, sie neben sich zu spüren, dachte er.

»Hast du jetzt alles?«, fragte Jonah.

Er krabbelte voran. Das nasse Tuch hielt er verkrampft in seiner Faust. Sein Herz schlug hart und schnell. Er schwitzte. Das Feuer machte richtigen Lärm. Ein Monster, das bereits ein Zimmer verwüstet hatte und sich jetzt dem Flur zuwandte. »Wie tief ist der Rauch?«, fragte Jonah nach hinten.

»Bleib so, wie du bist«, sagte Jette. »Nur ein paar Zentimeter über deinem Kopf.«

Wie langsam man auf allen vieren vorankam! Jonah krabbelte dicht an der Wand entlang. Hinter ihm setzte Jette unregelmäßig ihre Knie auf. Wieso hatte er nicht daran gedacht, die Tür zur Halle offen zu halten! Er hätte nur eine Vase in den Türrahmen stellen brauchen. Dann hätte der Rauch abziehen können, und sie müssten jetzt nicht durch diese Giftsuppe krabbeln. Da war die Tür. Endlich. Diese beschissene Tür. Er würde aufstehen müssen, um sie zu öffnen. Und seinen Kopf in die giftige Wolke stecken. »Bleib hier unten«, sagte er zu Jette und schob sie etwas zurück. Ihr Gesicht war für einen Augenblick sehr nah. Er holte tief Luft, richtete sich auf und strich mit der Hand an der Tür entlang.

Er konnte die Wolke spüren. Wie ihre giftige Wärme ihn umfing. Seine Augen fingen sofort an, stark zu brennen. Ein Feuerfunke legte sich auf seine Haut. Er drückte ihn mit der Hand aus. Da war die Klinke, er versuchte sie herunterzudrücken. Und dann ging alles ganz schnell. Die Tür wurde hart nach innen aufgestoßen. Sie knallte voll gegen ihn. Jonah bemühte sich, das Gleichgewicht zu halten, aber die Wucht war zu groß. Er wurde zurück in den Raum geschleudert und fiel zu Boden. Wo war Jette? Er hatte keine Luft mehr in seinen Lungen. Und es war so heiß. Das Feuer. Es war längst im Flur. Brüllendes, heißes Feuer. Er musste atmen, probierte es ein bisschen. Aber die Luft war zu heiß, sie brannte in seinen Lungen, ohne dass er einen richtigen Atemzug gemacht hätte. Er hatte keinen Sauerstoff mehr. Ich will nicht sterben, dachte er. Er musste an einen Pinguin aus Pappmaché denken, den er seinem Vater einmal zum Geburtstag geschenkt hatte. Er war etwa kniehoch und hatte eine grüne, aufgemalte Brille. Er sah lustig aus. Wieso kam ihm jetzt dieser Pinguin in den Sinn? Er versuchte, an seinen Vater zu denken, an seine Mutter, an Jette. Wo war Jette? Aber immer schob sich dieser Pinguin in den Vordergrund. Er musste atmen. Neben sich hörte er schwere Schritte. Jemand hob ihn hoch, legte ihn sich über die Schulter und stürmte hinaus.

In der Halle war es nicht ganz so warm. Jonah machte einen Atemzug. Und noch einen. »Jette!?«, rief er. Dann hörte er ihre Stimme. »Puh, das war knapp«, sagte sie. »Haben Sie etwas zu trinken? Nein, das Kästchen trage ich selber.«

Die Luft im Garten war wunderbar kühl und frisch. Jonah wurde auf eine Liege gelegt und weggetragen. Ein Sanitäter fühlte seinen Puls. Sie passierten eine Absperrung. Ein Notarzt tauchte auf, und Jonah musste in ein Röhrchen blasen. »Ist okay«, sagte der Arzt. »Glück gehabt. Keine Vergiftung.«

Danach war Jette dran. Auch bei ihr sah es gut aus. Ein Sanitäter brachte ihnen Wasser. Dann waren sie einen Augenblick lang allein.

Jonah rutschte neben Jette. »Wie geht's dir?«, fragte er.

»Mir ging's noch nie so gut wie jetzt«, antwortete sie und lachte.

Er erinnerte sich auf einmal an den Apfel in seiner Hosentasche. Er hatte ihn die ganze Zeit dabeigehabt.

»Willst du?«, fragte er und hielt ihn ihr hin.

»Ja«, sagte sie und lachte wieder.

Es krachte laut.

»Das Dach stürzt ein«, sagte Jette.

Dann gab es einen dumpfen Knall wie aus einer alten Kanone. »Die Villa brennt!«, rief Jette fassungslos.

»Tut sie doch die ganze Zeit schon.«

»Aber jetzt überall. Ganz plötzlich. Aus allen Fenstern kommen Flammen. Hohe Flammen. Und Rauch.«

Dann zersprang mit einem lauten Klirren Glas. Jonah hörte, wie die Scherben auf den Kies prasselten.

»Hoffentlich ist niemand mehr drin«, sagte Jette leise.

In der Ferne hörten sie die Rufe von Klara und Charlie.

»Sie suchen mich«, sagte Jette und stand auf. »Ich geh ihnen entgegen.«

Ein Sanitäter tauchte auf und versuchte, sie zurückzuhalten. Es folgte ein kurzes Wortgefecht, aus dem Jette als Siegerin hervorging. Ihre Schritte entfernten sich. Jonah hätte ihr gern nachgesehen. Dann hörte er, wie Benno nach ihm rief.

Von Sonne und Soufflés

Drei Wochen später …

Jette lag neben ihm im knietiefen Wasser, und sie ließen sich von den Wellen an Land tragen. Sie stützten sich beide mit den Händen auf dem Sandboden ab, und ihre Beine trieben hinter ihnen auf dem Wasser. Vor ihnen lag der Strand mit den Palmenhütten und Cocktailbars, hinter ihnen der Golf von Mexiko.

Wieder kam eine Welle und nahm sie ein Stück weit mit. Jette griff nach seiner Hand. Am Himmel schrie ein Vogel. Ein anderer antwortete. Vom Volleyballfeld her schallten Rufe und das unregelmäßige Schlagen eines Balles. Etwas weiter entfernt dröhnte aus einem Lautsprecher Salsa-Musik. Das Gelächter einer Gruppe Jugendlicher war zu hören. Es war gut, dass es die Geräusche gab. So wusste Jonah immer, wo der Strand war.

Eine große Welle rollte heran. Sie trug sie weit an Land und brach über ihren Köpfen. Er hielt Jettes Hand fest. Es gab nur sie beide, das Wasser und den Sand. Geborgen in den Elementen. Er blieb mit ihr unter Wasser, bis ihnen der Atem ausging. Dann schüttelten sie sich lachend die Wassertropfen aus den Haaren und wateten zum Strand hoch. Am Ufer ließen sie sich in den nassen Sand fallen und genossen es, wie die auslaufenden Wellen ihre Füße umspülten.

Den ganzen Tag waren sie immer wieder im Wasser gewesen. Es war warm. Und das erste Mal gab es richtige Wellen, denn in der Nacht hatte es gestürmt.

Mexiko war Jettes Idee gewesen. Sie hatte von Dukie erfahren, dass das einmal Jonahs Traum gewesen war. Innerhalb von drei Tagen hatte sie die Reise gegen alle elterlichen Widerstände durchgesetzt. Wobei das Problem eher ihre Familie gewesen war. Seine eigenen Eltern waren so glücklich, dass sie zurzeit praktisch alles erlaubten. Nicht nur darüber, dass ihm während der Entführung nichts geschehen war. Auch dass er wieder Lust hatte, aus dem Haus zu gehen, machte seine Mutter unendlich froh. Allein hatte man sie dennoch nicht fahren lassen. Vom ersten Tag an hatten sich seine Eltern in der Nähe eine Ferienwohnung genommen und Jettes Mutter ein Hotelzimmer in der Bucht zu ihrer Linken. Gestern war noch Jettes Vater nachgekommen. Zum Glück hatte niemand auf ein gemeinsames Hotel bestanden. Den Strand mit den kleinen Hütten hatten sie ganz für sich allein. Ihre Eltern tauchten einmal am Tag auf, um zu fragen, ob alles in Ordnung sei, und ließen sie ansonsten völlig in Ruhe. Damit hatten sie nicht gerechnet, und es war einfach traumhaft.

Jonah strich ihr über den Rücken. Es gab Momente, da konnte er es immer noch nicht fassen, dass sie leibhaftig da war. Aber alles an ihr war echt. Ihr Atem, ihre Haut, ihr Lachen. Die lebendige Jette. Die aus Fleisch und Blut. Und wie glatt ihre Haut war. Dabei war es erst drei Wochen her, dass er sie mit Pusteln übersät aus der brennenden Villa gerettet hatte. Konnten Windpocken so schnell heilen? Er tastete nach der Stelle an ihrem Arm, an der die Fledermaus sie gebissen hatte. Aber auch davon war nichts zurückgeblieben. Er berührte ihren Kiefer, den Wim Tanner mehr als einmal gequetscht hatte. Keinerlei Unebenheit.

Wim Tanner war immer noch flüchtig. Wim Tanner: der andalusische Gärtner. Wie hatten sie sich so täuschen lassen können! Er würde es sich nie verzeihen.

Vor ein paar Tagen hatte er Jette noch einmal gefragt, was sie eigentlich von der Sache mit dem besonderen Gen halte. Immerhin war ihre Haut tatsächlich außergewöhnlich schön. Vielleicht hatte sie so ein Gen ja wirklich, nur dass es eben noch niemand entdeckt hatte. Aber sie hatte nur gelacht und gesagt: »Jo! Nicht auch noch du. Ich dachte, mit dem Thema wären wir durch. Es ist doch echt egal.«

Tatsächlich aber hatte er an ihrer Haut keinerlei Spuren entdeckt, die an das, was in den vergangenen Wochen passiert war, erinnerten. Wenn er ehrlich war, gefiel ihm das nicht. Eine klitzekleine Narbe hätte sie wenigstens zurückbehalten können, fand er. Als Zeichen für das, was sie gemeinsam durchgestanden hatten.

»Was machst du denn für ein Gesicht?«, sagte Jette träge.

»Hast du eigentlich *irgendeine* Narbe?«, fragte Jonah.

»Wenn es sonst nichts ist …«

»Sag doch mal.«

»Weiß ich nicht.«

»Ich glaub, du hast keine.«

»Genau, Jonah Mint«, sagte sie und lachte. »Das Leben hinterlässt bei mir einfach keine Spuren. Weder auf der Haut noch im Herzen.«

»Das hab ich doch gar nicht gemeint.«

»Nicht? Dann beweis es.«

»Wie?«

»Küss das Mädchen ohne Narben.«

Er beugte sich über sie. Ihre Lippen waren feucht und weich. Sie schmeckten nach Salz und Pfefferminz. Er schloss die Augen. Farben blitzten durch sein Gehirn. Er küsste ihre Mundwinkel. Das war ein blauer Kuss. Dann ihre Oberlippe. Ein klares Grün. Dann ihre Schneidezähne. Das war lila. Er berührte ihre Zunge. Ein grellgelber Blitz. Er wollte mehr.

Eine Welle rauschte heran, überspülte sie, wirbelte sie zur Seite. Wo war das Wasser plötzlich hergekommen? Ihr Mund verschwand. Er suchte nach ihr in dem dunklen, sprudelnden Wasser, bekam endlich ihre Hand zu fassen. Sie richteten sich langsam wieder auf.

»Sollen wir ...?«, sagte Jette. Er verstand sie nicht. Er zeigte auf seine Ohren. Er hatte Wasser hineinbekommen. »... SCHWIMMEN ...?«, schrie sie. Er nickte. Sie nahm ihn an der Hand und lief mit ihm ins Meer hinein. Als sie nicht mehr stehen konnten, schwammen sie weiter, die Nachmittagssonne im Rücken. Er zählte die Schwimmstöße ... dreißig ... vierzig ...fünfzig.

Das Zählen war ihm zur zweiten Natur geworden. Er tat es ganz automatisch. In ihrer Hütte waren es vier Schritte von der Hängematte zum kleinen Tisch. Vierunddreißig Schritte von der Hütte zum Meer, zumindest am Morgen bei Ebbe. Sieben Schritte hinter ihrer Hütte hatte Jette eine kleine Schlange gesehen. Jonah hatte sofort an die Babypuffotter von Wim Tanner gedacht. Was aus ihr wohl geworden war? Sechzig ... siebzig ... achtzig ... »Jette?«, rief er und paddelte mit den Füßen auf der Stelle, um den Kopf über Wasser zu halten.

Eine leichte Berührung war die Antwort. »... tau...«, sagte sie.

»Was?«, rief er.

Sie schrie ihm ins Ohr: »ICH SCHAU MAL, OB MAN HIER BIS ZUM BODEN TAUCHEN KANN. BIN GLEICH WIEDER DA.«

Er wollte nein sagen, verbiss es sich aber. Im nächsten Moment holte sie bereits tief Luft. Dann spürte er ihre Bewegung hinab in die Tiefe. Wie ihr Körper das Wasser zur Seite drängte und es von oben wieder nachfloss. Kleine Wellen vom Meer her verwischten ihre Bewegung. Er blieb paddelnd im Wasser stehen. Allein. Er musste an die Sache mit dem Kettchen am Baggersee denken.

Eine Welle schwappte ihm ins Gesicht. Er verschluckte sich. Nichts als Salzwasser um ihn herum. Er streckte seinen Kopf in die Höhe. Die Sonne brannte. Er versuchte, sich das Wasser aus den Ohren zu schütteln. Ich muss hören können, dachte er. Wieder schwappte eine Welle in sein Gesicht, und er schluckte noch mehr Salzwasser. Er bekam Panik. Ich sehe nichts und höre nichts, dachte er. Überhaupt war dieser ganze Urlaub eine Nummer zu groß für ihn. Wieder bekam er eine Welle ab. Wieso war er überhaupt mitgefahren? Das konnte ja nicht gut gehen. Die Strandschönheit und der Behinderte! Da erscholl neben ihm Jettes atemlose, begeisterte Stimme: »Es ist zu tief. Man kommt nicht bis runter. Aber da unten sind ganz viele Fische!« Sie gab ihm einen Kuss auf den Mund. Er schmeckte nach Salz und Pfefferminz. Wie sehr er sie liebte!

Jette lief den Strand zur Hütte hoch. Die Sonne kribbelte auf ihrer nassen Haut. Sie hüpfte ausgelassen. Tropfende Haarsträhnen glitzerten vor ihren Augen. Sie lachte vor Freude, weil sie sich so lebendig fühlte. Wie das Blut in ihrem Körper pulsierte. Sonnenwarm. Lustwarm. Seit acht Tagen waren sie an diesem Strand. Sie und Jonah.

Eigentlich wollte sie die Post holen, die ihr Vater aus Deutschland mitgebracht hatte und die noch ungeöffnet in der Hütte lag. Aber was war das eigentlich für eine Idee! Stattdessen lief sie nun an der Hütte vorbei, weiter in Richtung Bar, wobei sie mit den Füßen kleine Straßen in den weißen Sand zog. »Dos helados de chocolate, por favor« – zwei Schokoladeneis bitte. So viel Spanisch musste sein. Sie riss das Papier auf. Mmh. Dunkel und süß. Jetzt also doch noch schnell zur Hütte. Jonah wartete sicher schon.

»Qué guapa! La Blancanieves!«, rief ein kleiner Junge, als sie an ihm vorbeiging. Wie schön du bist, Schneewittchen! Sie hatten ihr das Wort am Strand übersetzt. Ein Mann verstummte mitten im Satz, als er sie kommen sah. Er hatte die gleichen kantigen Züge wie Wim Tanner, aber sein Blick war freundlich. Der Mann lächelte, und die Gespenster verschwanden. Zwei Mädchen, die Frisbee spielten, schauten ihr hinterher. Sie war schön. Sehr schön. Ihre Augen funkelten, ihre Haut glänzte, und ihr Bikini war nicht zu toppen. Sie hatte ihn mit Klara ein paar Tage vor ihrem Abflug gekauft. Ein schwarzer Bikini mit braunen Eichhörnchen drauf.

»So etwas kann man nicht tragen«, hatte Klara gesagt. Aber als sie Jette dann in dem Bikini sah, hatte sie keine Einwände mehr gehabt. »Warum kaufst du dir eigentlich plötzlich einen Bikini?«, hatte sie gefragt.

Die Frage war durchaus berechtigt gewesen. Jahrelang hatte Jette die alten Bikinis ihrer Freundinnen getragen, weil sie sich einfach nichts aus besonderen Klamotten machte. »Du warst achtundzwanzig Tage in der Gewalt eines Schwerverbrechers«, hatte Klara gesagt, »und kommst da raus wie … eine Blume, die im Frühjahr aus der Erde sprießt! Das soll mal einer verstehen.« Zwei Minuten später hatte sie dann eine Erklärung parat gehabt: »Na klar! Jonah!« Aber die kluge Klara hatte danebengelegen.

Der Bikini hatte nichts mit Jonah zu tun. Sondern mit der Schatulle, die sie zurückgegeben hatte. An dem Tag hatte sich etwas geändert. Sie konnte nicht genau sagen, was. Aber etwas war geschehen. Irgendwie hatte sie seither den Eindruck, dass es genau richtig war, wie sie aussah.

Das Kind, für das das Kästchen in dem alten Treppenhaus in der Villa bestimmt war, lebte noch. Es war inzwischen eine alte Dame. Katharina Landsen, geborene Mannscheid, sechsundachtzig Jahre alt. Norbert Königssohn, der Mann, der durch eine falsche Notiz vor fünfzehn Jahren die Ereignisse der vergangenen Wochen ins Rollen gebracht hatte, hatte sie für sie gefunden. Sie lebte in einem Altersheim nur zwei Autostunden von Jettes Zuhause entfernt.

Jette hatte Charlie gebeten mitzukommen. Das Zimmer, in das sie traten, war klein und mit den typischen dunklen Möbeln älterer Leute zugestellt. Aber die Luft in dem Raum war gut. Eine Pflegerin führte sie zu der alten Dame, die in einem Lehnstuhl am Fenster saß. Die alte Frau wirkte sehr zart und zerbrechlich. Ihre dünnen weißen Haare rahmten ihren Kopf ein wie ein gepflegter Kranz. Sie trug ein blaues Kleid mit einem schneeweißen Kragen und eine große Brille. Jette legte ihr das Kästchen auf den Schoß. Aber die Hände der alten Dame zitterten zu stark, und so stellte Jette ihr die Dinge einzeln auf den Tisch. Das Foto der Mutter, die geschriebenen Zeilen, die kleine Dose mit den Haaren und das bestickte Taschentuch. Die Frau hatte das Kästchen noch nie gesehen.

Die alte Dame führte das Foto dicht vor die Augen, nahm ihre Brille ab und setzte sie wieder auf. »Sie ist schön, nicht wahr?«, flüsterte sie, und dabei liefen ihr Tränen über die Wangen. »Sie kann kaum noch etwas sehen«, sagte die Pflegerin leise zu Jette. Dann legte Jette ihr die Haare in die geöffneten Hände, und die alte Dame hörte nicht auf, darüberzustreichen. »Meine liebe Katharina …«, las Jette ihr die Zeilen der Mutter vor und gab ihr zuletzt noch das bestickte Taschentuch.

»Wisst ihr«, erklärte die alte Dame, »ich habe … nie etwas … von meiner Mutter gehört«, und dabei weinte sie ohne Unterlass.

Jette besuchte die alte Dame am nächsten Tag noch einmal. Und am folgenden Tag auch. Bei ihrem letzten Besuch schenkte die alte Dame ihr das Taschentuch. Sie selbst würde sowieso nicht mehr lange leben, da sollte Jette es haben. Als die alte Dame von ihrer Idee nicht abzubringen war, hatte Jette sich das Taschentuch um ihr Armgelenk gebunden und es seither nicht mehr abgelegt. Vorhin beim Baden war Jonah regelrecht ausgeflippt und hatte gemeint, das Taschentuch am Armgelenk sei gefährlich, da sie damit unter Wasser irgendwo hängen bleiben könnte. Aber sie hatte sich geweigert, es abzunehmen. Das einzige Problem war, es trocknete nicht richtig.

Das Taschentuch hatte magische Kräfte. Es legte sich lindernd auf eine Wunde in ihrem Herzen. Es war zwar nicht ihre eigene Mutter, die es gestickt hatte, aber es war in gewisser Weise auch für sie. Es war ein Zeichen. Es bedeutete wenig und viel zugleich. Sie hatte sich noch am selben Tag vor den Spiegel gestellt und sich von oben bis unten betrachtet. Das war sie. Jette Lindner. Lina Sandwey. Jella. Der Name, den Jonah nicht mehr in den Mund nahm. Sie sah so aus, wie ihre Mutter sie geboren hatte. Und sie hatte sich schön gefühlt. Zum ersten Mal in ihrem Leben. Wer ist die Schönste im ganzen Land?, hatte sie den Spiegel grinsend gefragt, und obwohl er ihr nicht antwortete, hatte sie dann Klara angerufen und gefragt, ob sie mitgehe, einen Bikini kaufen.

Da war die Hütte. Jette schob den Glasperlenvorhang zur Seite und trat ein. Im Innern roch es nach Amarettosoufflés. Jonah hatte seinen Vater also rumgekriegt. Er musste welche vorbeigebracht haben. Die Soufflés standen unter einer Wärmehaube auf dem Tisch. Bisher hatte sich Jonahs Vater immer geweigert, Amarettosoufflés mitzubringen. Er hatte zwar schon ein paarmal in der Küche seines Hotels welche gebacken, aber immer behauptet, man müsse sie sofort essen, da sie nicht mehr schmeckten, wenn man sie länger stehen ließ. Jette holte sich einen Löffel und probierte. Das Soufflé war weich wie eine Wolke, schmeckte nach Vanille und Mandeln. Und es war sogar noch warm.

Die Post lag neben der Wärmehaube. Es war ein richtig dicker Stapel. Erstaunlich, wie viele Briefe und Karten seit ihrem Abflug angekommen waren. Eigentlich wollte sie die Post erst unten am Strand durchsehen, aber jetzt war sie auf einmal so neugierig, dass sie nicht mehr warten konnte.

Ganz oben lag eine Postkarte von Charlie, die mit ihrer Tante an der Nordsee war. Dukie hatte einen ausführlichen Brief geschickt. Ob sie eigentlich nicht ihre Mails läsen, war das Erste, was er fragte. Dann erzählte er, dass sein Vater die Entführung gestanden hatte und in U-Haft saß. Außerdem habe sein Vater nach ihm gefragt. Wahrscheinlich das erste Mal in seinem Leben, meinte Dukie sarkastisch. Er schrieb auch, dass er seinen Großvater zum Flughafen gebracht hatte. Der alte Mann sei ziemlich verstört gewesen und habe, wie auch in den Tagen nach dem Brand, kaum geredet.

Des Weiteren war da noch eine Postkarte von Anna, ohne Briefmarken, die sie Jettes Vater vermutlich vor dessen Abflug selbst vorbeigebracht hatte. Und Klara berichtete amüsiert, dass die Presse jedes Interesse an Jette verloren habe. Jettes Idee, den Zeitungen ein Windpockenbild von ihrem Gesicht zu schicken, wäre genial gewesen.

Und es gab noch mehr Post: Die Polizei hatte sich gemeldet. Jette riss den Brief auf. Der Polizeipräsident entschuldigte sich bei ihr und ihren Eltern, dass seine Beamten das Erdloch in der Villa nicht gefunden hatten. Man hätte den Hohlraum zwar geortet, wäre aber fälschlicherweise davon ausgegangen, dass er zur Tiefgarage gehörte. Dann ein Brief von Norbert Königssohn. Er hatte der Presse mitgeteilt, dass es die genetische Mutation, nach der Dr. Saalfeld gesucht hatte, nicht gebe. Und viele weitere Briefe von Menschen, die sie nicht kannte und die an ihrem Schicksal Anteil nahmen.

Außerdem lag in dem Stapel noch ein großer, bereits geöffneter Umschlag, der an ihren Vater adressiert war und eine Briefmarke aus einem fremden Land trug. »Was soll ich antworten?«, hatte ihr Vater mit Filzstift auf den Briefumschlag geschrieben. Jette zog das Schreiben heraus. Der Brief war auf Englisch verfasst und auf persönlichem Briefpapier ausgedruckt. Er hatte einen eindrucksvollen Briefkopf – sogar mit Wappen. Jette schaute genauer hin: ein Greifvogel, der zum Flug ansetzte. Ihre Augen flogen über den Text. Ein bisschen verstand sie sogar. Jette klemmte sich alles unter den Arm, griff nach dem Behälter mit den Soufflés und dem Eis für Jonah, das inzwischen bedenklich weich war, und machte sich auf den Weg zurück zum Strand.

»Was schreiben die Leute denn sonst noch so?«, fragte Jonah, während er sein Eis lutschte und dazu Soufflé löffelte.

»Die neue Wohnung von Charlies Mutter hat wieder ein Blümchenklo. Fast genau so eines wie in der alten«, sagte Jette in einem Plauderton.

»Aha.«

»Klara hat sich für ein Schulpraktikum bei einer Schlosserei beworben.«

»Was will sie denn da?«

»Keine Ahnung, ist doch egal. Anna macht sich jedenfalls große Sorgen, weil die Firma die Brausebonbons aus dem Sortiment genommen hat.«

»Schlechte Nachrichten. Und sonst?«

»Ich habe einen Heiratsantrag bekommen!«

»Du hast WAS?«

»Von einem Prinzen.«

Jonah richtete sich auf.

»Der Brief ist auf Englisch. Vielleicht kannst du beim Übersetzen helfen?«, fragte Jette unschuldig. »Zum Beispiel ›falcon‹, ›bat‹ oder ›lawsuit‹ ...?«

»›Bat‹ heißt Fledermaus«, brummte Jonah unwirsch.

»Und die anderen Wörter?«, fragte sie. Er zuckte mit den Schultern. Jette stand auf. »Dann gehe ich mal ins Internetcafé«, sagte sie. »Da krieg ich das sicher raus.« Fröhlich pfeifend, mit einigen falschen Tönen dabei, entfernte sie sich.

Der Platz neben Jonah wirkte auf einmal verwaist. Nur der Stapel mit der Post musste noch da liegen. Was es mit diesem Heiratsantrag wohl auf sich hatte? Jonah nahm wahllos ein paar Briefe und Postkarten in die Hand. Welches wohl der Brief von Dukie war, von dem Jette erzählt hatte? Er hätte ihn gern selbst gelesen. Aber er war ja blind. Das war einfach so ungerecht. Wütend zerknüllte er die Post und warf sie zurück auf das Handtuch. Dann legte er sich auf den Rücken und wartete.

Jette brauchte lange. Endlich hörte er aus der Ferne ihre Stimme. Sie schien mit jemandem zu scherzen. Eine Männerstimme rief ihr auf Deutsch zu: »Schneewittchen, pass auf, dass der Apfel nicht vergiftet ist!« Dann ihr Lachen. »Keine Sorge!«, antwortete sie mit vollem Mund. Sie kam näher, war jetzt so nah, dass Jonah hören konnte, wie sie in einen Apfel biss. Dann das leise Knirschen des Sandes unter ihren nackten Füßen. Ein kühler Schatten fiel auf sein Gesicht. Sie kniete neben ihm. Apfelatem.

»Wer ist da?«, fragte er mit rauer Stimme.

»Der Teufel«, antwortete sie in der gleichen Tonlage.

»Was bringst du mit?«

»Furchtbare Strafen.« Ihre Stimme klang verführerisch. »Welche?«

Anstatt einer Antwort legte sie einen Apfel auf seinen Bauch.

»Was noch?«

Sie küsste ihn und knabberte sanft an seiner Lippe.

»Aufhören«, sagte er, als der Biss zu fest wurde. »Was noch?«

»Einen mächtigen Rivalen«, sagte sie theatralisch.

Sein Gesicht verdüsterte sich, doch Jette lachte.

»Ich habe den Brief übersetzt. Und stell dir vor, er ist tatsächlich von einem arabischen Scheich! Ich les ihn dir vor.« Sie raschelte mit dem Papier und holte tief Luft.

Sehr geehrter Herr Lindner!

Ich möchte für meinen Sohn respektvoll um die Hand Ihrer wunderschönen Tochter Jette anhalten. Mein Sohn hat Ihre Tochter im Juni aus der Ferne beim Zelten an einem See gesehen. Er hat sich ihr natürlich in keinster Weise unziemlich genähert. Dafür verbürge ich mich. Mein Sohn war mit seinem Falken unterwegs. Er hat beobachtet, wie Ihre Tochter von einer Vampirfledermaus gebissen wurde, die ein fremder Mann auf sie angesetzt hatte. Um die Ehre Ihrer Tochter wiederherzustellen, befahl mein Sohn seinem Falken, die Fledermaus zu töten. Dies geschah noch vor Ort.

Der Besitzer der Fledermaus trug allerdings eine Pistole bei sich und erschoss daraufhin den von meinem Sohn sehr geliebten Falken. Es handelte sich hierbei um ein sehr wertvolles und einzigartiges Tier. Mein Sohn hat sehr viel in den Falken investiert. Das Tier war sogar in der Lage, in hellen Nächten zu jagen. Mein Sohn verfolgte den Täter noch in der Nacht. Besonnen, wie er war, stellte er aller-

dings nur die Identität des Täters fest. Der Mann heißt Wim Tanner.

Die folgenden Ereignisse konnte mein Sohn nur aus der Ferne verfolgen, da er bei mehreren internationalen Pferderennen anwesend sein musste. Zwei Diener, die mein Sohn in Deutschland zurückgelassen hatte, erstatteten ihm Bericht. So musste mein Sohn erfahren, dass der Mann mit dem Namen Wim Tanner einige Tage später Ihre Tochter entführte und sie an immer neuen Orten versteckte. Mein Sohn, der von seinen Pflichten unabkömmlich war, verlangte schriftlich von dem Entführer, Ihre Tochter sofort freizulassen. Um unser Königshaus zu diesem Zeitpunkt in keinen Skandal zu verwickeln, schickte er das Schreiben anonym. Auch bat er seine Bediensteten, zunächst nicht einzugreifen, da mein Sohn Ihre schöne Tochter selbst retten wollte. Vergangene Woche nun hätte es sein dichter Terminplan erlaubt, nach Deutschland zu reisen. Mit Freude erreichte ihn dann aber die Nachricht, dass Sie Ihre Tochter bereits wieder in Ihre Arme schließen konnten.

Mein Sohn ist Ihrer Tochter in tiefer Liebe verbunden. Als liebender Vater möchte ich daher um Ihre Gunst für meinen Sohn bitten. Es stört ihn auch nicht, dass Ihre Tochter in der Hand dieses Mannes gewesen ist. Die jungen Leute heute sind ja etwas anders als wir früher.

Was das Schicksal von Herrn Tanner betrifft, muss ich natürlich die erforderlichen diplomatischen Wege unserer Länder einhalten. Aber es sei Ihnen bereits so viel gesagt, dass Herr Tanner in unserem Land wegen Mordes an dem Falken des Königssohnes angeklagt ist und der Prozess in Anwesenheit des Beschuldigten bald beginnen kann.

Mit den besten Wünschen und in Hoffnung auf eine positive Antwort

Scheich Hisham bin Sultan al-Nabil

»Nicht schlecht, was?«, sagte Jette.

»Hm.«

»Ich glaube, die haben Wim Tanner.«

»Wenn der Brief echt ist.«

»Wer soll sich so etwas schon ausdenken? Außerdem weiß der Absender ziemlich gut Bescheid. Und der Briefkopf macht einiges her.«

»Du meinst, es war ein *echter* Königssohn, dem der Falke gehört hat und der Wim Tanner den anonymen Brief geschrieben hat?«, fragte Jonah völlig perplex.

»Sieht so aus.«

»Ich glaub's nicht!«

»Na ja«, wandte Jette ein, »ist aber eigentlich auch nicht soo überraschend. Wieso habt ihr denn nie an einen Königssohn gedacht, wenn doch unter dem Brief Königssohn stand?«

»Das meinst du jetzt nicht ernst?«

»Und ehrlich gesagt, wenn jemand Falken züchtet, dann sind das doch meistens diese Beduinen von der Arabischen Halbinsel. Ich hatte da mal so ein Kinderbuch ...«

»Ich hatte dieses Buch zufällig nicht«, fiel Jonah ihr gereizt ins Wort. Das war ja jetzt wirklich die absolute Höhe. »Du meinst also, wir hätten das alles ...?«

Aber noch ehe er weitersprechen konnte, hörte er von Jette ein unterdrücktes Gekicher, das immer lauter wurde, und schließlich konnte sie sich vor Lachen nicht mehr halten.

»Also ich bin der Meinung, man sollte immer zuerst an einen echten Prinzen denken!«, prustete sie. »Ich mach das auch so. Als ich dich zum Beispiel das erste Mal gesehen habe, dachte ich gleich, du bist ein echter Prinz!«

»Verarschen kann ich mich selbst«, sagte er grummelnd. Aber dann musste er auch lachen. Nach einer Weile wurde er wieder ernst und sagte: »Die wussten die ganze Zeit, wo du bist, und haben dich nicht gerettet! Die sind doch nicht ganz dicht. Was antwortest du denn jetzt auf den Brief?«

»Das macht wohl eher mein Vater.«

»Ich meine, *was soll* dein Vater dem Scheich schreiben?«

»Na ja«, sagte Jette, »ich wollte ja schon immer mal reiten lernen.«

Einfach umbringen, dachte Jonah. Ich sollte sie einfach umbringen.

»So ein Kontakt zu einem Königshaus ...«, sinnierte Jette.

Sie ist echt ein Biest, dachte er, und legte seine Hand auf ihren Mund.

Die Sonne war untergegangen, und es wurde bereits dunkel. Jonah und Jette lagen immer noch am Strand. Nebeneinander. Nur ihre Köpfe berührten sich. Sie hätte nicht sagen können, wie lange sie schon so dalagen. Es kam ihr wie eine Ewigkeit vor. Der Trick war, einfach dazuliegen und nichts zu tun: Wenn man nicht aktiv war, verging die Zeit langsamer. Dann hatte man mehr von ihr. Von Jonah.

Ein paar Meter entfernt pickte eine Möwe an dem Brief des Scheichs herum. Der Wind hatte ihn in den Sand geweht.

Sie spürte die Stelle genau, an der sich ihre Köpfe berührten. Ihre Sinnesnerven schienen nur auf diese paar Zentimeter ausgerichtet zu sein. Das Zentrum ihres Körpers. Warme Haut. Weiche Haare. Pulsierende Adern. Ihr war, als seien sie beide Teil eines einzigen Blutkreislaufs. Sie hob ihre Füße und legte sie an die seinen. Jetzt war der Kreis geschlossen.

Der Himmel verdunkelte sich. Sie blickte hoch. Über ihnen schossen lautlos Tiere vorbei. Ein ganzer Schwarm. Hunderte. Tausende. Ihre Flügel waren kaum zu erkennen, so schnell bewegten sie sich. »Fledermäuse«, sagte sie leise. Sie mussten aus den alten Mayatempeln am Strand kommen. Dann stürzte etwas zu ihnen hinab und schlug mitten auf Jonahs Bauch auf. Er zuckte zusammen und fasste mit der Hand hin. Nur ein Federball, nichts weiter. Eine junge Frau tauchte neben ihnen auf und entschuldigte sich wortreich auf Spanisch.

Jonah richtete sich auf. »Es ist nichts passiert«, sagte er. »Nothing happened.«

Dank

Ein Buch zu schreiben, ist ein Abenteuer. Ich danke allen, die mich dabei unterstützt haben.

Meiner Freundin und Schriftstellerkollegin Jasna Mittler, die den Anstoß zu diesem Projekt gegeben hat. Anke, Karsten, Nicole, Niko, Sonja und Uli aus meiner Schreibwerkstatt. Sie haben unermüdlich gelesen, redigiert, Fehler aus dem Manuskript gestrichen, Ideen beigesteuert, am Aufbau gefeilt ... und mir darüber hinaus ihre Freundschaft geschenkt.

Ich danke auch meinem Agenten Armin Gontermann, der das Manuskript schnell geprüft hat und direkt wusste, was damit zu tun sei. Außerdem meinen Lektorinnen Barbara Rumold und Anna Matschke, die aus den vielen losen Seiten ein richtiges Buch gezaubert haben.

Schließlich meiner Familie: Meinem Mann, der mir die Ruhe gab, das Buch zu schreiben. Meiner wunderbaren Tochter, die mich vieles noch einmal anders sehen lässt. Meinen Eltern, die mich in einem Haus voller Bücher aufwuchsen ließen.

Verblüffend ist, wie viele Menschen letztlich am Entstehen eines einzigen Buches beteiligt sind. Anregungen und Informationen erhielt ich auch von: Achim Werner, Leiter der Greifvogelschutzstation Köln; Marianne Haug-Gottschalk, Lehrerin an der Carl-Strehl-Schule der Deutschen Blindenstudienanstalt in Marburg, mit ihren Schülerinnen und Schülern; Professor Dr. Olaf Rieß vom Institut für Humangenetik am Universitätsklinikum Tübingen; Heinz Engels aus der Pressestelle der Düsseldorfer Feuerwehr; dem Deutschen Meeresmuseum in Stralsund; meinem ehemaligen Gitarrenlehrer, der in seinem früheren Leben Elektriker war, Peter Lüdecke; meiner Schwester Lisa mit ihren Freundinnen; Brigitte Glaser vom Krimi-Autorinnen-Netzwerk »Mörderische Schwestern«; meinen Freunden Heinz-Peter Arndt und Dr. med. Indra Chaudhuri-Hahn.

Auch Ihnen/euch allen ein herzliches Dankeschön!